微笑む人

貫井徳郎
TOKURO NUKUI

実業之日本社

目次

微笑む人

装幀　坂野公一＋吉田友美（welle design）
写真　UFO RF/a.collectionRF/Getty Images

プロローグ

神奈川県相模原《さがみはら》市津久井《つくい》消防署所属の消防士である君島良則《きみしまよしのり》（仮名）は、管区内の安治《あじ》川で水難事故が発生したとの報を受け、出動した。川での水難事故は夏場に多いが、春先の今の季節でも決して珍しいわけではない。水が温《ぬる》んできたのに油断して川に深入りし、溺れてしまうケースは少なくなかった。一報によれば、溺れたのはふたり、母と子だとのことだった。流された子供を母親が救おうとしたのだろうかと、君島は痛ましい思いで漠然と想像した。

救急隊隊長と隊員である君島、そして救急車を運転する機関員の三名でチームを組み、署を出発した。一一九番通報は携帯電話からだったので、ＧＰＳで場所をほぼ正確に特定できる。以前よりも現場到着時間は短縮されていた。署から事故現場まではおよそ六分ほどで到着できると、これまでの経験から予想した。

ここ数日の天候は晴れ続きで、川が増水しているという情報はなかった。その意味では水難事故が起こる可能性が高いわけではなかったが、どんなときでも事故は起こり得る。呼吸停止状態にあるなら、まさに一分一秒を争う。現場到着と同時に救急車を飛び出せるよう、君島は身構えていた。

安治川は相模川水系最大の渓流である早戸《はやと》川の支流で、行楽シーズンともなると河川敷に人が集まり賑《にぎ》わうが、今はまださほどの人出はないはずだった。安治川沿いに走る市道の交通量は少なく、ガードレール越しに見える数メートル下の河川敷に人の姿は認められない。もっと人がいる中での事故なら、泳ぎが得意な人が救助に当たって大事に至らずに済んだかもしれない。事故が起きる際には様々な「もし」が考えられるが、それらがすべて悪い方に転がったからこそ悲劇が発生するのである。人気《ひとけ》のない河川敷や市道を見て、君島はそう考えた。

前方の河川敷に、ようやく人の姿が見えた。河川敷に寝ている大小ふたつの人影と、それらに覆い被《かぶ》さるように動いている影。救急車はスピードを落とし、河川敷に下りられる階段を探した。近くにあった階段脇で完全に停車する前に、隊長と君島は救急車から飛び降りた。

「救急隊です」

あれこれ確認している暇はなかった。横たわっている人の上に乗って人工呼吸をしている男をどかし、隊長が子供、君島が大人の状態を確認した。呼吸が停止している。心臓も動いていない。これはまずい、と判断すると同時に馬乗りになり、胸の中央に両手を置いて体重をかけた。女性の口からは、わずかしか水が出てこない。すでに男性の人工呼吸によって、あらかた吐き出していたようだ。女性の顔色は土気色になっている。遅かった、という思いが君島の頭をよぎった。

「担架に乗せます」

すぐに救急車に運び込み、ＡＥＤ（自動体外式除細動器）を使わなければならないと判断した。原則的には救急救命士の資格を持つ隊長が決めるべきことだが、誰が見ても同じ判断を下す局面だった。実際、隊長は「急げ」と促すだけで異論は唱えなかった。

広げた担架に女性を乗せる際に、傍らに跪《ひざまず》いている男性と目が合った。男性は女性と子供を助けたためか、頭のてっぺんからずぶ濡《ぬ》れだった。だがその割に取り乱してはおらず、眸《ひとみ》にはむしろ冷静さが見て取れた。こんなとき、ひとり無事な人はどうしても動転するものだが、男性は「助かりますか？」と訊《き》いてくることもなくおとなしく控えていた。その態度を珍しいと感じたことを、君島は後々まで鮮明に記憶し続けることになるのだった。

＊

これが、後に大きく世間を騒がせることになる安治川事件の発端だった。消防士の君島さんに話を伺ったところ、以上のような状況説明であった。季節外れである点と、通報者の男性の態度以外、特に変わったところのないごく普通の水難事故だと感じたそうだ。事故ではない可能性は、その時点では微塵《みじん》も疑わなかったと君島さんは語った。

小説家である私が、ノンフィクションという未知のジャンルにあえて挑むことにしたのは、むろん犯人とされた仁藤俊実《にとうとしみ》に強い興味を覚えたからである。仁藤が自供した妻子殺しの動機については、マスコミがさんざん報道したから読者もよくご存じであろう。あまりの異常さに、供述は嘘《うそ》であり真相はまだ闇の中だと断じた意見も少なからずあったことは、記憶に新しいと思う。かく言う私も、そう考えたひとりであった。

だからこそよけいに、仁藤俊実に興味を惹《ひ》かれた。とうていあり得ない動機を語ってまでごまかそうとする真相とはいったいなんなのかと、謎を目の前に突きつけられた探偵のような心地《ここち》になったことを告白しておく。加えて、安治川事件はただのきっかけに過ぎず、仁藤を巡って噴出した数々の疑惑を知るにつけ、もはやただ傍観していることは不可能になった。それらの疑惑の真相を突き止めようとする作業を詳述するだけで、一編の作品になると私は確信した。

本書は、仁藤と関わりのあった様々な人の証言を元に、彼の背景と過去を再構成せんと試みたものである。だが、仁藤を巡る疑惑に快刀乱麻を断つが如《ごと》き解決があると期待して手にした読者がいたとしたら、それには応えられないことを先にお詫《わ》びしておく。仁藤についての調査は、可能な限り行《おこな》った。その意味で、読者の好奇心をある程度満たすことはできると自負している。しかし、仁藤の心の内に迫り得たかと言えば、それはまったく心許《こころもと》ない。私にとって仁藤は今も、得体の知れない人であることに変わりはないのだ。

いったいに、人は他人のことをどれくらい理解できるものだろうか。わかっているつもりで、本当は何ひとつ知らないのではないか。あなたの隣人が仁藤のような心根の人であっても、その正体を知るすべはない。知ったときにはもう、事は起きてしまっているのである。

私はこの稿を起こすに当たり、何度か面会したことのある仁藤俊実の佇《たたず》まいを思い出した。拘置所で会った彼は常に物静かで、その話しぶりは知的であり、妻子を残虐に殺した粗暴さとはまるで無縁だった。仁藤はいついかなるときも、穏やかに微笑《ほほえ》む人だった。

第一章

逮捕

1

　仁藤俊実の妻翔子《しょうこ》さんと娘亜美菜《あみな》ちゃんは、近くの救急病院に到着した時点ですでに心肺停止状態だった。直ちに蘇生措置が執られたものの、ふたりが息を吹き返すことはなかった。

「仁藤さんは大声を出して取り乱したりすることはありませんでしたが、心底心配している様子で、立ったり坐《すわ》ったりを繰り返していました。そりゃあ、他の患者さんの家族に比べれば冷静には見えましたが、むしろなんとか努力して取り乱さないようにしていたようでしたけどね」

　そのときの仁藤の印象を、救急病院の看護師はこう語る。三十代前半のベテラン看護師の目に、仁藤の態度は特に奇異には映らなかった。

「ああいうときって、こちらも対応が辛《つら》いんですよ。どんな声をかければいいのか、あたしは未《いま》だにわかりませんから。ただ仁藤さんは、あちらから頭を下げて『ありがとうございました』と言ってくれました。自分が辛い立場なのに、丁寧な人だなと思いましたよ」

　丁寧な人、物腰が柔らかい人という印象は、他の多くの証言とも一致する。仁藤は初対面の相手にも、わずかなやり取りで好印象を与える人だった。

「奥さんと娘さんが亡くなったと知ったとき、仁藤さんは呆然《ぼうぜん》としているようでした。でも、それは決して珍しい反応じゃないんですよ。だって、ついさっきまで生きて動いていた人が死んだと言われて、『ああそうですか』と納得できる方がおかしいでしょ。いきなり号泣する人よりは、仁藤さんみたいな反応を示す人の方がずっと多いんです。だから、少なくともあたしが見た限りでは、仁藤さんが演技をしているなんてことはぜんぜん思いませんでしたね」

この証言を、消防士の君島さんにも後に伝えた。すると君島さんは、「呆然としていたと言われれば、確かにそうかもしれません」と最初の印象を翻《ひるがえ》した。

「仁藤さんと目が合ったのは一瞬でしたし、私も救命作業で必死でしたから、本当に瞬間的な違和感でしかなかったんですよ。もしあのときの印象を法廷で証言しろと言われたら、あやふやだからとお断りすると思いますね。報道でいろいろ知ってしまって、その影響で後から記憶を作り替えちゃったのかもしれないし」

このように君島さんも、仁藤の態度の不自然さには留保をつけるようになった。こんな反応は、この後に話を聞く証言者にもしばしば見られたものだった。それほどに、仁藤の日頃の印象と警察の捜査結果には乖離《かいり》があったのだった。

看護師の証言に戻る。

「仁藤さんに直接、奥さんと娘さんがお亡くなりになったことを伝えたのは、担当の先生でした。『お気の毒ですが――』と切り出した先生の説明を聞いて、仁藤さんは口を開けたまま固まってました。言葉もなかったのは、まさに絶句していたからでしょう。処置後におふたりと対面したとき、仁藤さんは奥さんと娘さんそれぞれの頬に手を当てて、『ごめんな、ごめんな』と繰り返していました。同じことを言うようですが、ご家族を亡くした人のごく普通の様子としか思いませんでしたね」

だからこそ、仁藤が妻子殺害の容疑で逮捕されたときは、仰天したという。

「そりゃあびっくりしましたよ。もしあれが演技だったんなら、すごい名優だと思いますね。仁藤さんはあのとおり見た目もいい人なんだから、俳優になればよかったんですよ」

仁藤俊実は身長一八二センチの細身の体躯《たいく》で、顔の彫りが深く、一般的な感覚でいい男の部類に入るのは読者もご承知のことと思う。仁藤が逮捕されたとき、主に女性から「冤罪《えんざい》ではないか」との声が上がったのは記憶に新しいところだ。

あなたも仁藤の逮捕は誤認だったと思うか、と私は質問を向けた。それまで滑らかに喋《しゃべ》っていた看護師は、初めて言葉を濁した。

「どうなんでしょうねぇ。だって、動かぬ証拠が出ちゃったんでしょ。いくらあたしが、仁藤さんはそんなことをするような人には見えなかったと言ったって、科学捜査の前では説得力がないですよねぇ」

――仁藤が人殺しなどするわけがないと言う知人は多いですよ。

「そうなんですか？　じゃあ、やっぱり警察の間違いなのかしら。でも、昔ならいざ知らず、今のＤＮＡ鑑定は精度が高いって言いますしね。本当のところはどうなんでしょうかねぇ」

核心に触れる問いになると、看護師も首を傾《かし》げるだけだった。

この時点で、警察も病院にやってきている。だが単なる水難事故と見做《みな》し、仁藤に対して簡単な質問をするだけで引き揚げていた。この地域には行政解剖を行う監察医制度がなく、大学の法医学教室が受け持つ司法解剖は警察が異常死と判断しない限りは行われない。都内在住の仁藤がわざわざ遠方まで行って犯行に及んだのは、そうした計算もあったのかもしれなかった。

仁藤にとって計算外のことがあったとすれば、遺体をすぐに火葬にできなかったことだろう。遺体を自宅に搬送し、葬儀の手続きに入った仁藤だが、あいにくと葬祭場の枠がいっぱいで、火葬は三日後ということになった。この三日間のブランクが、仁藤の完全犯罪を防ぐことになる。

私は最初に救急病院で検視をした警察官へのインタビューも試みようとした。だが完全に門前払いで、誰が病院に行ったのかすら特定できなかったことを付記しておく。

代わりに、このときに仁藤と折衝した葬儀社の人の証言を紹介しておこう。いかにも葬儀社にお勤めの人らしい、感情を交えずビジネスライクに語る方だった。

「もちろん、鮮明に憶《おぼ》えてます。後であのいう騒ぎになったから憶えてるんじゃなくって、そもそもすごく印象が強かったんです。けっこう態度が豹変《ひょうへん》しましたので」

豹変。それはどういうことだろうか。

「一見したところ、穏やかそうな人に見えたんです。きちんと頭を下げて、よろしくお願いしますと言っていただきましたから。ただ、日程の話をしたら少し焦《じ》れたようになりまして、なんとかならないか、と強い口調でおっしゃいました。なんとかと言われましても、わたくしどもの都合ではなく葬祭場の空きの問題ですからどうにもなりません。そうご説明しましたら、だったら遠方の葬祭場でもいいから早く荼毘《だび》に付したいとのことでした」

——そういう人は珍しいのでしょうか？

「夏場で、ご遺体が臭《にお》い始めるのを心配なさって、葬儀を急がれる方はいらっしゃいます。実際は、ドライアイスをお棺にたくさん入れますから、臭いの心配はないんですが」

――しかし、仁藤の場合は春先だった。

「そうですね。ですから、そういう意味では急がれる理由がわかりませんでした」

――仁藤はその理由をどのように説明していましたか？

「理由はおっしゃいませんでした。ともかく、なぜ早くできないんだと怒るだけで」

――怒った？　仁藤は怒ったのですね。

「はい。順番をお待ちいただくしかないとご説明申し上げたところ、お怒りになりました。ちょうど友引が挟まりましたので、わたくしどもが出入りしている葬祭場だけでなく、他のところに行っても予約がいっぱいなのは変わらなかったはずなんです。そう申し上げましたところ、『なんとかしろ！』と血相を変えて怒鳴られました」

私が直接仁藤に会ったときの印象だけでなく、彼を知るどの人に話を聞いても、仁藤が怒声を張り上げたというエピソードは出てこなかった。仁藤が怒鳴ったという証言が得られたのは、後にも先にもこのときだけである。葬儀の遅れに、仁藤が焦ったことが窺《うかが》える。

そんな仁藤の態度をどう思ったか、と問うと、少し言葉を選ぶようにして慎重に答えた。

「おかしいな、と思いました。これは言いづらいことではありますが、火葬を急ぐ人にろくな理由はないんです。あ、これはもしかしたら後ろ暗いことがあるんじゃないかと、正直内心で思いました。だから後からああいうことになって、やっぱりなと納得しました」

警察官や探偵と同じく、葬儀社に勤める人にも独特の嗅覚が備わるのだろう。人殺しなどしそうにないと見える仁藤だが、彼の真実の顔に気づいていた人は、実は少なからずいたのだった。仁藤が怒鳴ったところで、葬祭場のスケジュールに空きが出るはずもない。結局葬儀は三日後ということになり、この間に単なる水難事故は凶悪な殺人事件としての姿を現し始める。

2

それは一本の通報から始まった。

安治川での水難事故があったのは二〇〇九年四月十一日。そして神奈川県警察本部に電話がかかってきたのは、その二日後の四月十三日のことだった。

この二日間の通報の遅れを、通報者である三ツ沢武治《みつざわたけはる》さん（仮名）はこう語る。

「ともかく、あのときの自分の心境を言葉にするなら、『信じられなかった』の一語に尽きます」

三ツ沢さんは旧津久井町在住の三十代男性で、近くで商店を営んでいる。安治川沿いの市道を自転車で通りかかったのは、配達のさなかのことだった。

「まだ四月ですから、河原で遊ぶ人は少ないんですよ。なので、あの人たちは遠くからでも目立ちました。もう水遊びか、と思ったことを憶えています」

水遊びかと三ツ沢さんが考えたのは、人影がまだ米粒大にしか見えないときのことだった。しかし近づくにつれ、少し様子がおかしいことに三ツ沢さんは気づく。

「最初は、具合が悪くなった人を看病しているのかなと思ったんですよ。背中をさすっているように見えたので。でもその割には、水しぶきがバシャバシャ激しく飛んでるんです。おまけに、子供が泣きながら背中に縋《すが》っているようにも見える。なんというか、異様な光景でした」

人は非現実的な光景を目の当たりにしたとき、果たしてどれだけ適切な行動を取れるだろうか。このときの三ツ沢さんは、振り返って考えてベストな行動ができたわけではないが、同じことをする人は決して少なくないと私は思う。三ツ沢さんは自転車を停《と》め、遠くから事態を確認しようとしたのだ。

「男が女の人の顔を水に沈めて押さえつけている、とは思わなかったんですよ。目で見ているのはまさにそういう状態なのに、頭ではなんとか違う解釈をしようとするんですね。看病してるんじゃないか、ふざけてるんじゃないか、あるいは何か事情があって折檻《せっかん》してるんじゃないか、とか。ともかく、人が人を殺そうとしているという結論はどうにか避けようとするんです。もうなんと言いますかね、その結論だけはブロックがかかってて認められないというか。もしぼくがあのとき犯人を止めていれば助けられたのかもしれないですけど、とてもそんなふうには考えられなかったんです。亡くなった方には申し訳ないですが」

殺人の現場を見てしまったとは認識していないのに、脚はがたがた震え始めたと三ツ沢さんは語った。足が竦《すく》んで、一歩も先に進めなかったという。三ツ沢さんを縛り上げた恐怖は、男がこちらに気づくのではないかというものだった。

「気づかれたらどうしようかと、そういう不安で頭がいっぱいになりました。本当にホラー映画の中に突然飛び込んだみたいでした。殺人鬼が振り返って、刃物を持って追いかけてくるんじゃないかと、本気でそう思えました。だからぼくは、その場から自転車で引き返してしまったんです」

これは無理からぬことと思う。被害者を見捨てて逃げたと、三ツ沢さんの許《もと》には心ない批判の声がたくさん届いたそうだが、それは当事者ではないから言えることではないだろうか。少なくとも、殺人者である仁藤の人となりが明らかになっていなかったあの時点で、特別な護身術を身につけていない人が逃げ出したとしても、責められることではないはずだ。

「家に帰り着いても、脚の震えは止まりませんでした。それどころか、脚だけじゃなく全身が震えて止まらないんです。妻なんか、悪い病気に罹《かか》ったんじゃないかと思って、救急車を呼ぶところでした」

三ツ沢さんが恐れていたのは、殺人者が家まで追いかけてくることだった。三ツ沢さんには妻子がいる。それが、河川敷で殺されようとしている母子に重なったのではないだろうか。三ツ沢さんは被害を恐れるあまり、妻にも自分が目撃したことをこの日は語れずにいた。

「正直、その夜はまだ、自分が何かの見間違いをしたんじゃないかと期待していました。次の日になって何も事件が起きていなければ、単なる笑い話で済むんじゃないか、と。でも新聞の地方版に、安治川で水難事故という記事が載っていて、なんというか絶望的な気分になりました。殺人事件じゃなくって、事故として報じられていたからです。あれは事故なんかじゃないと、その場で叫びたくなりました」

王様の耳はロバの耳みたいだった、と三ツ沢さんはそのときの心境を説明する。とてつもなく重い秘密を抱え込んでしまったが、それを語ることができずに苦しかったそうだ。この時点で三ツ沢さんを縛っていたのは、犯人による復讐《ふくしゅう》だった。ふたり殺しただけでは、裁判で死刑にならないかもしれないことは、三ツ沢さんも知っていた。となると、自分の通報によって犯人が逮捕されても、十数年後には刑期を終えて外に出てくるかもしれないのである。そうなった場合、事故ではないと証言した三ツ沢さんを逆恨みしてお礼参りに来る可能性は捨てきれなかった。

「今だって怖いですよ。二審で死刑判決が覆るかもしれないでしょ。そうなったら、どうすればいいんですかね。引っ越して行方を晦《くら》まさなきゃいけないんですか。でも、どうして何もしてないぼくらが逃げなきゃいけないんでしょうか。そんなことなら、通報なんかしなきゃよかったのかなと思いますよ」

実際のところは、様子がおかしい三ツ沢さんに気づき、奥さんがどうしたのかと問い詰めた。三ツ沢さんは渋々、自分が目撃したことを語る。奥さんは仰天し、さらにひと晩、夫婦で戦々恐々とした時間を過ごすことになった。

「ふたりで話し合って、やっぱりこれは警察に言うべきだと思ったんです。殺人だと明らかになっているならともかく、事故だと思われているわけでしょ。つまり、犯人は捕まらずに終わっちゃうかもしれないわけです。そんなことが許されていいのだろうかと思いました」

結論から言うと、この三ツ沢さんの正義感が、仁藤の完全犯罪を防いだのだった。三ツ沢さんが偶然、犯行現場を目撃していなければ、仁藤は今も逮捕されずに真っ当な社会人の振りをして生きていき、さらなる殺人を重ねていたかもしれない。仁藤の犯行を止められたのは、間違いなく三ツ沢さんの勇気のお蔭《かげ》だった。

三ツ沢さんの一一〇番通報は神奈川県警に繫《つな》がり、津久井署に回された。津久井署の刑事は話を聞くなり、すぐに訪ねてきたという。神奈川県警は初動捜査でミスを犯したかもしれないが、その後の動きは迅速だった。

「自分が見たことを何度も何度も思い出しましたから、刑事さんたちにも正確に話せたと思います。あれは殺人の現場だったのだと、自信を持って言うことができました。とはいえ、改めて話して気づいたんですけど、ぼくは子供が生きているときを目撃しただけだからまだましでした。あれが子供を水に沈めているところだったら……」

痛ましげに三ツ沢さんは首を振る。その先は想像したくなかったのだろう。

現実には、妻である翔子さんだけでなく、三歳になる娘の亜美菜ちゃんも死亡している。まずは妻を殺し、その上で抵抗できない娘を溺死させたものと推定された。三ツ沢さんの言によれば、さすがの刑事たちも眉を顰《ひそ》めていたという。

遠目だったから、三ツ沢さんは仁藤の顔を確認してはいない。しかし現場を通りかかった時刻、場所、三人の年格好が完全に一致していたことで、警察は三ツ沢さんの証言は確度が高いと判断した。その日のうちに仁藤に任意同行を求め、津久井署まで連行している。

尋問《じんもん》が行われるのと並行して、翔子さんと亜美菜ちゃんの遺体も搬送され、司法解剖が施された。それによって、動かぬ証拠が発見される。遺体が火葬されていたらすべて失われ、仁藤の犯行は闇の中へと消えていくところだった。まさに間一髪のタイミングだったのである。

3

同日、仁藤に対する逮捕状が発行され、そのまま津久井署に勾留された。警察は連日、妻子殺しを自白させようと取り調べたが、仁藤は頑として認めなかった。妻を殺そうとしている現場を目撃した人がいると告げられても、それは変わらなかった。目撃者は何かを見間違えたのだというのが、仁藤の主張だった。

だが、取り調べが始まって四日目に、警察はついに決定的証拠を手にする。亡くなった翔子さんの爪の間から、犯人を引っ掻《か》いたときに付着したものと思われる肉片が発見されていた。その肉片のＤＮＡが、取り調べ中に採取した仁藤のＤＮＡと一致したのだった。

逮捕されたときに仁藤は、右頬に絆創膏《ばんそうこう》を貼っていた。木の枝で傷つけてしまったと、仁藤自身は説明していた。しかし、ＤＮＡの一致という鑑定結果が出てみれば、傷の意味は一目瞭然だった。白《しら》を切りとおしていた仁藤も、その事実を聞いてとうとう観念した。

取り調べた刑事に直接取材した新聞記者の記事によると、仁藤は犯行を認めた際にも態度を変えず、淡々としていたとのことだった。開き直っている、と刑事の目には映ったという。以後捜査の焦点は、三歳の幼子までも残虐に殺した犯行の動機を明らかにすることに絞られていく。

読者もご記憶のことと思うが、このときはまだ、マスコミ報道も小さな扱いだった。妻子殺しにニュースバリューがないと言っては語弊があるが、昨今では残念ながらさほど珍しいことではない。警察もこの段階では、保険金殺人などのありふれた動機に基づく殺人だと見做していた節がある。事実、警察の発表は情報量が少なく、簡単に片づいた事件といった扱いだった。

仁藤が何をきっかけに動機を語り出したのかは、明らかにされていない。ひょっとすると、犯行を認めた時点で同時に動機も語っていたのかもしれない。だが捜査陣はそれを信用せず、さらなる追及をしていた可能性はある。それほどに、仁藤が語った動機は常人の理解を絶していたのだった。

事件の動機を神奈川県警が発表したのは四月二十一日、事件発生から十日後、仁藤が犯行を認めた日から数えても五日後のことだった。発表の場にマスコミの記者は多くなかった。注目度の低い中、津久井署の刑事課長は衝撃的な会見をした。

「被疑者仁藤は、本が増えて家が手狭になったから、妻子を殺したと自供しています」

おそらくそのときの記者会見場は、狐《きつね》に抓《つま》まれたような空気に満たされていたことだろう。この説明を聞いて、そうかと納得できた人はひとりもいなかったはずだ。当然のことながら、どういう意味かと問い質《ただ》す声が上がった。

「仁藤が言うには、妻子がいなくなればその分部屋が空き、本が置けるようになると考えたそうです」

その説明を受けて、記者会見場には怒号に近い声が飛び交った。なおも説明の意味を問う記者や、それを県警は真に受けているのかと質す記者など、騒然とした雰囲気になった。警察は馬鹿《ばか》にされている、とほとんどの記者が感じたのも無理からぬことだった。

「我々も、仁藤が何かをごまかすために虚偽の告白をしている可能性は充分に考慮しています。引き続き、動機の解明に努めるつもりです」

そのように刑事課長は、今後の方針について語った。記者たちの質問攻めによって、以下のことがこの記者会見では明らかになった。

まず、仁藤は相当の読書家だったそうだ。実際に自宅は本で溢《あふ》れ返り、床にも積み上がっていた。本を処分するのは嫌いなので、置き場所に苦慮していたとのことだった。

仁藤の住居は、世田谷《せたがや》区内の3LDKのマンションだった。仁藤夫婦の寝室、仁藤の書斎、翔子さんの部屋という使い方をしている。子供部屋はない。仁藤の書斎には大きい書棚が二本あったが、本で埋め尽くされており、新たに入れるスペースはなかった。溢れた本は、前述のとおり床に直《じか》に置かれていた。

その反面、寝室やリビングルームに本は置いていなかった。仁藤の説明によれば、埃《ほこり》が娘の気管支に悪影響を与えるから、書斎の外に本は置かないようにと翔子さんに言われていたそうだ。仁藤の説明を鵜呑《うの》みにするなら、だから妻子を殺したということになる。

仁藤の読書傾向に、取り立てて異常性は見られなかった。猟奇犯罪を扱った小説やノンフィクションは特になく、ミステリーや時代小説、新書、わずかな専門書など、ごく健全な書棚でしかなかった。仁藤の背後に異常性の根を見つけ出したかったマスコミが、その健全さに失望したことは想像にかたくない。付記するなら、所有する本の傾向だけでなく、仁藤の家の中はごく普通の一般家庭そのままであり、異常な事件を育《はぐく》む何物も存在しなかった。しかしそのこと自体が、大多数の一般人に薄気味悪い思いを与えたのもまた、事実だった。

犯行の様子を警察発表から再構成すると、以下のとおりだった。かねてから本の置き場所に苦慮していた仁藤は、妻子さえいなくなればもっとたくさんの本を綺麗《きれい》に並べることができるのにと不満に思い始める。そこで、事故に見せかけてふたりを殺すことを計画した。水難事故にしたのは、作為の痕跡が最も残りにくいと判断したためだった。翔子さんは車の運転をしないから、自損事故に見せかけることはできない。他の人が運転する車に、ふたりまとめて轢《ひ》かせることは難しい。ガス漏れで中毒死することはなかなか考えにくく、火事では逃げる暇を与えてしまう。無理心中の体《てい》で自分だけ生き残るという手段も考えないではなかったが、それよりはシンプルに川で溺れたことにした方が簡単だと結論したとのことだった。

川遊びに行くことを提案し、翔子さんは承諾する。今の季節の安治川河川敷にはレジャー客がいないことを、仁藤は事前に下見して確認していた。実際、車で乗りつけたときに先客はいなかったという。翔子さんはそのことを不審には思わず、穴場だとかえって喜んでいたとのことだった。

翔子さんは身長一五二センチ、体重四八キロの小柄な女性だった。だから仁藤は、薬物を服《の》ませて昏倒《こんとう》させるといった手間をかける必要もなく、やすやすと翔子さんの体の自由を奪うことができた。背中を押して川に倒れ込ませ、背後から馬乗りになって顔を水中に沈めた。三ツ沢さんが目撃したのは、おそらくこの瞬間だと思われる。頬を引っ掻かれたのもこのときだったと、仁藤は告白した。

翔子さんを組み敷いているとき、亜美菜ちゃんは仁藤の背後に縋りつき、「やめてよー」と声を上げていたとのことだった。しかし三歳の幼子が止めようとしたところで、それはまさに蟷螂《とうろう》の斧《おの》でしかない。あえなく翔子さんは絶命し、仁藤の毒牙は亜美菜ちゃんに向けられることになる。血も涙もない犯行、と一審判決の際に裁判長に断じられた所以《ゆえん》である。

ふたりが絶命したことを確認してから、仁藤はあえて自分も川に潜り、全身水浸しになった。溺れたふたりを救助した体を装うためである。その後、濡らさないようにしてあった携帯電話を使い、一一九番に通報。妻子が川で流されたので救急車を派遣して欲しいと依頼した。救急車が到着するまでの間、仁藤は形ばかりの救命作業をする。実際は、息を吹き返すことがないか確認していたのだった。周到な仁藤は、翔子さんが抵抗した痕跡を河川敷から消すことも忘れていなかった。乱れた河原の石を、できるだけ元に戻しておいたのだった。

こうして詳述してみれば残虐極まりない事件であるが、動機の不可解さばかりが先に立ってしまったためか、各新聞社は神奈川県警の発表をそのまま記事にはしなかった。《神奈川県警は動機の解明に全力を挙げている》といった表現を使っていただけである。後の騒動に発展する記事を載せたのは、週刊誌だった。週刊誌は半ば面白がっているかのような調子で、警察発表を報道した。

それに反応したのが、インターネットだった。匿名掲示板や個人ブログが、その記事内容を引用して紹介した。受け取り方は様々だった。やはり当初は、警察が容疑者に馬鹿にされていると受け止める向きが多かった。だが一部には、「本当だとしたら怖いね」といった感想を漏らす人もいた。やがて、仁藤の自白は本当か否かが、ネット上で議論されるようになった。後に安治川事件と呼ばれる仁藤の殺人は、こうして人々の口に上り始めたのだった。

4

仁藤の自白の真偽を問う前に、まずは彼の人となりについて語っていこう。仁藤俊実は一九七八年六月十二日に東京都練馬《ねりま》区で生まれている。犯行時は三十歳だった。

父は大手製紙会社の社員、母は専業主婦の、ごく普通の家庭に生を受けた。兄弟は兄がひとり。やはり大手の会社に勤める仁藤の兄は、今回の事件でまったく表に出てきていない。弟の存在を迷惑に思っているのは明らかだった。よって、ここでは私の知り得ている個人データは明かさない。

両親は事件が騒動に発展した後、一度だけテレビカメラの前で謝罪をしている。顔にはぼかしがかかり、声も機械的処理で変えられていたが、丁寧な物腰で喋る夫婦だったと記憶している読者も多いだろう。私自身の取材でも明らかにするが、幼少期の悲惨な体験やトラウマが異常な精神を育んだといったことはないと断言できる。両親は息子がしでかした事件についてただひたすら頭を下げ続けるだけの、ごく平凡で善良な人であった。

仁藤に《としみ》という音の名をつけたのは、母だった。上の子が男だったから、二番目には女の子が欲しいという思いがあり、せめて音だけでも女の子っぽい響きを持たせたかったのだという。そんな親の期待に応え、仁藤は優しい男の子に育った。少なくとも、親の目にはそう映っていたのだそうだ。

仁藤が女の子っぽい名前のせいでからかわれた、という証言は得られていない。よって、名前への反発から履き違えた男らしさ＝攻撃性を内部で育み、人を殺すに至ったという単純な図式を描くこともできない。先走って結論を書くと、仁藤に関してはともかく、トラウマやコンプレックスを抱えていたと思われる証言はいっさい得られなかった。そこが、仁藤俊実という人物への理解を困難にしている原因でもあった。

仁藤は地元の幼稚園から公立の小学校、中学校と順当に進み、難関として知られる有名都立高校を経て、日本最難関の大学に現役合格している。仁藤の父親もまた、有名大学を卒業した人物だったこともあり、受験には理解があった。小学校在校時から進学塾に通わせていた熱の入れようで、それが実を結んだ結果と言える。しかしつけ加えるなら、仁藤の父も母も、息子の尻を叩《たた》いたことはなかったそうだ。兄が勉強する姿を見て、仁藤自身が自然と塾通いを望んだらしい。親が何も言わずとも宿題をやり、塾の自習室に通い、軽々と入試を突破したのだという。よって、親の過剰な期待が仁藤の精神を押し潰したといったこともない。

大学時代の仁藤は、ボウリングサークルに所属しつつ、家庭教師や進学塾講師のアルバイトをして小遣いの足しにしていた。

大学卒業後、大手都市銀行に入行。支店勤務時に、同じ職場に勤める翔子さんと知り合って交際を始めた。翔子さんは仁藤の一年後輩だったが、短大卒での入行だったので、年齢は三歳下になる。ふたりは二年間の交際を経た末に結婚。その二年間のうち、一年弱は疎遠になっていたため、実質一年ちょっとの交際であった。

結婚直後から、仁藤夫婦は世田谷のマンションで暮らし始める。家賃補助が出ていたため、年齢の割にはいいマンションに暮らしていた。一年後に娘を授かり、亜美菜と名づける。結婚後も働き続けていた翔子さんは、妊娠を機に退職した。

以上のように、仁藤は典型的なエリートサラリーマンとしての人生を歩んできたと言える。仁藤の半生に暗い影はなく、今現在も幸せを絵に描いたような状態だった。だからこそ、何が不満で妻子殺しという凶行に及んだのか、誰も理解できなかった。警察の発表は、事件の背景をまったく解明できない戸惑いがそのまま表れたものと考えてよさそうだった。

当然のことながら、仁藤を知る人たちもまた、驚きを隠せずにいた。近所の住人や会社の同僚の話を聞いているので、それらをいくつか紹介していこう。

まずはマンションの管理人から。管理人は常駐ではなく、九時から五時の勤務体系である。そのため、朝早く家を出て夜遅く帰ってくるサラリーマンとは、思いの外《ほか》に顔を合わせる機会がない。管理人の証言は、主に翔子さんと亜美菜ちゃんについてのものになる。

「奥さんはそりゃあ感じのいい人でしたよ。私と会うといつもちゃんと挨拶をしてくれて、その上ニコッとしてくれるんです。挨拶くらいは皆さんするけど、笑いかけてくれる人はなかなかいないですからね。そういう意味で、すごく印象がいい人でした。娘さんもかわいくてねぇ。お母さんがそういう人だからか、やっぱりちゃんと『こんにちは』って言える子だったんですよ。お母さん譲りのかわいい顔をしててね。あんな子が殺されたなんて、なんというか未だに信じられなくて、胸にこう太い針を刺されたみたいに本当に今でも痛みますよ。ホントですよ。きりきり痛むんです」

五十絡みの管理人は、胸の真ん中を何度も指でつついて、目に涙を滲《にじ》ませた。報道された翔子さんと亜美菜ちゃんの写真を見れば、大方の人がこの意見に賛同することだろう。特に亜美菜ちゃんの愛らしさは格別であり、だからこそ無惨に手をかけた仁藤の異常性が際立って感じられたのではないかと思う。どんな理由があるにせよあんな子供を殺せるのは鬼畜だ、との声は方々で聞かれた。

「喋ったことがあるといっても、せいぜい天気の話くらいだから、詳しいことはわかりませんよ。ただ、奥さんが何かに悩んでいるようだとは思いませんでしたねぇ。いつも明るい表情の人で、落ち込んでいるところなんか見たことはありませんでした。だから、殺人事件の被害者になるなんて、夢にも思いませんでしたよ」

これは隣人も同意見だった。壁ひとつ隔てた隣の住人ですら、夫婦で言い争う声や悲鳴は一度も聞いていていない。

「喧嘩《けんか》してる様子なんて、まったくありませんでしたよ。確かにこのマンションは防音がしっかりしてますけど、それでも大きい声を出せば聞こえますでしょ。口喧嘩はないし、ましてドメスティックバイオレンスなんかとは無縁の夫婦だったことは間違いないですよ。黴候だの異常な雰囲気だの、そういったものはまったく」

四十代前半くらいの婦人は、全力で否定するとばかりに強く首を振った。この証言は、遺体の解剖結果とも一致する。翔子さんにも亜美菜ちゃんにも、日常的に暴力を振るわれていた痕跡はなかった。

そしてその事実と符合するかのように、仁藤に対する印象もマンション内では決して悪くなかった。ふたたび管理人の言葉を紹介する。

「旦那さんの方とはめったに会わなかったんですが、それでもたまに見かけるときは、さすがあの奥さんの旦那さんだなという、感じのいい人でしたよ。『いつもご苦労様です』なんて声をかけてもらったこともありますしね。見た目もあのとおり、いい男でしょ。しかも一流の大学出て一流の会社入って、美人の奥さんもらってかわいい娘がいて、完璧な人生じゃないですか。そんな人がわざわざ自分の生活を壊すような真似《まね》をするとは思えないんですよねぇ。まだ何かの間違いなんじゃないかと、そんな気がしますよ」

――しかし、奥さんの爪に残っていた肉片のDNAは一致したし、仁藤自身も罪を認めていますが。

「DNA鑑定なんて、ホントに当てになるんですか？　DNA鑑定が間違ってたって話は、ニュースでしょっちゅうやってるじゃないですか。そんなの、当てになりませんよ。それに自白したといっても、本の置き場所に困ったからと言ってるんでしょ。そんな話、誰が信じますか。警察に無理矢理言わされたんじゃないんですか」

どうやら管理人は、仁藤の有罪を信じていないようだった。前述の隣人も、やはりそれに近い証言をしている。

「もう、まさに悪い夢を見ている気分ですよ。あの一家に限って、殺人事件だなんてそんな物騒なことに関わるとはとても思えないのに、それどころか旦那さんが奥さんと娘さんを殺すなんて……。もちろん、旦那さんとも何度もお話ししたことがあります。口数は多くないですけど、丁寧な物腰で礼儀正しくて、すごく上品な人でした。もし本当にあの旦那さんが犯人なら、何かよっぽど切羽詰まった理由があったんですよ。本を置く場所が欲しかったからなんて、そんな馬鹿な理由で人を殺すわけありません」

——では、仁藤が犯人であることは納得しているわけですね。

「だって、ＤＮＡ鑑定で一致したわけでしょ。科学捜査でそういう結論が出たなら、動かぬ証拠なわけだし……。まあ、だからこそよけいに信じられない気持ちなんですけど」

すれ違ったときに挨拶する程度の知人だけでなく、仁藤と日頃からよく言葉を交わしていた人たちも、やはり似たような印象を語った。

「あたし、今の部署に来てから一年になるんですけど、仁藤さんが怒っているところなんて一度も見たことないですよ。むしろ、怒って当然という場面でも怒らないくらいなので、すごく大人だなぁと思ってました。カッとして人を傷つけるなんて、仁藤さんなら絶対あり得ないです。断言できます」

こう語るのは、仁藤と同じ職場で働く二十代女性だ。同時にふたりの女性から話を聞いたが、もう一方の人も深く頷《うなず》いた。

「すごい紳士ですよ。あたしたちにお茶汲《く》みなんかさせないし、セクハラなんかむろんしないし、オヤジギャグも言わないですからね。誰とは言わないですけど、他の人も仁藤さんを見習って欲しいくらいです」

——仁藤は無口だったのでしょうか。

「お喋りではなかったですねー。よけいなことは言わないで、黙々と仕事をするタイプです」

「そうそう。偉そうなことを言う前に、態度で示すという感じですね。背中で語る、というか」

「これ、あたしだけじゃなくって他にもそう言ってる人がけっこういたから言いますけど、理想の男性でしたよ。結婚するなら仁藤さんみたいな人がいいって、女子行員の間では言われてました」

「本当ですよ。既婚者なのが残念だ、って。いっそ略奪しちゃおうか、なんて冗談で言う人もいたくらいだし」

話を誇張して面白おかしく語っている気配は皆無だった。会社にいるときの仁藤は、女子行員に人気があったようだ。

——だったら、事件のことはどう思いますか？

水を向けてみた。するとふたりは顔を見合わせ、困惑を露《あら》わにした。

「いやもう、信じられないとしか言いようがないです。誰か別の人の話を聞いてるみたいです」

「あたしもですよ。もしこういう事件が起きたとしても、仁藤さんだけは犯人じゃないとまず考えますね。警察発表もなんだか変だし、世間には言えない裏があるんじゃないかって、行内では噂《うわさ》されています」

——裏？　例えば？

「うーん、それはわかりませんけど、例えば政府の機密事項を知ってしまって、口封じのために社会生命を絶たれた、とか」

そう語る女性自身も、信じていない口振りだった。一歩譲ってそのようなことがあったとしても、殺されるのは仁藤であって妻子ではないだろう。陰謀説を持ち出すのは、やはり苦しいと言わざるを得なかった。

——では、あなたたちから見た仁藤は、暴力沙汰とまったく無縁の温厚な人、ということでしょうか。

「そうですよ。それはそうです。仁藤さんに限らず、普通に生きている限りは誰でもそうですよね。そりゃあ、仕事では厳しい面もありましたよ。あ、誤解しないで欲しいんですが、人に厳しいというより自分に厳しいタイプでした。仁藤さんは特に頭が切れる人ですから、ちょっと冷たげに感じられる面もないことはなかったですけど、でも基本的には優しい人だと思ってました」

「ともかく、優しいですよ。出張に行ってもプライベートで旅行に行っても、必ずおみやげを買ってきてくれましたし。それも、女子行員が好きそうなおいしいお菓子を必ず買ってきてくれるんですよ。バレンタインにはたくさんチョコをもらってましたけど、ホワイトデーには必ずお返しをくれました。それも、けっこう高いお菓子を。倍返しだね、なんてあたしたちは言ってました」

——どんなときでもその印象は変わらなかったですか。酒を飲むと豹変する、なんてことはありませんか。

「ないですねぇ。お酒の席だと調子に乗ってスケベになる人もいますけど、仁藤さんは絶対そんなことはありませんでした。馬鹿騒ぎはしないで、静かにお酒を飲むのが好きそうでした。しかも自分の限度をわきまえているのか、酔って乱れたところは一度も見たことないですね」

——女子行員から人気があったなら、浮いた話のひとつやふたつはなかったのでしょうか。

「それもないですよ。仁藤さんに誘われたら応じちゃう女子はいるんじゃないかと思いますけど、少なくともあたしは聞いたことないです」

「といっても、堅物って感じでもないんですよ。真面目《まじめ》なだけのつまらない人ではなくって、他の男性行員がスケベな話をしてもちゃんと笑ってましたし、女子がふざけてちょっかい出しても拒絶して白けさせるようなこともなかったし。物腰も性格も、いろいろな点で柔らかい人だと思いますね」

違う証言が得られないものかとあれこれ水を向けてみたのだが、ついに彼女たちから仁藤の悪印象を引き出すことはできなかった。彼女たち自身も言っていたが、まるで別人の話を聞いているかのようだった。

5

取材を重ねるうちに、さらに踏み込んだ証言をする人に出会った。だがその人は完全匿名を条件に語ってくれたので、ここに詳細を綴《つづ》るわけにはいかない。証言をそのまま文字にすることも禁じられたので、以下は物語形式で彼女が語ったことを再現しようと思う。

井荻智美《いおぎともみ》（仮名）がスポーツクラブに通い始めたのは、単調な日々の生活にストレスを感じたからだった。

智美は会社勤めをするまで、ずっとスポーツを続けていた。高校在学時には、テニスで県大会にも出場したことがあった。だが社会人になってからは仕事に追われ、趣味でテニスを続けることも難しくなった。体を動かすことよりも、仕事で成果を挙げることに喜びを見いだしていた面もあった。

数年経《た》って仕事に余裕が出てくると、体を動かさない生活を息苦しく感じ始めた。張り詰めていた気持ちが切れたのか、なんとなく体調が優れないようにも感じる。これは運動不足が原因に違いないと考え、会社帰りに寄れる場所にあるスポーツクラブに入会したのだった。

基本的にはエアロビクスやエアロバイクといった、酸素燃焼系の運動をするつもりだった。しかしそのスポーツクラブには、珍しい施設もあった。クライミングウォールを体験することができたのだ。

　クライミングウォールとは、ホールドと呼ばれる出っ張りのある壁を登るスポーツである。壁の角度は八十度近くから百五十度にまで及び、擬似的なロッククライミングを楽しむことができる。智美は以前、テレビドラマで主人公がクライミングウォールをやっているところを見て、自分も挑戦してみたいと思っていたのだった。

　入会してすぐ、クライミングウォール体験を申し込んだ。最初はインストラクターがつき、初歩的な動きを教えてくれた。それによると、クライミングウォールは体力のみならず頭を使うスポーツだという。どのホールドを摑《つか》むか、戦略を組み立てて取り組まないと、最終的な局面が大いに変わってくるのだそうだ。また、インナーマッスルを使うため、多少筋力に自信があっても初めのうちは絶対に筋肉痛になるとも言われた。ベンチプレスで筋肉を鍛えている人でも、筋肉痛は避けられないという。そんな説明は面白く、ますます興味を惹かれた。実際に始めてみると、たちまち夢中になった。

　クライミングウォールがまだマイナースポーツに留《とど》まっているためか、専用ルームがいつも空いているのもありがたかった。どんなに面白くても、順番待ちに時間を使うようでは気軽に取り組めない。仕事に余裕が出たとはいえ、暇を持て余しているわけではないのだ。仕事帰りにちょっと寄り、三十分ほど汗を流して帰宅できればありがたかった。

　一ヵ月ほど通ううちに、クライミングウォールをやる時間も決まってきた。時間が一定してくると、顔馴染《なじ》みもできた。向こうもいつも同じ時間に来るので、何度も顔を合わせるうちに挨拶をするようになった。相手は三十代と見受けられる男性だった。

「クライミングウォールって、見た目以上にハードなスポーツですよね」

そんなふうに話しかけられたのが最初だったと記憶している。九十度の壁を登り切り、ひと息ついていたときだった。

「そうですね。腕や腿《もも》が太くなっちゃいそう」

智美は気軽に応じた。これまで何度か会釈をしていて、男性に好印象を覚えていたためだった。男性は身長が高く、短く刈った髪型に清潔感があった。少し恥ずかしげに微笑んで会釈する様は、押しつけがましさとは無縁だった。男社会の中で毎日闘っている智美にとっては、ただそれだけのことが新鮮に見えた。

男性が左手の薬指に指輪をしていないことには気づいていた。だがそれは、クライミングウォールをするからには当たり前のことだった。滑り止めのチョークを掌《てのひら》にまぶすくらいなので、指輪は邪魔になる。だから男性が独身とは限らないが、独身だといいなと漠然と考えていた。

休んでいた男性は、スポーツドリンクを置くと掌にチョークをまぶし、壁に取りかかった。これまでは登り方を凝視するのは失礼だと思い、あえて見ないようにしていたが、声をかけられた今は眺める権利を得た気分だった。じっと見守っていると、男性がかなり理知的に戦略を練っていることがわかった。ホールドには番号がついていて、その順番に手をかけていかなければならないというルールがある。智美はいつも、せいぜい三ステップ分しか先読みをせず、後は成り行きに任せて手足を動かすのだが、男性は相当先までホールドの位置が頭に入っているように見える。その証拠に、途中でためらうことがなかった。一度止まってしまうと指先や爪先に負担がかかるので、できるだけリズミカルに登っていった方がいい。そのためには戦略が大事であり、男性の動きは明らかに思い描いたコースを辿《たど》っているようだった。

「お上手ですね」

降りてきた男性に、言葉をかけた。男性ははにかんだ笑みを浮かべると、「ありがとうございます」と答えた。

その日のやり取りはその程度で、互いに名前すら名乗らなかった。それでも、ふだんの心地よい疲労感とは別種の充実感を、智美は覚えていた。クラブ通いがますます楽しくなりそうだと考えた。

次にスポーツクラブに行く日は、朝からなんとなく気持ちが浮き立っていた。男性に対してひと目惚《めぼ》れしたというほどの強い感情を覚えているわけではない。ただ、退屈だった日常に少しのスパイスを与えてくれたのは確かだった。男性と会えなくても楽しいが、会えるとしたらさらに楽しみが増すかもしれない。智美はそんな気持ちでいたのだった。

更衣室で着替えてから専用ルームに行くと、男性の姿はまだなかった。がっかりしつつも、壁と向き合う。登るコースを決め、ホールドの番号を目で追い、掌にチョークをまぶすと、雑念が消えた。壁を登っているときはそれだけに集中していないと、たちまち手や足を滑らせて落ちてしまう。しばし男性のことは忘れていた。

だから、専用ルームに男性がいつやってきたのか、智美は知らなかった。床に降り立ったときに「お疲れ様」と声をかけられ、初めて気づいた。見られていたことを恥ずかしく感じ、俯《うつむ》き気味に会釈する。交代とばかりに、今度は男性が壁に取りついた。

「お仕事帰りなんですか？」

あっという間にゴールまで到達した男性は、降りてくるとそう尋ねた。智美が「はい」と応じると、「クライミングウォールは面白いですよね」と男性は続ける。

「体だけでなく、頭も使うのが面白いな」

それだけを言うと、また二度目のクライミングに取りかかった。もっと言葉を交わしたいのに、と智美は物足りなさを覚えた。

ただ、以後はふた言三言とはいえ、会えば必ず言葉を交わすようになった。挨拶だけでなく、互いの名前や職業まで教え合った。男性の名前は、仁藤俊実といった。職業は銀行マンだという。真面目そうな外見と、理知的な物腰が、いかにもその職業に似つかわしかった。

とはいえ、それ以上に関係が進展することもなかった。クラブで会えば会釈をし、時候の挨拶程度の言葉を交わす。仁藤は一貫して紳士的な態度をとり続けていたので、智美に立ち入った質問をしてくることもなかった。もっとあたしのことを訊いて欲しいし、仁藤のことも知りたい。そんな望みが次第に膨れ上がっていくのを、智美は自覚していた。

仁藤はいつも、クライミングウォールを終えた後にエアロバイクをしてから帰っているようだった。智美はそこまでの体力はないので、スポーツクラブに来るときはどちらかしかやらない。だからクライミングウォールの専用ルームで仁藤と一緒になっても、帰る時間はずれていた。

それを、あえて合わせてみた。仁藤より先にクライミングウォールを終わらせ、エアロバイクを漕《こ》いだ。後からやってきた仁藤は智美に気づき、「珍しいですね」と話しかけてきた。それに答えた声が弾んでいることを、智美はわずかに恥ずかしく思った。

「はい。もっと体力をつけようかと思って」

「そうですか」

話はそこで終わってしまった。仁藤はひとつ隣のエアロバイクに跨《また》がり、漕ぎながら本を読み始めた。そうなると、なかなか声もかけづらい。仕方なく前方のテレビをぼんやりと眺めながら、ただペダルを漕ぎ続けた。

仁藤がエアロバイクのセッティングをするところは、密《ひそ》かに盗み見していた。仁藤は設定時間を、三十分とした。智美はそれより早く、二十分と設定し直した。身支度にかかる時間を思えば、せめて十分は早く終わらせなければならない。

二十分後に、「お先に失礼します」と断ってエアロバイクを降りた。仁藤は顔を上げ、「はい」と応じる。その口許に浮かんでいる笑みは、やはり柔らかだった。

手早くシャワーを浴び、化粧を直してから、クラブをチェックアウトした。エレベーターを降りたところで、ハンドバッグの中を探る振りをして立ち止まる。仁藤の方が先に帰ってしまったということはないはずだった。

果たして、五分も待たずに仁藤がエレベーターから出てきた。スポーツウェア姿ではない仁藤を見たのは、これが初めてだった。黒に近い紺のスーツ。予想どおり、真面目そうな風貌に堅いスーツはよく似合っていた。

　とっさに、左手の薬指に目をやった。その瞬間、自分でも思いがけないほどに衝撃を受けた。仁藤は指輪をしていた。既婚者だったのだ。

「ああ、井荻さん。今お帰りですか」

　智美の内心など知らず、仁藤は気さくに声をかけてきた。智美はぎこちなく、「ええ」と頷く。どんなふうに仁藤に接すればいいのか、わからなくなっていた。言葉も続けられず、ただ立ち尽くす。しかし仁藤はかまわず、「駅まで行きますか？」と尋ねてくる。もしそうなら、一緒に行こうという意味だろう。智美は「はい」と応じ、並んで歩くしかなかった。

　駅に着くまで何か会話をしていたはずだが、まったく記憶に残っていなかった。智美は自分が受けた衝撃の大きさに驚いていた。仁藤の存在は単調な生活におけるちょっとしたアクセントでしかないと思っていたのに、どうやらとっくにそんなレベルではなくなっていたようだ。思い返してみれば、仁藤は度を超して智美に接近してくるようなことはなく、その態度は妻帯者らしい慎みを含んでいた。智美はただ、一方的に好意を寄せて独り相撲《ずもう》をとっていたに過ぎない。

　駅で別れると、空《むな》しさに襲われた。もういっそ、スポーツクラブに行くのはやめようかとも思った。妻帯者を好きになっても仕方がない。諦めて別の男に目を向けるか、あるいは以前の単調な生活に戻ろうと考えた。だがそれはどちらも、選びたくない無味乾燥な選択肢に感じられた。

　数日をぼんやりと過ごした。その数日は、自分の気持ちを確かめる時間だった。確認の過程は驚きの連続だった。仁藤という触媒を通じて、見知らぬ自分が掘り起こされていくかのようだった。

仁藤を恋う気持ちは、彼が既婚者だとわかっても少しも減じなかった。これがまず第一の驚き。そして智美は、それを密かな思いに留めておきたくはないと考えたのだった。自分がそんな大胆な女だったことを知り、さらに驚愕《きょうがく》した。

まだ二十代前半でしかない年齢が、背中を後押しした。いずれ結婚するにしても、しばらく先のことになる。ならば当面は、結婚を前提にした付き合いをしなくてもいいのではないか。結婚を前提にしないなら、相手が未婚かどうかは気にしなくていい。そんなふうに理論武装をして、仁藤への恋情を容認した。実際に行動するしないはともかく、仁藤との縁を自分から絶つ必要はないと結論したら、気持ちが楽になった。

そう思い定めると、行動が大胆になった。次に仁藤に会ったときから、積極的に話しかけるようになったのだ。仁藤の生活についてあれこれと尋ねたが、向こうは特にいやがる素振りもなかった。大人の社会人としての常識なのか、こちらが訊けば向こうも尋ね返してくる。勢い、互いのことをよく知るようになり、付き合いがどんどん深まっていく実感があった。

単なるスポーツクラブでの知り合いの域を脱する機会を、智美はずっと狙っていた。きっかけを強引に作るとしたら、自分の誕生日がいい口実になると思っていた。そうでもしないことには、仁藤の方から誘ってくる気配はなかった。残念なことだったが、真面目なところを好もしく思ったのだからやむを得ない。仁藤の真面目さをいかに突き崩すかが、仲を進展させられるかどうかの勝負所となるだろうと考えた。

「仁藤さん、図々しいお願いをしてもいいですか」

そう切り出したときには、心臓が喉から飛び出しかねないほど緊張していた。仁藤は気さくに「なんですか？」と応じる。親しく口を利くようになってからも、仁藤は智美に対して敬語を使い続けていた。

「あたし、再来週が誕生日なんです。でも、彼氏がいるわけじゃないから祝ってくれる人がいないんですよ」

「井荻さんが誰とも付き合ってないなんて、不思議ですね。男性と付き合う気がないんですか？」

仁藤もそれくらいのことを言ってくれるようにはなっていた。智美は嬉《うれ》しく思いながら、首を振る。

「いえ、そんなことはないんですけど、なかなかいい人がいなくって」

「まあ、好きでもない人と無理に付き合う必要はないですからね。井荻さんならいずれ、ふさわしい人と巡り合えますよ」

「でも、再来週までには無理です」

わざと笑いを交えて言った。内心では、緊張が頂点に達しようとしていた。

「だから、いやじゃなかったら食事に付き合ってくれませんか。ひとりで過ごすのは寂しいので」

一気に言えた。一度でも言い淀《よど》んでしまえば、その先は言えなくなると思っていた。ただ、仁藤の顔は見られなかった。

しばし沈黙が落ちた。ほんの数秒のことだったのだろうが、智美にはとてつもなく長く感じられた。恥をかかせないで欲しい。それだけを、智美は何度も願った。

「井荻さんには言ってなかったかもしれませんが、ぼくは妻子がいるんです」

ようやく仁藤は口を開いた。予想された返事だった。すかさず智美は言葉を返す。

「別に関係ないです。奥さんやお子さんがいても、友達を作るのはかまわないんじゃないですか」

友達で留まるつもりはなかったが、まずはそこから始めなければならない。ここまで罪の意識を軽減してやれば、仁藤も応じてくれるのではないか。そんなふうに期待していたのだった。

「それはそうですけど」

仁藤は頬を人差し指で掻いて、ニッと笑った。子供が自分のいたずらを白状するような、邪気のない笑顔だった。

「でもそれって、妻や娘に対して不誠実な気がするんですよね。ぼくらはもう友達じゃないですか。違います？　友情は距離を保ってこそ成立するけど、ぼくの感覚ではふたりで食事はちょっと距離が近すぎるかな。付き合ってあげられなくて、ごめんなさいね」

はっきり言い切られてしまった。そうか、そういうことなのか。仁藤は家庭の話をまったくしないから、妻子に対してどんな感情を持っているのかわからなかった。不誠実になりたくないと考えているなら、きっとよいマイホームパパなのだろう。そんな人と付き合いたいと考えた自分が馬鹿だった。

「そうですね。こちらこそ、ごめんなさい。変なことをお願いしちゃって。違う人に当たってみます」

これもまた、断られた場合を想定して用意してあった台詞《せりふ》だった。だから特に感情を交えず言えたが、自分が深いダメージを受けているだろうことは予想できた。傷の深さは時間の経過とともに明らかになるはずだが、今はまだ直視したくなかった。

ともあれ、すっぱり諦めがついたのは間違いなかった。悶々《もんもん》としていた数ヵ月から抜け出した解放感すらある。今はただ、この解放感だけを味わっていようと智美は考えた。

6

このエピソードは、いったいどのように解釈すればいいのか。井荻さんの話を聞いて、彼女が好きになった男性がいずれ妻子を残虐に殺すことになると、誰が想像できるだろう。ここでも仁藤はやはり、まったくの別人のように登場する。仁藤は二重人格者だと解釈した方が、よほど納得できるのではないか。

井荻さんについて語るなら、美人と評しても決して大袈裟《おおげさ》ではない容姿の女性である。性格もポジティブで、ほんの数時間話しただけでも頭のよさが伝わってくる人だった。つまり女性として充分に魅力的であり、彼女から好意を示されているのにきっぱり拒否できる男性はさほど多くないと思われる。

にもかかわらず仁藤は、井荻さんに対して邪心を持たなかった。彼女の言を信じるなら、終始紳士的に振る舞っていたことになる。もちろん、井荻さんが仁藤の好みに合致していなかった可能性もある。だがそれよりは、仁藤の倫理観が勝ったと考える方が自然だと私には思えた。

井荻さんの目に映った仁藤は、真面目で物静かなマイホームパパだった。妻子を愛し、魅力的な女性の誘惑をも敢然《かんぜん》と退ける堅物である。そしてそんな印象を語る人は、他にもいた。井荻さんがスポーツクラブだけの限定した接触だったのに対し、これから紹介する人と仁藤との付き合いは長い。それだけに、仁藤を理解するのに欠かせない証言をする人物と言える。彼の名は、仮に香坂《こうさか》さんとしておこう。香坂さんは、銀行での仁藤の同期だった。入行以来の付き合いだという。以下、香坂さん自身に語っていただく。


ぼくが仁藤と初めて会ったのは、入行式でのことでした。席が隣だったんです。互いに同期入行の中には友人がいなかったから心細くて、できるだけ情報交換をしようとしました。入行式当日はもちろんのこと、翌日からの新人研修でもずっと一緒に行動していました。

かっこいい奴《やつ》だな、というのが仁藤の第一印象でした。背が高くて脚が長くて、顔つきも頭がよさそうに見えました。でも、いつも口許に微笑を浮かべているような表情が地顔なので、当たりが柔らかそうでした。これは女の子にもてるんだろうな、なんて羨ましく思ったのを憶えています。

その第一印象は、付き合いが長くなっても変わりませんでした。ぼくが知る仁藤はやっぱり、当たりが柔らかくて頭がよくて、女の子にもてそうなかっこいい奴なんです。事故に見せかけて妻子を殺すなんて、まして本を置く場所がなくなったから妻子が邪魔になったなんて、そんなことを考える人間じゃないんですよ。絶対に何かの間違いだと、今でも信じています。

ぼくはこのとおり、ずんぐりむっくりした体型なので、見た目は仁藤と正反対ですけど、けっこう性格は似ているんです。だから何度も会ううちに、どんどん親しくなっていきました。ぼくも仁藤も、基本的には人見知りだと思うんです。自分から積極的に知人を増やしたりはできないので、そういう点でもふたりでいると楽でした。同期行員は大勢いるので、研修中にいくつかのグループができあがりましたが、そこからあぶれずに仲良くやっていけたのも、ぼくらがふたりでいたからだと思うんです。その意味では、少なくともぼくは仁藤に頼っていました。向こうがどう思っていたかは、聞いたことありませんけど。

仁藤はそんな性格だから、見た感じでは目立ちそうですが、実際はそれほどでもありませんでした。研修のディスカッションでも、司会者に指名されない限りは発言をしませんでした。いつも物静かに人の意見を聞いて、求められたときだけ的確なことを言う感じでした。だから目立ちはしないけど、信頼できる男という印象を次第に抱かれ始めていたんじゃないかと思います。自分からはあまり話しかけないのに、研修が終わる頃には友人がたくさんできていました。

配属は別の支店でしたが、研修が終わった後もぼくたちは連絡をとり合っていました。正確に言えば、ぼくの方が仁藤と付き合い続けていたかったんです。ぼくにも同期の知人は増えましたが、やっぱり一番親しみを持てたのは仁藤でした。働き始めればいろいろな難しいことにぶつかって悩むだろうけど、それを話せるのは仁藤だけだなと思っていたんです。幸いぼくらの支店は近かったので、仕事帰りに会うのは難しくありませんでした。よく約束して、飲みに行きました。

ぼくの予想どおり、仁藤はもてましたよ。どこで聞きつけたのか同期の一般職の子たちにも名前を知られてて、同期会という名目で仁藤を飲み会に呼び出してくれないかと頼まれました。ぼく自身も同期の女の子たちと飲めるのは嬉しいから、あの頃は月に二、三回くらいのペースで飲み会に参加してましたね。もちろんぼくは仁藤のおまけなんですけど、すごく楽しかったですよ。仁藤が翔子さんと知り合うまで、まったく浮いた話がなかったのかと言えば、そういうわけではないです。ただ、別に悪いことをしていたのではないんだから、それについて喋るつもりはありません。仁藤がおかしな人間じゃなく、ごく普通の男だということを理解していただきたいです。

仁藤は基本的に、女性に対しては受け身でしたね。前に付き合っていた子にも、自分から言い寄ったわけじゃなかったですよ。向こうから好かれて、それで交際に至ったんです。羨ましい話ですけどね。

そんな仁藤ですが、翔子さんのことはあいつの方から好きになったみたいでした。翔子さんが入行してすぐの頃に、「かわいい子が入ってきたんだよ」と珍しいことを言ったので、よく憶えています。「じゃあ、ぼくに紹介してくれよ」と頼んだら、苦笑してましたが。

翔子さんとは、新人歓迎会で初めて言葉を交わしたようでした。とはいえ、仁藤も奥手ですから、そんなにすぐに仲が進展したわけではありません。きっかけ作りには、ぼくが大いに力を貸しましたよ。だからぼくも、翔子さんとは顔馴染みだったんです。彼女が亡くなったなんて、信じたくありません。

支店の子と親しくなりたいんだけど、どうしたらいいと思う？　と相談されたのは、六月に入った頃のことでした。仁藤はもてるのに、自分から行動を起こそうとすると何をしていいかわからない奴なんです。そういうところもぼくが付き合いやすいと感じていた部分なので、ひと肌脱いでやることにしました。入行当時によくやったように、飲み会をセッティングしたんです。

ぼくらの同期四人と、翔子さんを含めた一般職の子たち四人で飲み会をやりました。仁藤にとってラッキーなことに、ぼくの支店の女の子が翔子さんと仲が良かったんです。だから彼女を通じて、翔子さんにも連絡してもらいました。二対二だとぼくらが邪魔になってしまうので、こっちは賑《にぎ》やかなのをふたり呼び、向こうにも明るい子をふたり誘ってもらいました。

結果から言うと、そのときの飲み会が親しくなる遠因にはなったようです。遠因、というのは、一足飛びに関係が深まったわけではないからです。あれは仁藤の性格に原因があったんでしょうかねぇ。仁藤がもうちょっと強引だったらすぐに付き合っていたのかもしれないし、逆にうまくいかなかったかもしれないし、まあ結果オーライですね。

仁藤と翔子さんがふたりで会うようになるまでは、ぼくもよく駆り出されましたよ。ぼくと支店の子と、四人でバーベキューをしたりディズニーランドに行ったりと、遊びました。四人で会ったらぼくと支店の子が仁藤たちの邪魔をしてしまわないかと心配でしたが、そうはなりませんでした。というのも、実はぼくと支店の子も後に付き合い始めたからです。はい、ぼくの妻が、その支店の子なんです。

だから、仁藤たちカップルはぼくら夫婦の恩人とも言えるんですよ。仁藤たちがいなければ、ぼくが妻と親しくなることはなかったでしょうからね。ただまあ、それは向こうも同じように感じていたので、互いに助け合った形でした。そんな馴《な》れ初《そ》めでしたから、ぼくらは夫婦単位での付き合いをしていて、それで銀行内ではぼくが一番仁藤と親しかったわけです。誰よりもぼくが仁藤をわかっているという自信があります。

翔子さんとのことに話を戻しますが、仁藤はあまり熱くなってはいませんでした。頭の中が翔子さんのことでいっぱい、なんて様子は見せませんでしたよ。ただそれは、仁藤がそういう性格だからなんです。いつも冷静なんですよ、あいつは。長い付き合いになりますが、仁藤が取り乱しているところは見たことがありません。そうそう、事故のときにも不自然に落ち着いていたなんて話が出ていますが、ぼくに言わせればそれが仁藤なんです。自分が殺したから冷静だったなんてことは、絶対にないですよ。むしろ、本当に仁藤が殺したんならかえって冷静じゃいられないんじゃないですか。

熱くアプローチしたりはしないから、四人でいるときはぼくもけっこう翔子さんとは話しましたね。翔子さんは明るく快活な人なので、話してて楽しいんですよ。ぼくと妻、それと翔子さんが三人で話していることを、仁藤がいつもの穏やかな表情で聞いているという関係が長く続いていました。そのうち、そんな仁藤のよさが翔子さんにも伝わったわけですが。

四人で遊んでいる期間が長かったので、仁藤と翔子さんが正式に付き合い始めたのがいつか、ちょっと曖昧ですね。ぼくと妻もそうだから、なんとなく付き合い始めたという感じだったんじゃないかな。ともかく、それが自然だったんです。順番で言うと、まず仁藤たちが付き合い始めて、その後でぼくたちが続いたのですが。

物静かな仁藤と、陽気によく喋る翔子さんの組み合わせは、いいカップルだと思いました。付き合い始めてすぐに仁藤は転勤になったんですが、逆にそれがよかったのかもしれません。意識して会おうとしないと、縁が切れてしまいますからね。仁藤は自分からのろけ話なんてしないので、どれくらいの頻度でデートをしていたのか知りませんが、いい関係が続いていたのは間違いないですよ。

それがいったん別れてしまったのは、仁藤に原因があったんでしょうかねぇ。さっきも言いましたように、仁藤は常に冷静で、不必要に熱くなったりしない男なんです。そこが長所だとは思うんですが、女性からすると見方が違うのかもしれません。仁藤のクールさに、翔子さんは不安になったようでした。

「実は別れちゃったんだよ」と切り出したときも、仁藤はあまり表情を変えていませんでした。口調も落ち着いていて、それだけを聞いたら仁藤の方から望んで別れたと誰もが思ったでしょう。ただぼくは、仁藤はそういう奴だと知っていたから、特に違和感も覚えませんでした。むしろぼくの方が動転して、「なんでだよ!」と食ってかかりました。

「なんでお前たちが別れなきゃならないんだよ。何があったんだよ」

仁藤たちの付き合いがあるから、自分たちも恋人同士でいられるのだと考えていました。こうして第三者に話すと奇妙に思われそうですけど、相互依存とでも言うんですかね、実感としてはそうだったんです。だから仁藤たちが別れてしまえば自分たちも破局すると、とっさに考えました。ぼくが動転したのは、そういうわけです。

「何が、というのはよくわからないんだ。たぶん、ぼくに物足りなくなったんじゃないかな」

仁藤の分析は、後から思えば的確でした。でもその瞬間は、とうてい納得できるものではありません。

「物足りないって、翔子ちゃんはそういう女じゃないだろ。お前のどこが物足りないって言うんだ」

「ぼくはほら、好きだとかかわいいとか、そういうことをあんまり言わないから」

「そんなこと、ぼくだって言わないよ」

さっきから何度も繰り返しているように、仁藤はどんなときでも冷静なのが取り柄なんです。だから恋愛感情も、ほとんど表に出しません。女性からするともっと気持ちを表して欲しいんでしょうが、頼り甲斐《がい》はあるはずなんですよ。それくらいのこともわからないのかと、翔子さんを直接問い詰めたくなりました。

「ぼくの態度が物足りないって言うなら、仕方がないよ。泣いて縋ったりはできないんだから」

そういう態度がいけないのだと、今になってみればわかりますが、不様《ぶざま》な姿を見せたくない仁藤の気持ちも理解できました。やむを得ず、ぼくが自分の彼女を通じて翔子さんの気持ちを確認することにしました。

「不安になったんだって」

と、ぼくの彼女は言いました。仮名で絵美子《えみこ》としておいてください。絵美子は明るい翔子さんと気が合うくらいだから、似たタイプでした。似ているというか、翔子さんに輪をかけてさばさばしていますね。男みたいな性格で、付き合いやすいですよ。ぼくはあまり女っぽい子は苦手だったので、それで絵美子と付き合い始めたんですが。って、そんなことはどうでもいいですね。

「不安って、あれか？　四六時中『好きだ』とか『愛してる』とか言われてないと不安になるってやつか？」

翔子さんがそんなことを言うタイプだとは思えませんでしたが、ぼくも女性をよく知っているわけではありません。気さくな翔子さんも、恋人にはそういうじめじめしたことを要求するのかなと思ったのでした。

「そういうわけじゃないだろうけど、仁藤さんが本当に自分のことを好きなのか、わからなくなったみたいよ」

絵美子は不満そうな顔でした。自分の言いたいことをうまく伝えられないのが不満のようでした。

「だからそれは、仁藤が口に出さないからだろ」

「言えばいいってもんでもないでしょ。軽薄な言葉なら、何度聞かされたって不安になるわよ」

「じゃあ、いいじゃないか。仁藤が誠実な男なのは、翔子さんだって知ってるだろうに」

「それはそうなんだけどね。でも、感情ってちょっとした仕種《しぐさ》とか言葉の端々とかにも滲むでしょ。仁藤さんにはそういう滲むものがないらしいのよ」

「そうかな」

ぼくにはあまり納得できない話でした。それではまるで、仁藤が情の薄い男のようではないですか。

「あたしは頷けなくもないけど」

絵美子までそんなことを言うので腹が立ちましたが、ぼくたちが言い争っても仕方ありません。ぼくも翔子さんと直接話したりして、なんとかふたりが仲直りできないかと努力したんですけど、結局無理でした。女の人はよくわからないなぁ、というのがぼくの感想でした。

表面上は、仁藤はそんなにダメージを受けているようではなかったですよ。だからって、心の中まではわからないじゃないですか。仁藤は無理に何事もないように振る舞っていただけで、内心では悲しんでいたに決まってます。長い付き合いのぼくだからこそ、わかるんです。

ぼくの方は、幸い絵美子と別れたりはしませんでした。ぼくらが別れなかったから、一年後に仁藤たちの縒《よ》りが戻ったとも言えます。というのも、ぼくと仁藤の仲はもちろんのこと、絵美子と翔子さんの友情もずっと続いていたからです。それって、間接的に関係が切れないでいるようなものじゃないですか。だからぼくは絵美子を通じて、翔子さんが他の人と付き合っていないのを知ってましたし、翔子さんもそれは同じだったわけです。

仁藤が誰とも付き合わなかったのには、まあ、女性が面倒になったという面がなかったとは言いません。大喧嘩でもして別れたんならともかく、ぼくにもちょっと納得しがたい理由でしたから、当人ならなおさらでしょう。女は面倒だと思う気持ちは、理解できますね。

翔子さんの方はどうだったのか。はっきり聞いたわけじゃないですけど、仁藤を忘れられなかったからじゃないんでしょうかね。だって仁藤は高学歴に高収入で、おまけに高身長でしょ。昔で言う三高じゃないですか。あれ以上の男を探そうとしたって、なかなかいませんよ。一度そういう男と付き合ったら、妥協してそれ以下の男で満足することはできないでしょう。

絵美子は隠してますけど、翔子さんに別の男を紹介しようと、いろいろやっていたみたいですよ。合コンとかね。翔子さんも美人だから、言い寄る男は多かったみたいですが、結局誰とも付き合わなかったわけです。仁藤と翔子さんの仲が復活するのは、だから傍《はた》で見てるとごく当然のことと思えました。一年間も何を遠回りしていたのかという気もしますが、当人たちには必要な時間だったのでしょう。

久しぶりに四人で遊ぼうかと、ぼくと絵美子が声をかけたのがきっかけでした。一年も経ったのだからほとぼりが冷めていると考えたのがひとつと、お互いに誰とも付き合っていないのを知っていたからというのがひとつ。何より大きい理由は、やっぱり仁藤と翔子さんはお似合いだと思えたからでした。四人で遊ぶのがいやなら断ればいいのだし、断らないなら新しい付き合いができる可能性があると考えたわけです。

で、見事に復縁です。仁藤と翔子さんは、他に相手がいないくらいぴったりだったんですよ。

ぼくと絵美子よりも、ずっと似合いだと思います。それなのに向こうは一度別れて、ぼくたちは喧嘩しながらも今でも一緒にいるんだから、男女のことはよくわかりませんね。まして仁藤が翔子さんと死別しちゃうなんて、本当に人生は何が起きるかわからないです。

仁藤は翔子さんを大事にしてましたよ。基本的に優しい男ですから。女性に対して怒鳴ったりは絶対しないし、暴力なんかなおさら振るうわけがありません。翔子さんも一度別れて、仁藤の穏やかな性格のよさを再認識したんじゃないでしょうかね。激しさはない代わりに、翔子さんを包み込むような優しさがあったはずなんです。

それは結婚して子供が生まれてから、ますます深まったと思いますよ。仁藤はクールですから、子供の写真を持ち歩いたりはしませんし、親馬鹿ぶりを発揮することもありませんでした。男同士でいるときは家庭の話はぜんぜんしなかったけど、それは誰でも同じでしょ。ぼくも、友人と会ってるときまで女房子供の話はしませんよ。それでも、家族を大事に思っていることに違いはないし、仁藤もそうだったはずです。仁藤は女性に対するときと同じで、自分から子供に近寄っていってあやしたりはしないんですが、いつもの淡い微笑を浮かべて見守ってました。

仁藤と翔子さんと亜美菜ちゃんが三人でいるところを写真に撮れば、温かな家庭の見本のような光景になったと思いますよ。あの様子を見れば、仁藤がふたりを殺したなんて絶対にあり得ないと、誰もが思うに決まってます。警察は何も知らないから、強引な捜査で無理矢理仁藤を犯人に仕立て上げたんです。仁藤が妻子殺しなんてするわけないことを、世間に向けて発表してください。お願いしますよ……。

7

仁藤を評して香坂さんが何度も、「冷静だ」「クールだ」と言うのが印象的だった。それは香坂さんだけでなく、仁藤を知る多くの人の意見が一致するところであった。妻子を喪《うしな》った人にしては冷静すぎるから怪しい、という世間の声は多かったが、逆に仁藤が犯人だとしたらあまりに装わなすぎるという意見もあった。事故で家族を亡くした遺族の振りをしたいなら、もっと取り乱した演技をするのが普通ではないか。報道される仁藤の姿を見て、そんな違和感を持った方も少なくないと思う。

仁藤は本当に妻子を殺したのか。殺していないなら、なぜ自白をしたのか。これは警察と検察がでっち上げた冤罪ではないのか。仁藤の落ち着いた態度は、当然のようにそんな憶測を呼び起こした。その後そうした疑問が立ち消えたのは読者もご存じのことと思うが、一時は仁藤の知人たちを中心として、二審での無罪勝ち取りを目指す運動が始まっていたのも事実である。

果たして仁藤は、どんな状況下で己の罪を認めたのか。警察や検察の誘導なしに、あのような異常な自白をしたのであろうか。ならば仁藤の精神状態は、普通だったと言えるのか。これらの疑問を解くために、一審の担当弁護士である米森孝一《よねもりこういち》氏に話を伺った。米森氏は弁護士生活が二十数年に及ぶベテランで、仁藤の事件は知人の紹介で担当することになった。時間が限られる中、米森氏はこちらの質問に丁寧に答えてくれた。

私は最初に、「仁藤の第一印象についてお話しいただけますか」と質問をした。これはこの種のインタビューとしては特に奇を衒《てら》った質問ではないと思うが、意外なことに米森氏はしばし考え込んだ。小柄だがエネルギッシュな気配を醸し出す米森氏は、その雰囲気とはそぐわぬほどに慎重に言葉を選びながら口を開いた。

「――私も長くこの仕事をしているので、依頼者が本当に罪を犯しているかどうか、真犯人なのに白を切っているとか、あるいは逆にやってもいないのに無理に自白させられたなど、そうしたことは少し話をしただけでなんとなくわかる自信があります。その私の印象によれば、仁藤さんは無罪だと最初に直感しました」

無罪。これはなかなか大胆な発言である。しかし米森氏は、続けて自信喪失気味に首を振った。

「私の直感は、外れていました。勘がこんなにも狂ったのは、初めてのことです。その意味で、仁藤さんは非常に特異な第一印象を与える人でした」

特異な第一印象という表現を、米森氏は用いた。それは井荻さんや香坂さんの語る仁藤像と、おそらく重なるのだろう。ふたりの話を聞く限り、仁藤が後に殺人を犯すとはとても思えない。同じ第一印象を、仁藤は米森氏にも与えたようだった。

――人殺しなどしない人だ、と思ったわけですね。

確認すると、米森氏はいかにも認めたくないことだとばかりに渋々頷いた。

「まあ、そういうことです。仁藤さんは知的で、落ち着いていました。妻子を殺す粗暴さはかけらもなく、加えて身辺に妻子殺しのメリットはまったく見当たりませんでした。奥さんに多額の生命保険でもかかっていれば別ですが、そうした背景もないわけですから、ああいう雰囲気の人が妻子を手にかけているとはちょっと想像しにくいですね」

米森氏が言うように、仁藤翔子さんにも亜美菜ちゃんにも、生命保険はかけられていなかった。掛け捨ての都民共済に加入していただけである。それが殺人の動機になり得るとは、いささか考えにくかった。

——仁藤は米森先生に対して、事件についてどのように語ったのでしょうか。自分が殺したと、当初から認めていたのですか。

「はい、認めていました。ですが、あまりに淡々としているので、何か事情があってあえて虚偽の自白をしているのだと受け取りました。まさか真実を語っているとは、あの口調からは思いもしませんでした」

——淡々と、ということは、己の罪を悔いたり、あるいは開き直ったりする様子はなかったということですか。

「ええ。譬《たと》えは妙ですが、興味のないことについて語っているかのような態度でした。ですから私は、それは一種のサインだと判断したわけです。事情があって罪を認めているが、本当はやっていないのだ、というサインだと」

——では、真実を語らせようとしたわけですね。

「そうです。まずは依頼者と信頼関係を築き上げるのが鉄則ですから。しかしどんなに促しても、仁藤さんは主張を変えませんでした」

――主張とは、本を置く場所に困って妻子を殺したという動機ですか。

私は最も興味を抱いていた点を質した。こんな動機を聞かされ、どう思ったのか。おかしな動機を語ることで、何かを隠しているとは考えなかったのか。

一審判決では、殺人の動機は結局特定されなかった。仁藤は裁判所でも、異常な動機しか語らなかったのである。裁判官や裁判員はそれを虚偽と断定したが、他に納得できる動機は見つけられなかった。それが、一審判決が下り控訴審を待っている現在の状況である。

「当然、嘘だと思いましたよ。犯人らしからぬ態度に加えてその動機ですから、真実を語れない事情があると考えるのが普通でしょう。ですが仁藤さんとの間には、残念ながら信頼関係は築けませんでした。私にだけ打ち明けてくれたことなど、ひとつもなかったのです」

米森氏は悔しげだった。それを見て私は疑問を覚えたので、確認した。

――今でも、仁藤は何かを隠しているとお考えですか。それとも、本の置き場所に困ったという動機が真実だと思いますか。

「どうでしょう。正直に言いますが、私は仁藤さんのことが理解できません。ですからあの動機が本当であったとしても、もう驚かないでしょう」

これはある意味、衝撃的な発言だった。本の置き場所を確保するために妻子を殺したなどという動機を、担当弁護士があり得ることと考えているのだ。私はその点をさらに問い質した。

――先生は一審の際に、仁藤の心神耗弱を主張しましたよね。それは裁判戦術ではなく、本当にそうだったと考えてのことでしょうか。

「あり得る、と思います。というより、誰もがまずそれを疑うのではないでしょうか」

米森氏の言うとおり、異常な動機が報道されてからは、マスコミもインターネット上の素人《しろうと》評論家たちも、皆一様に仁藤の精神異常を疑った。仁藤は犯行当時、心神耗弱状態にあったからこそ、本の置き場所と妻子の命のどちらを優先すべきか判断できなかったのだ、と。もし仁藤が本気で動機を語っていたのなら、それは間違いなく心神耗弱、もしくは精神障害である心神喪失であろう。しかし裁判所は、そのどちらでもないと判断した。

「心神耗弱が認められなかったのは、意外な判決でした。仁藤さんは通常の精神状態にあり、真の動機を語らずにいるだけだと見做されたわけです。それにはむろん、仁藤さんの落ち着きぶりが大きく影響していました。仁藤さんの周囲の方々の証言でも、心神耗弱を匂わせる徴候が見られなかったのが残念なところです」

先に紹介したいくつかの話でも、仁藤の異常性を語るエピソードは出てきていない。むしろ、成熟した常識人としか思えない証言ばかりである。やはり裁判でも、残酷な犯行と仁藤本人との乖離は埋まらなかったのだ。果たして仁藤は何かを隠しているのか、それとも異常者なのか。

——仁藤を理解できないとおっしゃいましたが、それはどうしてでしょうか。

理解できないと匙《さじ》を投げるまでには、相応の過程があったはずである。知的で落ち着いていると見えた仁藤のどこに、米森氏は異常性を見いだしたのだろうか。

「まず、感情の起伏が少ないように感じました。通常の意味での喜怒哀楽が、仁藤さんの心には生じないという印象を持ちましたね。ですから、まるで壁に向かって喋っているような、そんな空しさを覚えたこともあります」

喜怒哀楽が少ない。それは井荻さんや香坂さんの話とも、一脈通じるところがあるように思われた。井荻さんに好意を示されても心を動かさない仁藤、そして親しい友人にも常に冷静だと思われる仁藤。さらに、翔子さんは仁藤の感情が見えないことで不安になり、一度は別れを決意したのである。いずれも、仁藤の情緒が欠如していることを物語っていないだろうか。

——でも、仁藤を知る方たちに話を伺う限り、情がないという印象はないのですが。

あえて逆の質問をぶつけてみた。米森氏は精神科医ではないから、詳しい分析はできないだろう。しかし弁護士としての長いキャリアの中で、仁藤に似たタイプの被告人と接した経験もあるのではないかと考えた。米森氏は簡単に頷く。

「そうです。仁藤さんは情のない人ではありません。むしろその方が、心神喪失状態にあるとわかりやすかったでしょう。仁藤さんとは普通にコミュニケーションができるのです。あの異常な動機を語らなければ、私も壁と話しているようには感じなかったと思います」

——では、仁藤を理解できないと感じた他の理由はなんでしょうか。

「あまりにも普通であること、でしょうか。先ほども語りましたように、第一印象ではとても殺人者には見えないわけです。激昂《げきこう》して衝動的に罪を犯すタイプではないし、計画的に犯行に及ぶタイプでもない。にもかかわらず自白を撤回せず、語る動機は異常極まりない。そのギャップは、結局最後まで埋められませんでした」

——整理させてください。仁藤は警察や検察による誘導はなかったと認めているのですね。

「はい。潔《いさぎよ》く犯行を認めている、といった態度でした」

——しかし語る動機は異常である。それは、真実の動機を隠しているためとも考えられる。

「通常の解釈なら、そうなるでしょう」

——でも先生は、仁藤は心神耗弱状態にあったと主張された。

「いや、正直に言うなら、一時的な心神耗弱とは思っていません。もっと根本的な、精神の部分的欠落であってもおかしくないというのが、私の感触です」

——その部分とは、いったいなんでしょう？

「それに関しては、私は専門家ではないのでわかりません。一応言い添えておきますと、真実を隠しているのか、それとも精神異常なのか、私には判断しかねるのですよ。大変残念なことですが」

米森氏は今日三度目の「残念」という表現を使った。それが、偽らざる心境なのだろうと私は受け取った。

8

この時点ではまだ、妻子を残酷に殺した犯人像と仁藤の人となりがうまく一致していなかった。犯人としての仁藤は明らかに異常なのに、知人たちの口で語られる仁藤はごく常識的な人物でしかない。そのずれを埋めるために、私は多くの人々に話を聞いて回った。そして、こんな証言をする人にも行き当たった。

この人物もやはり名前が出ることを嫌ったので、仮に田坂《たさか》さんとしておく。田坂さんは仁藤の銀行での後輩に当たる人だった。

田坂さんの仕事の都合上、私たちは日曜日に会った。田坂さんが指定したファミリーレストランで落ち合い、話を聞いた。騒がしいレストランだったにもかかわらず、田坂さんは周囲の耳を気にした。それだけでなく、自分の名前が出ることをひどく恐れていた。匿名を希望する人は少なくないが、田坂さんの念の押し方は少し度が過ぎるようだった。そうした態度は、単なる臆病が原因とは思えなかった。

――同じ支店の方にも何人かお会いしていますが、お名前を出すつもりはまったくありません。どうかご安心ください。

そう言葉を添えたが、田坂さんは納得したようではなかった。そんなにも名前が出ることを恐れる理由は何か、興味をそそられた。

「みんな、仁藤さんのことはいい人だと言ってるでしょう、特に女性たちは」

田坂さんは含むものがあるような物言いをした。私はそこに食らいついた。

――そうですね。仁藤さんを悪く言う人が見つからない状態です。それなのに妻子殺しの容疑で逮捕されたのですから、なんとも不思議で仕方ないですよ。

水を向けてみたが、田坂さんはまだ自分から口を開こうとはしない。私はさらに言葉を重ねた。

――田坂さんも同じですよね。仁藤さんは冤罪で捕まってるとお考えですか？

あえて感触とは逆のことを言った。果たして、田坂さんは逡巡《しゅんじゅん》した。言いたいことが喉元まで出かかっているのだが、それでもまだ、言っていいと確信できずにいるといった様子だった。

「……最初に断っておきたいんですが、ぼくも仁藤さんはいい人だと思ってますよ。人殺しをしそうだなんて、一度も思ったことはありません。これは本当です。だから、仁藤さんの悪口を言うなんて受け取られたら、ちょっと困るんですよね。そこは理解してくれますか」

そう前置きして、田坂さんはようやく重い口を開いた。その内容は、この時点では珍しいものだった。


ぼくは仁藤さんと同じ支店に勤めていて、四年後輩に当たります。仁藤さんと一緒に働くようになって、一年です。

ぼくが転勤してきたときには、仁藤さんはすでに支店内で頼られる存在でした。ともかく女子行員たちには絶大な人気があったし、その一方で男性からも慕われていました。温和な人で、簡単に怒ったりしないから、先輩としては理想的でした。どんな世界でもそうでしょうが、ただ年上だというだけで無根拠に威張る人もいるのですよ。仁藤さんはそうした要素がまったくなかったので、接するのが楽でした。

だから仕事上で困ったことがあったら、仕事内容が違ってても仁藤さんに聞いてもらうという雰囲気ができてました。もちろん、全員が全員悩み相談をしていたら仁藤さんもたまったものじゃないですから、機会があればの話ですけど。例えば飲み会の席で隣になるとか、昼ご飯を一緒に食べたときとかですね。ぼくは最近まで、他の人に聞いてもらいたくなるような辛《つら》い目には遭ってませんでしたから、仁藤さんは後輩の面倒見がいい人だなと、他人事《ひとごと》として眺めていただけでした。

それでも、こんなことがありました。ぼくは融資課で、主に個人客の住宅ローンを扱っているのですが、中小企業さん相手の融資もやってます。数としてはそんなに多くないんですけど、町工場が多い地域なので、他の支店よりは扱っていたと思います。その融資絡みの話です。

あるとき、五十歳前後くらいのお客様がいらっしゃいました。名前を言うわけにはいかないので、鈴木《すずき》さんとしておきます。鈴木さんは頬の肉が弛《たる》んでいるせいで年配の方に見えましたが、後で年齢を聞いたところ、四十四歳とのことでした。それだけ、苦労が顔に出ているような感じの人だったのです。

鈴木さんは番号札を取ってソファで待っているときから、俯き加減でした。ぼくはそんな姿を見て、負のオーラを感じ取りました。融資の担当をそこそこやっていると、そういうオーラに敏感になるんですよ。だから実際に話を聞く前から、鈴木さんがどんな相談を持ちかけてくるか、なんとなく見当がついてました。

順番が回ってきたので、お呼びして挨拶をしました。鈴木さんは顔を上げず、こちらの目を直視しませんでした。厄介な申し出なのかなと予想しつつ、「どんなご用でしょうか」と促しました。鈴木さんは訥々《とつとつ》と、自分は町工場を経営していると自己紹介しました。

「どうしても金が必要なんですよ。工面してくれませんか」

融資のお申し出であることは、こちらもわかっております。まずはお話を伺うために、申請用紙に必要事項を記入していただきました。

お名前を見て、端末に入力しました。一致するお名前は出てきましたが、過去の出納記録をざっと見る限り、当行がメインバンクではなさそうです。

申請用紙を再度覗《のぞ》き込み、希望される融資額を確認しました。具体的な数字は伏せますが、若干多めでした。鈴木さんは記入の途中でしたが、お尋ねしないわけにはいきませんでした。

「当行とはあまりお取引がなかったようですが、別の口座をお持ちですか」

法人名義の口座をお持ちで、そちらで過去の実績があるなら好材料です。ただ、そうでないなら、いろいろ手続きを踏まなければなりません。

「いや、こちらでは個人名義でしか持ってません」

案の定、鈴木さんはそう答えます。率直な話、ぼくは内心で腰が引けていました。

そうはいっても、門前払いをするわけにはいきません。メインバンクがどこであるか、なぜそちらに融資の申し込みをしないのかと尋ねました。

「いや、もうすでにそちらからも借りているんです」

この答えを聞いて、これはアウトだろうと思いました。聞けばメインバンクは、長年付き合っている信用金庫だとのことです。そこでめいっぱいの融資を受けているにもかかわらず、まだ足りないというのですから、返済能力には疑問符がつきます。こちらも商売なので、返していただけない相手にお金は貸せません。それに、付き合いが薄い都市銀に来るからには、鈴木さんもダメ元のつもりだったのでしょう。

一応ひととおり話を伺って、お引き取り願いました。会社の経営状態を調べなければなりませんが、おそらく東京信用保証協会を使わなければ融資はできないだろうと思いました。信用保証協会とは、保証人の代わりになってくれる協会のことです。ここに保証料をお支払いいただければ、融資が通るケースもあります。

ぼくの一存で判断するわけにはいかないので、課長に話を上げました。課長は最初から、渋い顔をしています。後日、経営状態を証明する資料一式を持ってきていただいたので稟議《りんぎ》に回しましたが、結果から言うと融資不可でした。そのことは、支店長から鈴木さんに電話で伝えました。色よい返事を期待していたはずもないのですが、それでも鈴木さんは、「駄目ですかぁ」と悲愴《ひそう》な声を出してため息をついたそうです。ぼくが直接伝えなくてよかったと、心底思いました。

とはいえ、鈴木さんがすごく珍しいケースだったというわけではありません。融資担当をしていると、何度も経験することではあります。二日もすると、鈴木さんのことは忘れていました。

思い出したのは、新聞記事の中に鈴木さんの名前を見つけたからです。あ、鈴木さんなんて平凡な仮名にしてましたけど、実はすごく珍しい特徴的なお名前だったんです。だからすぐに、目につきました。

それは自殺の記事でした。借金を苦にした町工場の社長が、工場で首を括《くく》った状態で発見されたのです。ああ、ついにやってしまったか。ぼくはそう思いました。

というのも、漠然とですがそうした成り行きを予想していたのです。いや、具体的に考えていたわけじゃないですよ。いずれ自殺するだろうとわかっていて、鈴木さんにお引き取りいただいたのではないんです。ただ、借りられる望みもないのに都市銀に駆け込んでくるような人が、次にどうするかはだいたい決まってます。その決まった末路から、ぼくはわざと目を逸《そ》らせていたのです。

ぼくひとりの力で融資を通すことはできませんでした。鈴木さんだけに同情する謂《いわ》れもありません。だから気に病んでも仕方ないとは思いつつ、胸に苦いものが残ってしまったのは事実でした。朝刊でその記事を見た日に、ぼくは仁藤さんと昼食を摂《と》ったんです。

近所の蕎麦《そば》屋で、ぼくたちはテーブルを挟んで向かい合いました。他にも同僚はいましたが、ぼくは主に仁藤さんに事の顛末《てんまつ》を話しました。仁藤さんは親身になって聞いてくれたので、それだけで救われた気分になりました。ぼくは自分以外の人に、「仕方ない」と言って欲しかったのです。

「……わかってるんですよ、ぼくが力になれる余地はなかったってことくらい。ただ、鈴木さんは街金融に手を出してたんです。となると、残された家族のところにも取り立てが行くでしょう。自殺だけでも憐《あわ》れなのに、あまりにも悲惨すぎて」

ありふれた話であっても、だからといって悲惨でないということにはなりません。考えるほどに辛くなって、ともかく思いを吐き出さずにはいられませんでした。

「お前の気持ちはわかるけどな」

仁藤さんは口を開きました。ちょっと意外に感じたのは、仁藤さんの声が予想よりもずっとドライだったことでした。

「弱肉強食は自然の摂理なんだよ。気にしてもしょうがないだろ」

ぼくはもっと、亡くなった鈴木さんやぼくへの同情が籠った言葉が聞けるものと思っていました。ですが仁藤さんは、ただそれだけを言うとすぐに話題を変えてしまいました。まるで、ぼくがどうでもいい話を持ち出したかのような素っ気ない態度だったんです。

もちろん、仁藤さんが言ったこと自体は正当だし、ぼくが望んでいた言葉とそれほど離れていません。銀行員なら誰でも、同じようなことを言うと思います。ただなんというか、割り切るにしてももっと葛藤があるんじゃないかとか、やむを得ずそう考えるみたいな様子があってもいいのではと思ったんですよ。すぱっと切って、はいお終《しま》い、という態度なので、ものすごくびっくりしました。そのときなんです、仁藤さんはただ温厚なだけの人じゃないんじゃないかと感じたのは。

……決して悪口のつもりじゃないですからね。たまたま仁藤さんの虫の居所が悪かったのかもしれないし、同じような話をこれまでに何度も聞かされてていうんざりしてたのかもしれないし、あるいはあえてドライに言うことでぼくの自責の念を和らげようとしてくれたのかもしれません。ただ、そのとき以来、印象が変わったのは間違いないんです。本当は怖い人なんじゃないか、って。

だからといって、仁藤さんが奥さんや子供を殺したと思ってるわけじゃないですよ。本当に、そこは誤解しないで欲しいんです。裁判で証言するのもいやですからね。絶対にぼくの名前は出さないでください。

そんなことがあって仁藤さんへの見方が変わったせいか、それ以来なんとなく敬遠する気分になってました。別に嫌ってたわけじゃないんですけど、支店内でぼくだけが、仁藤さんから距離をおいていた気がします。

そのせいなのかもしれませんが、つい最近、えっと思うことがありました。本当に恥ずかしいケアレスミスなんですけど、ぼくが受けた電話を仁藤さんに伝え忘れちゃったんです。

詳しく言いますと、こうです。仁藤さんがお客様に電話をする約束をしていたんですね。でも、その約束の時刻にお客様は自宅にいらっしゃらないそうで、携帯電話にかけて欲しいとおっしゃいました。仁藤さんはたまたま外出していたので、電話を取ったぼくが承りました。ちゃんとメモにも書いていたんです。

でも、直後に課長に呼ばれて、メモを書き終える前に席を立ちました。課長の用件はちょっとややこしくて、時間がかかりました。席に戻ったときには、受けた電話のことはすっかり忘れていました。書きかけだったメモは、書類の下になっていました。

それきり受けた電話のことは思い出さず、お客様の伝言を仁藤さんに伝えられませんでした。だから仁藤さんは、お客様の自宅に何度も電話をかけて、結局話ができなかったそうなんです。それを聞いてようやく、ぼくは自分が伝言を受けていたことを思い出しました。机の上を片づけて書きかけのメモが出てきたときは、青くなりましたよ。

「すみません、昨日ぼくが電話を受けて、携帯電話に連絡するよう言われていたんですけど、仁藤さんに伝え忘れていました」

しらばっくれるわけにはいかないので、正直に言って謝りました。仁藤さんのことだから怒鳴ったりはしないだろうと思ってましたが、さっきお話ししたことがあったものですから、仁藤さんの反応が怖かったのも事実です。

仁藤さんはぼくの謝罪を聞いて、鼻から小さく息を吐きました。そして他の人には聞こえない小声で、こう言ったんです。

「死ねよ」

耳を疑いました。温厚で紳士的な仁藤さんの口から出てきた言葉です。びっくりして仁藤さんの顔を見直すと、冗談を口にするように笑ってました。なんだ、そんなに怒ってるわけじゃないのか。そう解釈して、安心しました。

ただそれだけで、その件は終わりました。後から蒸し返されてねちねち嫌みを言われたなんてこともありません。だからどうってことない、よくあるやり取りと言えばそうなのですけど、後で思い返してみるとなんとなく怖くなったんです。仁藤さんは笑いながら言ってたんですが、本心ではものすごく怒ってたんじゃないか、って。

……たぶん、ぼくの考え過ぎなんだと思いますよ。共通の知り合いに話したら、仁藤さんが本気で死ねなんて言うわけないじゃんと笑い飛ばされるだけです。それはぼくもわかってるんですよ。わかってるんですけど、今回のような事件が起きるとよけい、「死ねよ」と囁《ささや》いた仁藤さんの笑顔が思い出されて。

だから何？　って話ですよね。すみません、なんの参考にもなりませんね。やっぱり仁藤さんは、大勢の人から慕われるいい人だと思います。仁藤さんが奥さんと子供を殺すなんて、そんなことあるわけないです。今話したことは、全部忘れてください。

9

田坂さんの印象が正しかったかどうかは、判断しない。単に田坂さんは、仁藤と相性が悪かっただけかもしれない。しかし、その後続々と明らかになっていく事実を知った上でもう一度田坂さんの話を検証してみると、単なる一個人の印象とばかりは言えなくなってくる。もしかしたら田坂さんは、慧眼《けいがん》の持ち主だったのかもしれない。

安治川事件発生からほぼ一ヵ月後、新たな事件の発覚に世間はますます騒然となるのである。

第二章　疑惑

1

二〇〇九年五月二十三日、梅雨入りにはまだ早いこの時期に、時ならぬ豪雨が日本列島を襲った。九州から東北まで一時間に約四十ミリという降雨量で、土砂崩れや増水など、各地に水害をもたらした。

神奈川県北西部に位置する宮ヶ瀬《みやがせ》湖は宮ヶ瀬ダム建設によってできたダム湖なので、治水管理が行き届いていて増水の恐れはなかった。しかし放流の結果、湖水が攪拌《かくはん》されたのか、雨が止《や》んだ翌日には思いもかけないものが湖畔に打ち上げられていた。

発見したのは、国土交通省関東地方整備局相模川水系広域ダム管理事務所の職員だった。早朝に湖畔を歩いて浮遊物の有無を確認していた際に、見慣れない白い物体が目に入った。近寄ってみて、それが人間の頭骨に見えることを奇異に思った。だが、どうせおもちゃだろうと高を括り、深刻には捉えなかった。気軽に拾い上げ、矯《た》めつ眇《すが》めつする勇気すらあった。

それは、おもちゃにしては重かった。素材もプラスティックとは明らかに違い、人工物とは思えなかった。そこに至りようやく、これはおもちゃなどではないのではないかと疑惑が芽生えた。思わず放り投げ、その場から携帯電話で事務所に報告した。上司はすぐに、一一〇番通報した。

駆けつけた警察官により、付近一帯は立ち入り禁止とされた。神奈川県警津久井警察署からやってきた捜査員は、頭骨が本物であると見做した。湖畔を捜索した結果、さらにいくつかの骨が見つかった。湖底で白骨化した死体が、昨日の豪雨によって湖畔に打ち上げられたのは明らかだった。

付近からは白骨の他に、青いビニールシートが見つかっていた。死体はそれにくるまれて湖底に沈められていた可能性があるが、他には身許を特定する遺留品らしき物はいっさい見つからなかった。津久井署では急遽《きゅうきょ》、湖底を浚《さら》う準備を始めた。骨は全身分が発見されているわけではなく、このままでは死因すら特定できないことになりそうだったからだ。

一日がかりで湖底を浚ったが、新しい発見はなかった。打ち上げられた骨には骨折痕や骨接合プレートなどの外科的処置の痕はなく、加えて歯列は破損していた。この破損が打ち上げられた際に生じたのか、あるいは第三者によって意図的になされたことなのかが問題だった。もし第三者が歯を折ったのであれば、それは死体の身許隠しのためである。この死体が投身自殺の結果などではなく、殺されたものであるとなれば、殺人事件として捜査を始める必要があった。

しかし遺留品がなく、歯が折れている以外に外的損傷が見られない状態では、あまりにも材料が少なかった。そこで神奈川県警は、白骨を科学警察研究所に送り、鑑定を依頼した。

鑑定の結果、骨は二十代から五十代の男性のものとわかった。だが予想どおり死因の特定はできず、特記すべき新たな発見はなかった。遺体の身許すら特定できないのでは、捜査の進めようがない。やむを得ず、神奈川県警は復顔を要請した。

復顔とは、頭骨を元に故人の生前の顔を復元することである。しかしこの復顔術には問題もあり、復元可能なのは顔面各部の位置と形態だけで、眉や唇、耳の形、髪型などは再現できない。

よって通常は、衣類や装飾品などの遺留品や毛髪、歯科治療痕などを参考にして故人の生前のライフスタイルを想像し、補うことになる。だからその想像が大きく外れていた場合は、生前の故人とは似ても似つかない顔ができあがる危険性もあるのだ。まして今回は、復元を補足する遺留品はまったくない上に、歯列が破損している。復顔はリスクの高い選択ではあった。

とはいえ、以前は頭骨に粘土を盛って手作業で行《おこな》っていた復顔も、最近はコンピューターでできるようになっていた。かつてなら一種類の顔しか作れなかったが、コンピューターを使えば複数のバリエーションを提示することが可能だ。いくつもの考えられるパターンを作ることで、生前の故人に近い顔になると期待できるのだった。

そうしてできあがった復顔像を、神奈川県警は全国に配った。それを元に寄せられる情報しか、捜査のとっかかりがなかったのである。復顔像が公開されると、多くの情報が寄せられた。行方不明の誰々に似ている、という情報は、北海道から沖縄まで、全国から舞い込んできた。

それらの大半は単なる思い過ごしかいたずらで、確認のための労力を無駄に使うだけの結果に終わった。しかしそんな中、ひとつの情報が神奈川県警の興味を強く惹いた。担当刑事の話によれば、「これだ!」と直感的に確信したのだという。情報によれば、二年前に失踪した男性に復顔像が似ているとのことだった。

神奈川県警津久井警察署刑事の直感に訴えたのは、失踪男性の仕事先の名前だった。男性は、大手都市銀行に勤めていた。そしてそれは、妻子殺しの異様な動機を語って世間を騒がせていた仁藤俊実の勤め先でもあった。もちろん、同じ銀行に勤めているというだけでは、単なる偶然とも考えられる。だが白骨死体が発見された場所は、仁藤が妻子を殺した現場である安治川とも近かった。ふたつの要素が重なれば、無視するわけにはいかなかった。

津久井署刑事は通報者に会い、失踪男性の身許を確認した。男性の名は梶原敬二郎《かじわらけいじろう》。失踪当時三十歳の独身だった。捜査陣が色めき立ったのは、梶原敬二郎が失踪したときに在籍していた支店には、仁藤もいたからだった。梶原と仁藤は、同じ職場で働く同僚だったのである。

ふたつの事件が繋がった。ひとりの男性が白骨死体で発見され、その近くで起きた殺人事件の犯人はかつて男性と一緒に働いていた。これがただの偶然であるはずがなく、梶原敬二郎失踪の背後には仁藤の意思が介在していると神奈川県警はほぼ断定した。

当時同じ支店で働いていた人たちに、聞き込みをした。神奈川県警は聞き込みによって簡単にふたりの確執が浮かび上がるものと予想していたようだが、結果は肩透かしだった。ふたりの間に諍《いさか》いはなく、殺人に繋がるような動機は見つけられなかった。誰に訊いても、ふたりが言い争うところは見られていなかったのだった。

神奈川県警は外堀を埋められないまま、裁判のために拘置所に収監中だった仁藤を尋問した。梶原敬二郎が白骨死体で発見されたと聞いても、仁藤は眉ひとつ動かさなかった。その反応は、自分が殺したからこそ驚かずにいるようにも見えたし、単なる無関心のようでもあった。安治川事件の際と変わらず、仁藤の反応は摑み所がなかった。

安治川事件では、目撃者とDNA鑑定の結果という揺るぎない証拠を突きつけられて観念した仁藤ではあったが、梶原敬二郎失踪については自分の関与を頑として認めなかった。神奈川県警を悔しがらせたのは、仁藤関与を裏づける証拠がひとつも見つからないことだった。状況的には、限りなく怪しい。過去の例に照らして、ふたつの事件の接点が偶然の産物などということはあり得ない。だからこそ梶原敬二郎は仁藤に殺されたのだと決め打ちして捜査員は自白させようとしたが、相手は手強《てごわ》かった。それはあたかも、状況証拠すら揃《そろ》えられない捜査陣の手の内を見透かしているかのようだった。

白骨は、梶原敬二郎の両親のＤＮＡと比較することで、梶原本人と断定された。しかし捜査はそこまでだった。梶原敬二郎の死は、自殺とも事故とも他殺とも不明のまま、宙に浮くことになった。神奈川県警は安治川事件との関連性を正式に発表することなく、マスコミへの情報リークという形で世間に伝えた。

神奈川県警の密かな期待に、まずは週刊誌が応えた。安治川事件と宮ヶ瀬湖白骨死体事件の繋がりを、疑惑として報じたのだ。たちまちインターネットが追随して騒ぎになったのは安治川事件と同じだったが、今度は規模が違った。妻子殺しの犯人が、過去に人知れず殺人を犯していたとなれば、こんなセンセーショナルなことはない。朝のワイドショーから夜の特別番組まで、仁藤関連の報道一色になる日もあるほどだった。

だが大々的に報じられたことで何か新しい情報が出てきたかというと、不思議なことに皆無だった。依然として梶原と仁藤の間の確執は浮かび上がってこず、仁藤を梶原殺しの犯人と断定する材料はひとつもなかった。公平な見方をするなら、宮ヶ瀬湖白骨死体事件に仁藤が関わっているると報道するのは人権侵害であり、冤罪の始まりであるとも言えた。

すでに安治川事件の取材を始めていた私は、当然のことながらこの件についても強く興味を惹かれた。マスコミ報道だけでは飽き足らず、実際に関係者に会い、話を聞いた。以降で彼らの証言を紹介したいと思う。

2

幸いにもまず最初に、仁藤と梶原が一緒に働いていたときの支店長に話を伺うことができた。支店長の望月《もちづき》さん（仮名）は五十歳前後の壮年男性で、銀行員という堅い仕事らしくメタルフレームの眼鏡《めがね》と七三分けの髪型がよく似合っていた。物腰も丁寧で、知っていることを包み隠さず話してくれたと思う。望月さんは小説家としての私の名前をご存じだったらしく、土曜日にわざわざ時間を割いて喫茶店で会ってくれた。以下、そのときのやり取りを再現する。

「私なんぞの話が参考になるかどうかわかりませんが、なんなりとお尋ねください。もっとも、警察に訊かれたこと以上の話はできませんが」

最初から望月さんは、そのように言ってくれた。もし梶原敬二郎の死が他殺と断定され、その犯人が仁藤であったなら、ここまで協力的にはなってくれなかっただろう。その意味では、何もかもが不明の状態は取材をする側にプラスに働いていた。

――では、当時の仁藤の印象についてお聞かせいただけますか。仁藤は妻子殺しで逮捕されたわけですが、そうした凶行に及びそうな片鱗《へんりん》はありましたか。

「とんでもない。あの事件には本当にびっくりして、今でも何かの間違いなんじゃないかと思ってますよ。仁藤の印象を言いますと、まあともかく人当たりの柔らかい男ですよね。人格者、とまで言ってしまっては誉《ほ》めすぎでしょうが、丸い性格だったのは間違いないです。彼が怒ったり苛々《いらいら》したりしているところは、少なくとも私は見たことがありません」

望月さんの口調は、部下を庇《かば》っているというよりは、単純に驚きが勝っているといった印象だった。その点では、これまでの同僚たちの証言と大差ない。望月さんの話で重要なのは、銀行のシステムについて語ってくれたことだった。

――当時、仁藤はどんな仕事をしていたのですか。

「ではまず、支店業務についてご説明しましょう。支店では通常、営業、融資、渉外の三つの課があります。営業とはいわゆる窓口業務で、お金を預けたり引き出したりするお客様のお相手をする課ですね。だから女子行員は大半、営業課に属しています。融資は企業や個人にお金を貸す課、そして渉外は、平たく言えば外回りです。仁藤はこの渉外課に所属していました」

――外回りとは、具体的に何をやるのでしょうか。

「外回りといっても業務内容はいろいろなのでひと口では説明できないのですが、簡単に言ってしまえばお客様を見つけてくるのが仕事です。渉外課の行員それぞれに担当エリアが割り振られていまして、そのエリア内のお宅や会社を訪ね歩いてお客様を探すわけです」

――一般の感覚で言う営業を、銀行では渉外と呼ぶわけですね。ではその渉外課の行員として、仁藤の評価はどうだったんでしょうか。

「優秀でしたよ。これは大袈裟《おおげさ》に言っているのではなく、本当に優秀でした。先ほども言いましたように人当たりが柔らかいので、お客様の信頼を勝ち得ていました。仁藤を名指しでご来店なさり、大口の預金をしてくださったお客様もいます」

――下世話な話ですが、成績が出世を左右するわけですよね。

いささか訊きにくいところに踏み込んだ。というのも、仁藤と梶原の間に個人的確執がないのなら、出世争いが動機として考えられるのではないかと推測したのだ。望月さんは苦笑しながらも、答えてくれた。

「まあ、もちろんそういう面はあります。ただし、それは長い目で見た場合です。ここも詳しくご説明しますと、一般行員が昇進して何になるかと言うと、課長代理です。これはだいたい入行八年目、三十歳になるかならないかくらいの頃ですね。で、この昇進のタイミングですが、はっきり言って年次順です。どんなに成績優秀でも、先輩を飛び越して課長代理になることはめったにありません。昇進システムが硬直していると言われたらそのとおりなのですが、これが日本の銀行なのですよ」

――そうなんですか。それは少々意外でした。では仁藤も、他の同期入行の人たちと一緒に課長代理になったわけですね。

「いや、実は違うんです。仁藤だけは一年早く課長代理になったんですよ」

私は思わず身を乗り出した。何か重要な話が聞けると直感したのだ。

――どうしてですか。

「ええとですね、ちょっと誤解を招きそうなんですが……」

なぜか望月さんは言い淀んだ。それほど言いにくい事情があったのかと、こちらの期待は膨らむ。望月さんは言葉を選ぶようにして、続けた。

「仁藤の一年次上の行員に、ひとり欠員が出たんですよ。それで急遽、仁藤が繰り上がったわけです。先ほど、先輩を飛び越して課長代理になることはめったにないと言いましたが、めったにということはゼロではないという意味です。そのレアケースが、仁藤だったのですよ」

ひとり欠員が出たと聞いて、それが梶原だと私は推測した。確認すると、果たして望月さんは認めた。

「そのとおりです。梶原が失踪していなければ、彼が課長代理になっているタイミングでした」

これは事態の行方を左右する証言ではないのか。なぜ警察は、この点に着目しなかったのか。私のような捜査の素人が取材しただけで、あっさり出てきた話である。警察が情報を手にしていないとは思われなかった。

——そのことは、警察には話さなかったんですか？

「話しましたよ。当然話しました」

ではなぜ、警察はこの話が殺害動機になり得ると判断しなかったのか。あるいは動機は出世争いだとわかっていても、物証がないから攻め込めなかったのか。警察の真意がわからなかった。

「何を考えていらっしゃるか、想像がつきますよ。課長代理になるために、仁藤が梶原を殺したとお考えなんでしょう。でも、それはあり得ないですよ」

望月さんは簡単に言う。私は説明を求めた。

——なぜでしょうか。課長代理のポストは、人を殺してまで手に入れたい魅力的なものではない、と？

「いや、考え方は人それぞれだから、誰かを殺さなければ課長代理になれないのであれば、出世の亡者ならそんなふうに考えてもおかしくはないと思いますよ。昇進のタイミングのたびに人を殺さなければならないので、かなりの人数を殺すことになってしまいますけどね」

——ならば、あり得ないとおっしゃるのはどういう意味ですか？

「昇進は時間の問題だからですよ。何も人を殺さなくても、仁藤は確実に課長代理になってました。仁藤に限らず、銀行は年功序列の世界ですから、少なくとも課長代理くらいには誰でもなれます。しかも仁藤の場合は、翌年には課長代理になるタイミングだったのです。たった一年を我慢できずに、人を殺したりしますか？　その結果として人生を棒に振るリスクの方が、よほど高いでしょう。賢い人間なら、絶対にしない選択です。そして仁藤は、頭のいい男でした」

望月さんは自信を持って言い切った。なるほど、確かにそのとおりである。つまり梶原は仁藤にとって、目の上のたんこぶといった存在ではなかったのだ。邪魔でない人間を殺す者が、どこにいるだろうか。

警察が望月さんの証言に着目しなかった理由が、よくわかった。動機は他にあると考えざるを得ないだろう。そう納得はしたものの、妙に心に残ったのも事実だった。なにしろ仁藤は、本の置き場所を確保するために妻子を殺したと自白しているのである。それに比べれば、たった一年の我慢ができずに人殺しに手を染めたとしても、特に不思議なこととは思われなかった。

——では、梶原さんはどんな方だったでしょうか。

私は質問を変えた。梶原の人となりを知らないことには、動機について断定的なことは言えない。

「梶原もいい奴でした。なんと言いますかね、非常にかわいげがあるんですよ。行員として比較すれば、仁藤の方が優秀でしょう。ただ、仁藤に勝てる者の方が少ないので、梶原が出来の悪い行員だったという意味ではありません。仁藤が完璧なのに比べて、梶原は愛嬌《あいきょう》があるところが長所でしたね。私も目をかけてやっていたので、失踪直後はかなりがっかりしましたし、心配もしました。まさか死んでいるなんて、本当にショックです」

愛嬌があるという表現から、私は小太りの男性を想像した。ところが、望月さんが持ってきてくれた社員旅行の写真を見たところ、梶原は痩身だった。復顔像を見たときにも思ったのだが、どちらかというと神経質そうに見える。口を開けば愛嬌があるのかと考えた。

——かわいげと言いますと、例えばどんなエピソードがありますか？

「気が利くんですよね。飲み会に行くと、まず真っ先に私のところに酌をしに来るし、グラスが空いていないかどうかも常に気にしています。私の冗談にもちょっと大袈裟なくらい反応して、座が白けないように盛り上げるんですよ。梶原のお蔭で、ずいぶん助けられている面がありましたね」

——仁藤と梶原さんの関係についてはどうでしょう？　諍いがあったという話は聞いています

か？

「ないですねぇ。仁藤は丸い性格ですし、梶原もそういう陽気な奴ですから、ぶつかる部分がなかったですよ。警察に何度も訊かれたことですが、仁藤が梶原を殺す理由なんてありません。それは、毎日見ていればよくわかります」

——では、梶原さんはなぜ亡くなったとお考えですか？　仁藤以外の者に殺されたのでしょうか。

「どうなんでしょう。事故かもしれないし、考えたくはないけど自殺かもしれませんよね。といっても、自殺しそうな雰囲気があったという意味じゃないですよ。梶原が自殺したとは思ってません。ただ、他人の心の底まではわからないじゃないですか。陽気に振る舞ってても、何か悩みを抱えていたのかもしれないし。もしそうだとしたら、梶原が失踪したときの上司ではなかったとはいえ、私も責任を感じてしまいますね。悩みに気づいてやれなかったわけですから」

望月さんは沈鬱な表情で、小さく首を振った。梶原敬二郎の死を、心から悼《いた》んでいることが見て取れた。

3

次に、完全匿名を条件に、梶原や仁藤の当時の後輩がインタビューに応じてくれた。やり取りをそのまま再現されるのも困るとのことなので、以後は私がアレンジした話し口調でその人物の言葉を紹介しようと思う。一人称は「おれ」としたが、この人物がふだんから自分をおれと呼んでいるわけではないことを付記しておく。

えっ？　梶原さんをかわいげがあると、望月さんは言ってたんですか。それ、すごいなぁ。人によって受ける印象はそれぞれでしょうが、そこまで食い違ってると笑えますね。かわいげがあるなんて言葉を引き出すところが、梶原さんのすごさでもありますけど。皮肉でなく。

飲み会で真っ先に酌をしに来るからかわいい、ですか。望月さんも単純だなぁ。そういうのって普通、胡麻擂《ごます》り野郎と言いませんかね。飲み会のときは必ず支店長のそばに陣取って、隣に坐《すわ》れなければ人を押しのけてまで一番に酌をするんですから、あっぱれではありますよ。かわいい女子行員相手に張り切るんならまだしも、露骨に上司に取り入ろうとしているんですからね。なかなかできることじゃないよなぁと思います。

梶原さんの印象なんて、そりゃあ最悪ですよ。もう最悪。おれも支店をいくつか回って、大勢の先輩や上司を見てきましたが、間違いなくダントツで梶原さんが一番いやな奴でした。あの人がいなくなって、正直嬉しかったですもん。あ、絶対匿名にしてくださいよ。おれがこんなことを言ってたってバレたら、しゃれにならないですから。

事故か自殺か他殺かもわからないらしいですね。でもおれに言わせれば、自殺なんかするわけないですよ。望月さんの言葉を借りて言えば、自殺するようなかわいげがある人じゃないんです。むしろ他人を殺してでも生き残ろうとするタイプじゃないですか。だから仁藤さんが被害者で、梶原さんが犯人と言われた方がよっぽど納得できますよ。ともかく自殺だけはあり得ないと思います。

　じゃあ事故かというと、梶原さんはあの湖の辺りにまったく土地勘がなかったんでしょ。家も遠いし、あそこに行ったことがあるという話を誰も聞いてないし。事故に遭うにはあそこまで行かなきゃいけないけど、かといって梶原さんの車が周辺にあったわけでもないから、事故の可能性は低そうですよね。

　だからやっぱり、殺されたんでしょ。それが一番しっくりしますよ。誰が殺してくれたんだか知らないけど、殺されてもぜんぜん不思議はないです。梶原さんを嫌ってる人は、それこそ掃いて捨てるほどいますからね。まあ、嫌いなのと殺したいほど憎むのは、かなり違うと思いますけど。殺したいほど憎んでる人はいたかなぁ。ちょっと思いつきませんが。

　仁藤さんじゃないでしょう。仁藤さんのわけないですよ。だって動機がないし、そもそも証拠もないらしいじゃないですか。マスコミが勝手に、仁藤さんが怪しいと言ってるだけでしょ。そういうの、おかしいと思うんですよね。疑惑だけで報道しちゃっていいんですか？　いつだったかも、人相が悪いからって殺人事件の被害者の父親を犯人扱いしてたら、別の人が殺したとわかったことがあったじゃないですか。あれはひどかったよなぁ。真犯人が捕まらなければ、あの父親が犯人だと世間は思い込んでますよ。マスメディアの暴力ですよね。人の人生をなんだと思っているのか。

　そういう前例があるんだから、マスコミの言うことなんてまったく信用できないですよ。そもそも、本の置き場所がないから妻子を殺したって話がおかしいんです。安治川事件が妙なのに、現場が近いから梶原さんの方も犯人だろうなんて、推理とも言えない杜撰《ずさん》な思いつきじゃないですか。ホント、許せないよなぁ。

いやまあ、おれは梶原さんのことを殺したいほど憎んでたわけじゃないですよ。ただ、同じ職場にいると鬱陶しい人だったのは間違いないです。銀行員なんて二年くらいで異動するから耐えられるけど、あの人とずっと同じ職場だったら殺意を覚えたかもしれませんね。逆に言うと、二年我慢すれば接点がなくなるんだから、行内に犯人がいるとはとても思えませんね。仁藤さんが密かに梶原さんを嫌っていたとしても、二年くらいは我慢できますよ。わざわざ殺す必要なんて、まったくないんです。

梶原さんの何がいやかと言って、上に媚《こ》びて下には威張る、典型的な小市民ぶりが見てていらつきましたね。あそこまで俗物ぶりを発揮する勇気は、なかなか持てないですよ。人間、少しはいい人だと思われたいじゃないですか。でも梶原さんは、そんな色気をまったく捨ててたんです。潔いっちゃ潔いんですけど、間違った方向に潔さを発揮してますよね。真似はしたくないです。

おれが初めて梶原さんの媚びっぷりを見て驚いたのは、望月さんを含めてゴルフに行ったときでした。望月さんはゴルフが好きなんで、ゴルフをやる連中を集めて月一くらいでコースに出るんですよ。おれも少しやるから、異動したてのときに誘われて参加しました。

これ、冗談じゃなく本当ですからね。おれの作り話じゃないですよ。梶原さんはね、望月さんが打つと「ナイスショットー」って言うんですよ。すごいでしょ、「ナイスショットー」ですよ。

完全にギャグだと思って、そんなギャグを言わせる望月さんはずいぶん捌《さば》けた人だなぁと最初は感じたんです。でも梶原さんはギャグを言った感じじゃなくて、望月さんも言われて機嫌がよかったんですね。それに気づいて、なんというか愕然《がくぜん》としました。社会人ってこんななの？　と価値観をぐらぐら揺さぶられましたよ。

　そうかと思えば、おれに対してはすごく威張ってました。ジュースを買ってこいとか、平気で命令するんです。中学生じゃないんだから、買ってこいはないでしょ。全員分なら、せめてふたりぐらいで行くところじゃないですか。それなのに梶原さんは先輩風を吹かせて、おれにだけ命じたんですよ。しかも代金は自分が払うと言いながら、今は持ち合わせがないからお前が払っておけと言って、それっきりですからね。信じられないですよ。たかが何百円の話ですけど、だからこそそんな金額を大の大人がケチるなんて考えられなかったですね。あまりにもこちらの常識の範囲を超えているんで、最初のうちはなかなか梶原さんを理解できませんでした。

　後で聞いた話なんですが、梶原さんは苦労人なんですよ。親御さんがお母さんしかいないらしく、経済的には苦労をして大学まで出たんですって。そのせいで金銭にうるさい人になったってことなんですけど、だからってあの性格じゃ同情もできませんよ。昼飯を一緒に食べに行って、会計をまとめておれが引き受けたとするじゃないですか。で、後で割るときに端数が出ると、必ずそれを他の人に押しつけるんです。十円単位、一円単位の端数ですよ。小遣いが乏しい小学生でもあるまいし、そんなところでケチを発揮しているとは思いませんよね。でも何度も同じことをやられるうちに、想像を絶するケチなんだと気づいたわけです。一種のカルチャーショックでしたね。

さっきも言いましたけど、女子行員の前でもいい格好をしようとしないのは、すごい割り切りでした。出世と倹約のためには、女にどう思われるかなんて些細《ささい》なことだったんでしょう。むしろ、女と付き合うなんて金の浪費だと考えてたんじゃないんですかね。人の目を気にしない強さがあったのは、認めますよ。

それはもちろん、女に対してだけじゃないんです。男にも、好かれるための努力はまったくしてませんでした。いやな人オーラを振りまいて、涼しい顔をしてるんです。でもそんな様子を見せるのは平社員が相手のときだけで、上司がいるところろっと態度が変わって愛想笑いを絶やさないんだから、気味が悪いですよ。周りの目を気にせず、自分の目指すところにだけ忠実になると、人間はああなっちゃうんですねぇ。人間から社会性を奪ったらどうなるか、実験台を見ているかのようでした。

そういう意味では、仁藤さんはすべての面で正反対の人でした。まさにネガとポジですよ。梶原さんのいやなところをすべて直したら、仁藤さんみたいな人になるという感じで。ともかく後輩の面倒見はいいし、上に媚びるようなことはしないし、いつも穏やかに微笑んでるし。ふたりを足して二で割れば、ごく普通の人間になるんじゃないですかね。長所も欠点も持ち合わせた、普通の人間に。

ああ、水と油だから相性が悪かったという考え方もできますけど、そんな感じでもなかったんですよ。何しろ仁藤さんの方が大人だから、ぶつからないんです。梶原さんは後輩に冷たい人なので、仁藤さんに対してもひどい態度をとってましたが、それでムッとするなんてことはなかったですね。まあ梶原さんの方も仁藤さんの大人な態度に圧倒されるのか、無茶なことは言いませんでしたが。

いや、考えてることはわかりますよ。表面上はニコニコしながら、内心で恨みを溜《た》めていたんじゃないかと言いたいんでしょ。ただねぇ、さっきも言ったとおり、いやな奴を嫌うのと、殺したいほど憎むのはかなり違うと思うんですよ。おれも梶原さんは目障りな奴だけど、関わらなければどうってことないとも言えるんです。梶原さんの性格がわかってからはゴルフもやりませんでしたし、昼飯を一緒に食うこともなかったですから。そうすれば、あんまり実害はなかったですね。ともかく無視しておいて、向こうかこっちが異動するのを待てばいいんです。銀行での付き合いなんて、そんなもんですよ。殺意が芽生えるようなことは、起きるはずがないんです。

4

同じような話は、別の人からも聞けた。やはりこの人も完全匿名を希望されたので、話し口調は私の創作で内容を綴る。

絶対にあたしの名前を出さないと約束してくれるなら、喋ってもいいです。だって話の内容だけでは、誰が言ったことか特定できないですからね。みんな同じことを思ってますよ。それくらい、梶原さんは女子から嫌われてました。

普通、嫌われるのは梶原さんみたいなタイプじゃないんですよ。不潔かスケベか、どっちかなんです。梶原さんは身なりはきちんとしてたし、下ネタも言わないし、独身だし、本当なら人気があってもいいくらいの人だったんですけど。それなのに、あの性格ですからねぇ。性格の悪さって、社会人にもなればなんとか隠そうとするもんじゃないですか。表面上を取り繕うずるさを身につけるというか。でも梶原さんは、誰が見ても性格悪かったですから、珍しいタイプですよね。

取り繕うといえば、男尊女卑的発想って、まあ今はあんまり外に出すべきじゃないというのが常識になってますよね。本当は外に出すべきかどうかじゃなく、そういう発想自体がいけないはずなんですけど、内心でどう思っているかまでは文句言えないし。家に帰ったら「風呂《ふろ》、飯、寝る」しか言わない人でも、一応行内では女子行員も一人前扱いするのが当然ですよね。昔は肩を叩《たた》いたりするのが部下とのコミュニケーションだと考えてたおじさんもいたみたいですけど、今はそんな勘違いしている人は絶滅したし。

でもですね、梶原さんは態度に出すんですよ。露骨に女性を見下してるんで、見下されたこちらは唖然《あぜん》とします。「えっ、何、今の？」って感じで、意味がわからないですよ。だって、見下されなきゃいけない理由なんてないんですから。

頭はいいんでしょうね。あ、いや、頭がいいとは言いたくないなぁ。本当に頭がいい人は、気遣いもできるはずだから。どう言えばいいんだろ。頭の回転が早い？　まあともかく、切れる人なんだと思います。

そのせいで、他の人がのろまに見えるんじゃないんですかね。例えば、計算をしているときに電卓を叩き間違えたとしますよね。それくらいはよくあることですし、単にやり直せばいいだけなんですけど、梶原さんは横で見ていて「ちっ」とか舌打ちするんですよ。きっとご自分は、いつも完璧に計算ができてミスなんかしないんでしょうよ。だからって、「ちっ」はないでしょう、「ちっ」は。あー、思い出してもムカつく。

そんな性格だから、梶原さんのことを好きな人なんて支店内にはひとりもいませんでしたよ。あ、支店長はかわいいと言ってました？　じゃあ、ひとりだけはいたわけですね。なんというか、それもムカつくんですけど。

誰からも嫌われてるから、支店内は居心地が悪いはずなんですが、ぜんぜん気にしてないんですよ。それどころか、支店のレクリエーションにはまめに顔を出すくらいで。面の皮が厚いと言うべきなんでしょうけど、そんな表現じゃ追いつかないくらい、図太い人でしたね。ある意味、超越してました。

飲み会とか親睦会とかに来るのは、上司の覚えをめでたくしたいからなんでしょうね。だって、そういう場に来ても別に楽しそうでもなく、誰かと話をするでもなく、単に支店長の周りをうろうろするだけでしたから。そんなことしなくたって、大きなミスをせずに過ごしていれば自動的に昇進するのに、熱心ですよね。昔はああいうタイプの人も珍しくなかったんでしょうか。今の時代に合ってない人だったのかもしれません。

ただ、出世に賭ける情熱はすごい、みたいに考えられないのは、ある噂のせいなんです。噂、と言っちゃうと事実じゃないみたいですけど、これは間違いなく事実です。あたしの名前さえ出さなければ、本に書いてくださってけっこうです。

名前は伏せますが、ある女子行員の高校時代の友達が、大学で梶原さんと同じサークルに入ってたんですよ。すごい偶然みたいに聞こえるでしょうけど、割とよくある話です。有名な大学のサークルって、女の子は外部の子ばっかりってところが多いですから、それくらいの偶然は珍しくないんですよ。あたしも大学時代の知り合いが、行内には何人もいますし。

そういう縁で伝わってきた話です。梶原さんの大学時代の話ですけど、あの人がいかに女を見下しているか、よくわかりますよ。

梶原さんは当時、英会話サークルに入っていました。意外なんですけど、梶原さんは学生時代、英語コンプレックスがあったんですって。コンプレックスといっても、あたしなんかが感じる苦手意識とはたぶんレベルが違うと思うんですけど。他の科目は全部できるから、比較すると英語がちょっと苦手、という程度なんじゃないですかね。

まあともかく、けっこう真面目に英語を勉強するためにサークルにいたみたいです。テニスとかワンゲルとかじゃなく、そういう勉強系のサークルに入るような人は、もともと真面目な人が多いらしいですよ。軽いスポーツ系だと、それ自体は口実で、学生同士の親睦を深めるのが目的のところもあるじゃないですか。そういうところと掛け持ちではなく、勉強系サークルだけに所属している人は、学生生活を満喫しようというよりはむしろ、就職するまでにどれだけ自分のレベルを高められるかを考えているようなタイプなんだそうです。梶原さんもそういう学生だったんですね。さっきも言ったように出世に命を賭けているような人ですから、学生時代を遊んで過ごそうなんて気持ちはなかったんでしょう。

とはいえ、勉強勉強で大学四年間を過ごしたわけではなかったんですよね。あたしからすれば不思議でしょうがないんですけど、梶原さんにも彼女がいたらしいんです。もしかしたら当時は、今ほど露骨に女を見下してはいなかったのかもしれません。そうじゃなきゃ、あんな男と付き合う女なんているわけないですよ。

話によれば、彼女は梶原さんよりひとつ年上だったそうです。わかりやすくするために、A子さんとしておきましょう。あたしも本当の名前は知らないんですけど。

A子さんは他の大学から入ってきた人じゃなく、在校生だったんです。つまり、もともと頭がいい人なんですね。勉強ができて、その上さらに英会話サークルに入るくらい向学心があって、しかも美人だったそうです。英会話サークルって、スチュワーデスになりたくて入ってくる人もいるから、けっこう美人も多いんですって。

そういう人がどうして梶原さんと付き合い始めたかは、よくわかりません。いつの間にか付き合い始めていた、という感じだったと聞いてます。梶原さんも性格さえ悪くなければ、見た目はなかなかいけてる方なので、ふたりで並んでいるとお似合いだったらしいですよ。

ただですね、ここからがひどい話です。梶原さんはお母さんしかいなくて、苦学して大学に通っていたという話は聞きました？　奨学金をもらっていたんですが、それ以外にかかるお金は全部自力で稼ごうとしていたんです。いい大学だから効率のいいアルバイト口もありそうだと部外者は思いますけど、意外とそうでもなくて、せいぜい家庭教師くらいしかなかったんですって。だから夜は家庭教師をやって、日中の授業の合間には時間の自由が利くファストフード店でバイトをしていたとのことです。

きちんと授業に出て、サークルで英会話を勉強して、大学にいない時間はできる限りアルバイトをしていたんなら、大忙しですよね。下手《へた》をすると社会人より忙しいんじゃないかと思いますよ。その合間を縫ってデートをするなら、本当にハードスケジュールです。彼女の方が理解して合わせてあげないと、会う暇もなかったんじゃないでしょうか。

効率のいいアルバイト口なんて、めったにあるわけないんです。でも梶原さんは、お金を稼がなければならない。その理由は、女手ひとつで自分を育ててくれたお母さんに負担をかけないためなんだから、まあ立派ですよね。顰蹙《ひんしゅく》を買うような話ではないし、身近な人なら応援してあげたいとも思うでしょうよ。A子さんもそう考えたわけです。

男子学生にとっては、効率のいいアルバイト口はありません。でも、女の子にはあるんですよね。しかもA子さんは美人でした。お金は自分のためではなく、彼氏のために稼ぎたい。となると、水商売の世界に入っていくのも怖くなかったのかもしれません。A子さんはキャバクラで働き始めたんだそうです。

健気《けなげ》ですよねぇ。あたしなら絶対やらないです。というか、あたしじゃあキャバクラで雇ってもらえないし、雇ってもらっても稼げないですけど。ともかく、A子さんが美人だったというのが不幸の始まりだと思うんですよ。僻《ひが》んで言うわけじゃないですけど、そこそこが実は一番幸せなんじゃないかって、そういう話を聞くと考えちゃいますよね。

言葉は悪いですが、A子さんはキャバクラで働いた稼ぎを、梶原さんに貢いでたわけです。いい身分ですよね、梶原さんも！　この話を聞いた男性行員は、羨ましがる人が多かったですよ。でも、そんな男は女の敵です。いくら梶原さんがお母さんのためにバイトをしていると言ったって、彼女をキャバクラで働かせてお金を受け取るなんて、最低じゃないですか。しかもそれが、女に優しいプレイボーイとでもいうならまだ救いがあるけど、露骨に女を見下している奴なんですよ。信じられないですよ。

これは当時のサークル内の噂だったそうですけど、梶原さんはデート代をすべて、A子さんの稼ぎに頼ってたみたいです。それどころか、教科書代とか旅行代とか、全部出させてたんですって。キャバクラで働いたらどれくらい稼げるのかわかりませんけど、ひと月二十万とか三十万どころではないでしょ。五十万も稼げたら、苦学生には万々歳ですよね。まあ、A子さんにだけ働かせて自分は楽をしていたというわけではなく、梶原さんもファストフード店のアルバイトは続けていたらしいから、その点だけはまだましですけど、だからといって許せることじゃないですよねぇ。

ここまでの話でも充分ひどいんですけど、まだ先があります。A子さんはひとつ年上ですから、梶原さんより先に卒業して就職しました。で、普通のＯＬになると、キャバクラの稼ぎより落ちるのは当然です。ひと月五十万なんてもらえないですからね。そうするとたちまち、ふたりの関係がぎくしゃくし始めたらしいんですよ。

それならそこで別れちゃえばいいのにとあたしなんかは思うんですが、A子さんはそう考えなかったんですね。梶原さんのために自分がなんとかしなくちゃと、そういう発想をする人だったんです。どうしたかと言えば、また夜の生活に逆戻りですよ。昼はOL、夜はキャバクラ嬢という二重生活で、学生の梶原さんを支えたんですって。尽くす女は男からすると理想でしょうけど、女のあたしが聞くともどかしくて腹が立ちますよ。男に言いなりの女って、たまにいるんですよね。そういう女の人に限って頭がよかったりするから、不思議なんですけど。

梶原さんは美人の彼女に献身的に支えられて、就職試験では見事うちの銀行に受かるわけです。自分が入ってて言うのもなんですけど、メガバンクですからね、誰でも入れるわけじゃありません。そこに入れたんだから梶原さんが優秀だったのは間違いないんでしょうが、就職活動に専念できたのはA子さんのバックアップがあったからに違いないんです。言ってみれば、A子さんは梶原さんの人生の恩人ですよ。

そんな大恩人とも、失踪する前の梶原さんはもう付き合ってませんでした。梶原さんが就職したのを機に、別れたんだそうです。で、その理由です。自分で話してて、ムカムカ腹が立ってきました。梶原さんは本当にひどい男ですよ。あたしが知る限り、最低最悪の男です。

ふたりが別れたのは、梶原さんが一方的にA子さんを捨てたからなんです。どうしてかというと、キャバクラで働いていたような女とは付き合い続けられないから、なんですって！　どういう理屈ですか。だってA子さんがキャバクラで働いたのは、梶原さんを助けるためでしょ。稼いだお金は梶原さんのために使って、就職を機に辞めたのにやっぱりお金が足りないからとまた夜の世界に戻らせておいて、自分が社会人になったらもう用済みなんて、ひどすぎるじゃないですか。あんまり腹が立って、目の前がくらくらしそうですよ。ホントに信じられない。

　こんな男はろくな死に方をしないと、正直思いましたね。だから実際、湖で白骨になってたと聞いて、罰が当たったんだとみんな言いましたよ。事故だか殺されたんだか知りませんけど、事故なら天罰、殺されたのなら自業自得でしょう。誰が殺したのかはともかく、殺した側にあたしは同情しますね。きっと、もっともな理由があったんですよ。

　犯人は仁藤さんかもしれないって言うんでしょ？　あたしはそうは思いませんけど、仮に仁藤さんがやったんなら、それは世のため人のためですよ。仁藤さんなら正義の味方が似合うから、世の中のダニをひとり潰してくれたんじゃないんですかね。まさに梶原さんはダニですよ、ダニ。いなくなってくれて、みんな喜んでましたよ。

5

　ここで、梶原が失踪した前後の状況を説明しておこう。梶原の姿が最後に目撃されたのは、二〇〇七年五月十一日金曜日のことだった。この日、梶原は通常どおりに出勤し、若干の残業をしてから退社した。警察が集めた証言によれば、梶原の素振りにいつもと変わったところはなかったという。もっとも、これまで書いてきたように梶原は職場で好かれていなかったから、仮に梶原の態度に異常があったとしても、誰も気に留めなかった可能性もある。

最初に異変に気づいたのは、同居していた母親だった。梶原は結局、その夜は帰ってこなかったのだ。梶原が母親に断りもなく外泊することは、かつて一度もなかった。親としては当然心配したが、かといって未成年のことでもなし、大の大人がひと晩帰ってこなかったからといって騒ぎ立てるわけにもいかなかった。

梶原は土曜日も帰宅しなかった。だが母親は、この時点でもまだ警察に通報はしなかった。普通の生活を送り続けてきた人にとって、警察を頼るのはかなり抵抗感がある行為である。不安を押し殺して息子の帰宅を待ってしまったことは、誰も咎《とが》められないだろう。

だから騒ぎになったのは、週明けの月曜日のことだった。梶原が出社してこないため、自宅に問い合わせの電話が来た。不安で眠れずにいた母親は、縋りつく思いで息子が帰ってこないことを訴える。報告を受けた梶原の上司は、異常事態が起きていることをすぐさま悟った。

改めて母親に電話をした上司は、警察に届け出ることを勧める。ずっと逡巡し続けていた母親は、後押しを受けてすぐさま最寄《もよ》りの交番に駆け込んだ。交番での対応は適正で、失踪情報は直ちに警視庁管内で共有されたが、それによって梶原の行方が判明することはなかった。梶原はその日を境に、ふっつりと姿を消すのである。

この時点ではまだ、梶原の失踪に事件性は見られなかった。母親からひととおり事情聴取をした警察が、具体的な行動を起こさなかったのはやむを得ないことと言える。こうしたケースは往々にして、本人の意思による失踪であることが少なくないからだ。そんな気配はまったくなかったと母親が訴えたところで、身近な人が当人の悩みに気づいていないことは珍しくない。無理矢理連れ去られていくところを目撃した人や、血痕などの異常な痕跡がない限り、警察はただの失踪人として扱うしかない。

そして以後二年に亘《わた》り、梶原は発見されることがなかった。白骨死体が梶原と特定されてから、警察は二年前の失踪状況を徹底的に調べ上げたが、銀行を出た後の足取りは杳《よう》として知れなかった。二〇〇七年五月十一日以降に梶原を目撃した人も見つかっていない。水中では死体が白骨化するのに二年もかからないと考えられているが、梶原は失踪直後から湖底に沈んでいた可能性が高かった。

現在に至るまで、梶原の死は自殺とも事故とも他殺とも断定されていない。死体が白骨化していて死因が特定できない上に、遺留品もほとんど見つかっていない状態では、判断の材料がなかった。しかしそうした困難さを抱えていた一方、神奈川県警が仁藤の関与を最初から疑い、他の可能性を顧みなかったことも真相解明を遠ざけた一因だとする非難の声もある。果たして仁藤は、梶原とどのような関係にあったのだろうか。

同じ職場で働いていたのだから、仁藤と梶原が接触機会の多い間柄だったのは当然である。だからふたりのエピソードを集め出せば切りがないが、ここでは失踪一週間前に焦点を絞って語りたいと思う。

以下は複数の証言を元に、私が当時の状況を再構成したものである。各人の喋ったことなどは当人たちの記憶が曖昧な部分もあるので事実そのままではないが、起きたことに関してはおおむねこのとおりであったようだ。

なお、仁藤と梶原を除き、他の登場人物は全員仮名であることを明記しておく。

布施昭典《ふせあきのり》は憤っていた。これまでにもムッとすることは何度かあったが、相手が自分より年次が上であることに遠慮し、なんとか呑み込んできた。しかし今回ばかりは、どうにも肚《はら》の虫を抑えることができなかった。義憤であるなら、抑えるべきではないとも思った。

「もういいですよ」

田辺陽人《たなべはると》は、諦めと怒りをない交ぜにしたような複雑な顔で、小さく首を振る。だが布施は、後輩がこんな顔をすること自体が許せなかった。

「いいじゃ済まないだろ。お前はよくても、おれがよくない。今度という今度は、ひと言言わずにはいられないぞ」

ひと言どころではなく、抑えなければ百万言の罵声が口から飛び出してきそうだった。とはいえ社会人にもなって罵り合うのはさすがに憚《はばか》られるので、できる限り理詰めで相手の非を糾弾しようと考えている。梶原はそうされてしかるべきことを、この田辺に対してしたのだ。自分がされた場合以上に、腹が立ってならなかった。

渋る田辺をその場に残し、布施は梶原に近づいた。そして、周囲には聞こえない小声で話しかけた。

「仕事の後、少し時間をもらえませんか。田辺とのことで、話したいことがあるんです」

「仕事の後で？　おれはそんなに暇じゃないんだ。用があるなら今言えよ」

梶原は手にしている書類から目を離さないまま、どうでもいいことのように返事をした。いつもの梶原の態度だが、軽くあしらわれているようで不愉快だった。実際、梶原は話しかけられて煩わしいとしか感じていないのだろう。田辺とのこと、とはっきり伝えているのに、歯牙にもかけないのはいかにも梶原らしかった。

「じゃあ言いますが、あの案件は田辺の手柄でしょう。後からしゃしゃり出てきて横取りとは、大人げないんじゃないですか」

周りを憚るのはやめた。恥をかくのは梶原の方だ。気を使ってやる必要はない。

「後か先かは問題じゃない。誰が話をまとめたか、だろう」

だが梶原には、声量の大小など関係なかったようだ。辺りに人がいないかのような振る舞いは、いっそ堂々としていた。

「もう少し時間があれば、田辺が話をまとめてましたよ。そこまでの道をつけたのは、田辺なんですからね。おいしいところだけかっさらっていくというのは、先輩として許されないことじゃないですか」

なぜこんな当たり前の指摘をしなければならないのかと、布施はもどかしく思う。この程度のことは、まともな社会人なら言われずともわかることではないのか。

「先輩後輩も関係ない。重要なのは、能力の有無だ。おれには話をまとめる能力があった。それだけの話だ」

あくまで梶原は、己の主張を曲げなかった。利己的なことを言っているのに、言葉だけを聞いているとこれもひとつの正論と思えてくるから始末が悪い。だが、日本の企業でそんな理屈は通用しない。そこまでドライに割り切りたいなら、外資系の会社にでも行って一匹狼《おおかみ》を貫けばいいのだ。日本企業にいるからには、日本の倣《なら》いに従わなければならないのがサラリーマンだろう。

布施は心中で、そのように理論武装する。

「田辺にだって能力はありますよ。あんたさえ出てこなければ、全部田辺の手柄だったんだ」

「だから、これはおれと田辺の共同作業ということになったじゃないか。何もおれが独り占めしたわけじゃない。どこが不満なんだ」

梶原はようやく書類から顔を上げ、布施に目を向けてきた。その目には、仕事の邪魔をする相手に対する苛立ちが見える。あんたはいったい何様のつもりだ、いつも梶原に対して心の中で問うている台詞が、反射的に頭に浮かんだ。

「だから、本来は梶原さんと折半するようなことじゃなかったんですよ。田辺ひとりの成績として残るべきことでしょう、これは。梶原さんが半分持っていくのはおかしいと言ってるんです」

「支店長決裁だ。文句があるなら支店長に言ってくれ」

梶原はそう言い放つと、これで終わりだとばかりにまた書類に目を戻した。二度と話しかけるなと言いたげな気配が、横顔に漂っている。

やはり暖簾《のれん》に腕押しだったか。こうなることは予想していたが、実際そのとおりになってみると徒労感が大きかった。梶原には通常の理屈が通用しないのだ。人の情を理解せず、チームワークなどまったく念頭になく、自分の利益だけは臆面もなく求め続ける梶原はほとんど異星人である。同じ日本語を話していながら、相手に言葉が通じた感覚はまったくと言っていいほどなかった。人間の面の皮を被《かぶ》ったまったく別種の生物、それが支店内における梶原への評価だった。

周りの人たちは、布施と梶原のやり取りが聞こえていただろうに、我関せずとばかりに己の仕事に没頭していた。実際に忙しいのもあるが、梶原と関わっても疲れるだけと誰もが理解しているのだ。もちろん布施もわかっていたし、田辺が「もういい」と言ったことにはそういう意味がある。それでも言わずにいられないほど義憤が強かったのだが、結果としてはただ空しさが残るだけだった。

渉外課に属する梶原と田辺は、受け持ち区域が隣接していた。本来なら道一本を境に担当を分担しているので顧客の奪い合いになるようなことはないのだが、梶原と田辺が受け持つエリアには特殊事情があった。健全経営を続けている町工場が、工場自体は田辺のエリアに、そして事務所は道の反対側、つまり梶原の受け持つ地域に建っていたのだ。

田辺は以前から、規模は小さいが優良な仕事を続けているその会社に好意を持っていた。だから足繁《しげ》く通い、工場で働く人たちと顔見知りになり、できれば経営の手伝いをしたいと考えていた。そんな田辺の地道な努力が先方にも伝わり、新しい機械を買うときは融資を申し込みたいとの話になっていた。田辺はその言葉を信じ、無理に急《せ》かすことなく時機が来るのを待っていた。

そこに、梶原が食い込んだ。梶原にしてみれば、その会社の事務所は自分の受け持ち区域内にある。外回りで顔を出すのは、言わば当然のことだった。そして先方は、田辺を信じると同時に銀行名をも信じていた。だから別の担当者が来ても、話をするのに吝《やぶさ》かではなかった。たまたま田辺が研修期間でいなかったこともあり、担当者が代わってしまったと考えていたそうだ。

梶原は電光石火で話をまとめた。梶原にあって田辺に欠けているものが存在したとすれば、それは押しの強さだった。田辺はこれまで築いてきた信頼関係を重視し、向こうの都合に合わせる待ちの姿勢でいた。それに対して梶原には、何がなんでも契約まで持っていくという気迫があった。梶原が契約を勝ち取ったのは、避けがたい成り行きだった。

研修から戻ってきた田辺は、梶原が契約をまとめたと聞き、ショックを受けた。梶原には文句を言い、課長にも自分が以前から扱っていた案件だとアピールした。梶原は己の成績を後輩に譲ってやるようなタイプではないのでひと悶着《もんちゃく》あったが、結局は田辺と梶原ふたりの契約という形で収めることになった。双方に不満が残りながらも、双方がやむを得ないと納得する落着であった。

しかし、話を聞いた布施は納得できなかった。布施は、田辺が以前からその町工場に出入りしているのを知っていた。会議の席で報告しているのだから、布施に限らず課の人間は全員知っていることなのだ。当然梶原もわかっていたはずなのに、田辺が研修に行っていて不在のときを狙い澄ましたように、契約をもぎ取ってきた。意図的な行動であるのは明らかであり、「知らなかった」で済まされる話ではなかった。

だから田辺に代わって抗議をしたのだが、予想どおりの結果に終わってしまった。腹立ちはどうにも治まらず、また、このまま引き下がっていいこととも思えなかった。支店長に直談判《じかだんぱん》して成績の比率を変えてもらおうかとも考えたが、話をいたずらに大きくしては田辺に思わぬダメージを与えてしまうことにもなりかねない。何しろ梶原は、他人の足を引っ張ることにまったく躊躇《ちゅうちょ》をしないような類の人間なのだ。自分のことなら猪突猛進《ちょとつもうしん》も許されても、後輩のためを思うなら慎重にならざるを得なかった。

まともに抗議しても無駄だ。そう悟った布施は、同時に限界を感じた。当たって砕けろが身上の布施にとって、腹芸だの搦《から》め手だのといったことは一番の苦手だ。真《ま》っ直《す》ぐな抗議が通用しない相手には、打つ手が何ひとつ思いつかない。さんざん頭を捻《ひね》った末に閃《ひらめ》いたのが、他の人に相談してみることだった。

そうなれば、最も信頼できる相手は仁藤だった。仁藤は温厚な人柄で知られているし、他人に対して容赦がない梶原も仁藤相手にはどこか舌鋒《ぜっぽう》が鈍る傾向がある。不注意や手際の悪さを嫌う梶原にしてみれば、仕事を丁寧かつ完璧にやり遂げる仁藤には文句をつけられないのだろう。仁藤こそ、こんなときに頼るべき相手だった。

「ご存じかとは思うんですが、田辺の契約を梶原さんに取られた件なんです」

仕事後に飲みに付き合ってくれと仁藤を誘い、田辺も含めた三人で居酒屋に腰を落ち着けた。ビールで乾杯をしてから、そう切り出す。仁藤は察しがついていたらしく、小さく頷くだけだった。

「梶原さんらしいよな」

仁藤は特に皮肉を込めたわけでもなさそうな口調で言った。仁藤は支店内でただひとり、梶原相手に平静な態度を保っていられる人物である。もし他の人が同じことを言えば、単に厄介事を避けているだけとしか受け取れないが、仁藤ならばきちんと話を聞いてくれていると思えた。

「それはそうなんですが、このままじゃ田辺がかわいそうだし、支店全体のためにもよくないと思うんですよ」

布施は自分の考えを開陳した。梶原のやったことが許されるなら、行員同士の信頼関係など根底から崩れる。それぞれが切磋琢磨《せっさたくま》すると言えば聞こえはいいものの、自分の成績のためには何をしてもかまわないという風潮になるのは長い目で見て得策のわけがなかった。なぜ支店長はそれがわからないのかと首を傾《かし》げたくなるが、梶原が支店長には露骨に媚びを売って気に入られているのも理由のひとつなのは間違いなかった。

「布施は頭に血が上ってるよ。だからあえて、お前の頭を冷やすことを言ってやる」

仁藤は穏やかな口調で、指摘した。仁藤にそんなふうに言われると、なるほどそうかもしれないと思える。

「田辺にとって、これは勉強になったんじゃないか。どうやったら契約まで持っていけるのか、よくわかっただろう」

「はい」

それまで黙っていた田辺は、素直に頷いた。仁藤はそんな田辺に淡く微笑むと、布施に顔を戻した。

「それから、布施。お前は田辺をかわいがってるから、梶原さんに腹が立つのはよくわかる。これはお前の言葉に対する反論じゃないけど、お前みたいな奴がいれば支店は大丈夫なんじゃないかと思うぞ」

「いや、でもそれだけじゃなくって――」

「わかってる。ただ、どんなに目障りな奴でも、いずれいなくなる。別の支店に行けば、もう関わらなくて済むんだ。人生の中のほんの短い期間の我慢だと思って、こらえられないのか」

仁藤の意見は大人だと思った。しかし、今は大人として振る舞いたくはなかった。仁藤の話がこれでお終いではないことも、布施は察していた。

「と、まあ、わざとわかったふうなことを言ってみた。こんなことを言われて納得するくらいなら、布施も最初から怒らないよな。お前の気持ちはよく理解できるから、明日にでもおれが梶原さんと話をしてみるよ」

「本当ですか！」

思わず声が大きくなってしまった。何か有益な助言をしてもらえることは期待していたが、まさか仁藤が代わって抗議してくれるとは予想しなかった。それが何より望ましいことだし、仮に仁藤に対しても梶原がけんもほろろの態度をとるならもはややむを得ないと諦めもつく。やはり仁藤に相談してよかったと、しみじみ思った。

その夜は梶原の話を終えた後も、三人で楽しく酒を飲み続けた。梶原のような不愉快極まりない先輩もいれば、仁藤のようにまさに人格者と言うしかない人もいる。梶原だけではなく、仁藤も同じ支店に配属されていたことは幸運だと捉えるべきかもしれないと、布施は考えた。

翌日、昼休みに梶原に声をかけ、四人で静かなレストランに入った。梶原は協調性はないくせに、誘われると断らないという妙な側面もある。そんなところに、梶原の屈折が見て取れるようでもあった。

「この顔触れならなんのことかわかるでしょうが、例の田辺と折半にした契約のことです」

注文を終えると、仁藤はおもむろに切り出した。だらだらとつまらない前置きをしないところが潔く、ありがたかった。ランチを楽しむ気分ではないのだ。

「自分たちだけじゃ相手にしてもらえないから、仁藤に泣きついたわけか」

梶原は片頬を歪《ゆが》めて笑うと、布施と田辺に冷ややかな目を向けた。その目つきだけで腹が立つが、この場は仁藤に任せてある。布施はじっとこらえて、何も言わなかった。

「まあ、そういうことです。物事には得手不得手がありますからね、こういう場合は私が適任でしょ」

涼しい顔で仁藤は認めた。仁藤の方が梶原より数段、役者が上だと布施は思った。

「お前が出てきて、おれに何を求めると言うんだ」

梶原は常に、こうした物言いをする。彼にとって物事は、オールオアナッシングなのだ。ゼロか百か。中間の曖昧な部分を許さない態度は、やはり摩擦を生む元でしかない。

「さあ、どうしましょうかね。田辺が納得して、かつ梶原さんにとっても損ではない着地点を探したいんですけど」

「田辺が納得しようがしまいが、おれにとっては損ではないよ」

当人を目の前にしながら、梶原は堂々と言ってのける。不用意に敵を作ることを損と思わないのは、神経が太いからか、あるいは先が読めない愚か者だからか。いつか梶原が手痛いしっぺ返しを食らうにしても、なるべく早くそれを見てみたいものだと布施は内心で望んだ。

「そういう理屈じゃ社会で通用しないのは、梶原さんだって本当はわかってるんでしょ。無駄なやり取りは、誰よりも梶原さんが嫌いなんじゃないんですか」

それに対して仁藤は、まさに見事と言うしかない切り返しをした。あの梶原が、何も言い返せずに黙り込んでしまったからだ。相手を持ち上げて話を聞かせるのではなく、やり込めてしまうとは思いもしなかった。さすが仁藤だと、改めて思いを強くする。

「みんなのために、無駄は省きましょう。無駄は省いた上で、田辺が納得する形は、私が思いつく限りひとつですね」

「なんだよ、言ってみろ」

負け惜しみではなく、仁藤の考えていることに興味があるかのような梶原の口振りだった。布施も、仁藤が何を言い出すのか知りたくてたまらない。そんなうまい落としどころがあるとは、布施には想像できなかった。

「梶原さんに頭を下げてもらうんです。済まなかったとひと言、田辺に言ってくれれば丸く収まりますよ。謝ってくれれば、田辺も成績の配分はこのままでいいだろ？　これ以上ごたごた言わず、怒りを引っ込めるよな」

後半は田辺に向けられた言葉だった。仁藤からそんなふうに言われたら、田辺も頷かざるを得ない。布施だって、梶原が謝ると言うなら引き下がれる。しかし、この梶原が頭を下げるとはとても思えなかった。

「頭を下げろ、か」

それを聞いて梶原は、つまらない話を聞かされたとばかりに鼻を鳴らした。梶原に謝れとは、鰐《わに》に逆立ちしろと言うに等しい実現不可能なことだった。仁藤の考える落としどころとはそんなことだったかと、布施は密かに失望した。

ところが梶原は、腕を組んでしばし考え込むようにした。正面に坐る仁藤の顔をじっと見つめ、この提案が検討に値するかどうか吟味しているかのようだ。まさか、謝ってもいいと考えているのか。信じられないものを目の当たりにする思いで見守っていると、梶原は腕をほどいて頷いた。

「わかったよ。おれが頭を下げれば、この件はもう終わりでいいんだな。今後、おれに面倒なことは言わないな」

「もちろんです。なあ、田辺、布施」

仁藤に同意を求められ、田辺も布施もがくがくと首を縦に振った。目の前で展開していることが、現実とは思えなかった。

「悪かったよ。これでいいか」

梶原は点頭と区別がつかないほどわずかに頭を下げた。だが、それは謝罪以外の何物でもなかった。梶原が謝ったのだ。非難して、その結果として謝罪を引き出したのである。とうていあり得ないマジックを見せられたような、脳裏が空白になる驚愕を布施は味わっていた。

「おれに頭を下げさせるとは、お前も大した奴だな、仁藤」

梶原は頬を歪めて、そう言った。その表情は、笑みに見えなくもなかった。

「私が頭を下げさせたんじゃない。梶原さんが謝ったんですよ」

仁藤は自分の手柄を誇ることなく、いつもの穏やかな笑みを浮かべるだけだった。この人はすごい人だ、布施は心底そう思った。

6

これが、梶原の失踪前一週間以内に起きた、仁藤と最も絡んだ出来事だった。このエピソードを素直に受け取る限り、仁藤が梶原に殺意を持つ要素はひとつもない。仁藤は対立する先輩後輩の間に立って仲裁しただけであり、逆恨みを買うようなことですらなかった。このエピソードが直接、梶原の死に関わるとはとても思えなかった。

となると、やはり梶原の死に仁藤は無関係なのか。梶原が多くの人間から嫌われている中、仁藤だけはうまく付き合っていたとすら言える。梶原が何者かに殺されたのだとしても、仁藤は真っ先に容疑圏外に置かれるべきではないのか。ならば仁藤が妻子を殺した安治川と、梶原が白骨で発見された宮ヶ瀬湖が近かったのは、単なる偶然ということなのだろうか。

私は仁藤が梶原を殺した可能性にこだわり、両者を知る人にそれを検討してもらった。私の疑問に応え、四名の方が集まってこの事件について話し合ってくれた。私も同席を許されたので、そのときの様子を座談会形式で再現しようと思う。ちなみにAとBが女性、CとDが男性である。

——今日、こうして集まっていただきましたが、仁藤さんとの付き合いの深さは皆さんそれぞれだと思います。ただ、皆さんに共通しているのは仁藤さんと梶原さん両方を知っているという点です。そこで、仁藤さんが梶原さんを殺した可能性について、皆さんに話し合っていただければと考えました。まずはそんなことがあり得るのかどうか、ご意見をお聞かせいただけますか。

A「相手が梶原さんに限らず、仁藤さんが人殺しをするなんてそもそもあり得ないと思います」

B「私はちょっと違う意見で、あくまで一般論として語るなら、誰でも人殺しになる可能性はあると思います。ただ、仁藤さんが梶原さんを殺したのかと訊かれると、それは疑問です。少なくとも私は、殺す理由がわからないので」

C「ぼくの意見はBさんに近いかな。梶原さんが殺されること自体は取りあえず納得できても、その犯人が仁藤さんだというのは無理なんじゃないかと思いますよ。動機がないですもん」

D「でも、仁藤さんは妻子を殺したわけだろ。ということは、おれたちが知っている仁藤さんはあの人のすべてじゃなかったってことだ。妻子を殺すような恐ろしいところがあったのなら、梶原さんを殺しててもぜんぜん不思議じゃないよな」

A「だから、仁藤さんが妻子を殺したというところが間違いなんですよ。絶対に高裁で無罪になるに決まってます」

D「そんなこと言っても、仁藤さん自身が妻子を殺したと自供してるんだぜ。それはどう考えるんだよ」
Ａ「あたし、仁藤さんの事件が起きてから冤罪についてちょっと調べましたけど、たいていはやってもいないのに自白したことで刑が確定しちゃってるんですよ。取調室に閉じ込められて、二十四時間ずっと問い詰められ続けたら、やってもいないのにやったと認めちゃう場合もあるんですって」
Ｃ「ぼくもその話は知ってる。ただ、仁藤さんがそういうタイプだとは思わないなぁ。やってもいないことをやったと認めちゃうほど、気が弱い人じゃないでしょ」
Ａ「経験したことない人にはわからないんじゃないの。警察の取り調べは、普通の平穏な生活を送っている人には耐えられないくらい厳しいのよ、きっと」
Ｂ「ごめんなさい、ちょっといいですか。その点はそれこそ、部外者にはわからないことですよね。もしかしたら厳しい取り調べでやってないことをやったと認めてしまったのかもしれない。そうではなく、本当に仁藤さんは奥さんとお子さんを殺したのかもしれない。それは、私たちが今ここで話し合っても白黒はっきりすることではないでしょう。不毛になるだけだから、仁藤さんが梶原さんを殺すなんてあり得るかどうかだけに絞って話し合いませんか」
Ｄ「賛成。その話を持ち出したおれが悪かった。撤回する」
Ｃ「でも、安治川事件があるからこそ、仁藤さんが梶原さんを殺したのかもしれないと疑われているわけでしょ。ふたつの事件は切り離して考えるわけにはいかないんじゃないかな」
Ｄ「じゃあ、こうしよう。切り離して考えるのではなく、仁藤さんが妻子を殺している場合と殺していない場合のふたパターンを前提にして、推理しないか」
B「そうですね。そうするのが建設的だと思います」
A「仁藤さんは奥さんとお子さんを殺してないんだから、梶原さんも殺してないんです。それが結論でいいんじゃないですか」
C「おいおい、話が終わっちゃったじゃないか。それじゃあわざわざ集まった意味がないだろ。取りあえず仮定でも、話し合ってみようじゃないか。ぼくたち自身が、すごく疑問に思っていることなんだから」
D「よし。それならまず、議論の余地が少ない方から片づけていこう。仁藤さんは安治川事件は無実だが、梶原さんは殺している。そのパターンはあり得るだろうか」
B「仁藤さんが梶原さんを殺したいほど憎んでいたか、ですよね。そういう様子や気配を感じたことある人、いますか？」

誰も手を挙げない。四人は互いの顔を見て、首を振るだけだった。

B「殺人に至る動機は、憎悪だけではありません。他に何か、気づいたことはありませんか」
C「そう言うBさんはどうなの？　何か気づいてた？」
B「私はさっきも言ったように、動機がないと思います。ただ、想像だけならいくらでもできるんじゃないでしょうか」

D「というと？」

B「例えば、仁藤さんが誰かの恨みを代わって晴らしたとか」

C「時代劇かい」

D「想像の話だよ。むろん、まったくあり得ないとは言えないよな。その説はもうちょっと考えてみてもいいと思う」

B「仁藤さんといえば、やっぱりすごくいい人というイメージがありますよね。支店内でも頼られる存在だったじゃないですか。だからこそ、周囲に嫌われている梶原さんを義憤で殺した、という可能性はどうでしょう」

C「自分は特に恨んでないのに、かい？　義憤で人が殺せるか？」

D「それを検討するんだよ。他の人の代わりに、自分が罪を着るような男気が仁藤さんにあったかどうか、だ。先におれの意見を言わせてもらえば、仁藤さんなら利他的な行動をとってもおかしくないとは思う。ほら、田辺の契約のことで揉《も》めたときにも、収めたのはなんの関係もない仁藤さんだったろ。ただ、いくら利他的な行動でも、殺人まではやらない、というのがおれの意見だ」

A「賛成です。とうていあり得ないですよ」

C「誰にも気づかれずに、心の中でずっと梶原さんを憎んでいた、という方がリアリティーはあるよなぁ」

B「義憤ではなく、代理殺人の可能性は？」

C「代理殺人？　仁藤さんは副業で殺し屋をやってました、ってか？」

D「金をもらったのでもいい、話を聞いてとうてい許せないと感じたのでもいい。漠然とした義憤ではなく、誰かの恨みを共有したとしたら、あり得なくはないな」

C「仁藤さんが密かに好きだった人が、梶原さんにレイプされた、なんてシチュエーションでしょうかね。でも、そういうことなら警察がとっくに調べだしてるんじゃないですか。今のところ、何も見つかってないんでしょ。警察も気づいてないことをぼくたちが勝手に想像するなら、いくらでも仮説は立てられちゃいますよ」

D「そうだな。仮説もあくまで、判明していることやおれたちが知っていることを基《もと》に組み立てるべきか。だったら、他人の恨みを肩代わりしたという可能性は取りあえず消してしまおう。いいかな」

B「異論はありません」

D「では次だ。仁藤さんは安治川事件の犯人だった。そしてその前に、梶原さんも殺していた。つまり仁藤さんは、梶原さんを殺したのにバレなかったことで味を占めて、再度殺人を犯したということになる。これはあり得るだろうか」

A「皆さん、本気で言ってるんですか？　あたしたちが知ってる仁藤さんは、そんな人じゃないでしょう？　仁藤さんが連続殺人犯なんて、よくそんなことが言えますね」

C「感情的になるなよ。Aが仁藤さん贔屓《びいき》なのはわかるけどさ。だったら単なる思い込みじゃなく、事実や推論でその可能性を否定してくれよ」

A「事実は、警察が調べても仁藤さんが梶原さんを殺す動機が見つからなかったということだけで充分じゃないですか。そもそも安治川事件だって、本の置き場所に困ったから妻子を殺したなんて自白を、本気で信じてるんですか？」

D「仁藤さんは本好きだったからな。単なる読書家じゃなく、本という物体を偏愛しているようなところはあった。あの人は夏場に本を読むとき、下の方のページの隅だけで支えて読んでたんだよ。知ってるか？　なんでかと言うと、汗が紙に染みるのを最低限にしようとしていたからなんだ。ページを開くのも、爪を使っていたのを見たぞ」

A「本を読むときの癖が独特だからって、それで妻子を殺した犯人にされちゃうんですか？　おかしいじゃないですか」

D「ちょっとまず仮定の前提をさせてくれ。仁藤さんは本の置き場所に困ったからと妻子を殺すような男だった。ならば、梶原さんを殺す動機が一見なさそうだとしても、思いがけない理由があったんじゃないだろうか。それを考えてみよう」

C「思いがけない理由ねぇ。それだったらさっきの義憤でも充分に意表を衝《つ》いているけど、そうすると安治川事件の動機とアンバランスですね。義憤で人を殺せるような人は、本の置き場所のために妻子を殺さないでしょうから」

B「何かすごく大きなことがきっかけじゃなくてもいいんじゃないでしょうか。ほら、本能寺の変だって、どうして明智光秀が謀反《むほん》を起こしたのか判明してないじゃないですか。傍目《はため》には『それほどのことか？』と思えることでも、当人には相手を殺したくなるほど許せないって場合もありますよね。小さいことの積み重ねで、仁藤さんは梶原さんを許せなく感じていたのかもしれません」
C「明智光秀が織田信長に受けた仕打ちは、『それほどのことか？』ってレベルじゃないと思うけどね。恨みが多すぎて、ひとつのことに特定できないっていうのが実情じゃないの。だから、仁藤さんには重ねられないだろ」
D「仁藤さんが明智光秀ほど露骨に、梶原からいじめられていたわけじゃないのは確かだな。ただ、我慢ならない思いが積もっていて、些細なきっかけでそれが爆発した可能性はある。そうなると、きっかけはやっぱり田辺の件なのかな」
C「あれはきっかけになるようなことではなかったと思いますけど」
D「梶原さんを説得しつつも、毎度毎度あんなトラブルを支店内に起こす梶原さんにうんざりしたのかもしれない」
A「だとしても、少し我慢をしていればそれで済む話じゃないですか。いずれ梶原さんも仁藤さんも、別の支店に異動するんですよ。それまで我慢できないほどの恨みじゃないと、殺人なんて大それたことをする気にはならないでしょう？」
　Aさんのひと言で、その場は静まり返ってしまった。結局、疑問はそこに集約されるということに、話し合っている全員が気づいたのだ。

D「そうなんだよな。一番不思議なのはそこなんだよ。行内での出来事は、たとえ友情であっても異動までのわずかな期間だけのことだからな。他の支店に移っちゃえば、なかなか連絡をとる機会もなくなるし。だから相手を殺したいほど憎むことは、おれたちの間では起こりにくいのは確かだ」

B「となると、小さい恨みが積み重なったと考えるのも無理ですか。だったら、残りは衝動殺人でしょうか」

C「衝動殺人かぁ。仁藤さんには似合わないなぁ」

A「仁藤さんはカッとなって人殺しをするような人じゃないですよ。いつも冷静だったことは、皆さん知ってるでしょ」

D「もし仁藤さんが本当に梶原さんを殺したのだとしたら、やっぱり計画殺人の方がふさわしいな。衝動殺人は、いくら想像を逞《たくま》しくしても考えられない」

B「私も同意見ですね。冷静に殺すことはあり得ても、衝動殺人はないかなと思います」

C「じゃあ、言うなよ」

B「可能性をひとつずつ潰すためです。むしろ、異動で職場が別になっても消えない恨みを想定した方がいいかもしれません」

D「殺人だとしたら、結局そういうことなんだろうな。でも、そんな気配は誰ひとり気づいていなかった。警察の調べでも浮かび上がってこない。仕事に関係しないことだったのかもしれないけど、仁藤さんと梶原さんが仕事以外で付き合っていたとは考えにくいな。仁藤さんに限らず、梶原さんが誰かと個人的に付き合っていたとは思えないから」

A「じゃあ、もう結論でいいんじゃないですか。仁藤さんが梶原さんを殺す動機はない。だから、仁藤さんが殺したなんてあり得ない。そういうことでしょ」

　またしても、一同は黙り込んだ。話し合いによって隠された動機を炙《あぶ》り出すという試みは、どうやら失敗に終わったようだった。

D「もちろん、心情的には最初っから仁藤さんが梶原さんを殺したなんて信じたくはなかったよ。実際こうしてあれこれ検討してみても動機が不明で、ちょっとホッとしている部分はある。でも、だったら梶原さんはどうして死んだんだろうな。梶原さんが死んだことに、仁藤さんは本当に無関係なんだろうか」

　Dさんが最後に口にした疑問にも、答える人はいなかった。梶原の死と仁藤の逮捕が、重すぎる疑問として彼らの心に影を落としているのが傍目にも見て取れた。

7

警察の捜査が滞った原因として、死因が特定できないという点が挙げられる。そもそも事件性の有無すら判然としないのだから、犯人捜し以前の問題だった。だが仮に殺人と断定して捜査を進めていても、やはり別の困難にぶつかっていたと思われる。これまで語ってきたとおり、梶原を嫌う者は多すぎるのだった。

もちろん、殺してやりたいほど憎んでいる人はいなかったという反論も成立するだろうが、各人の心の中まではわからない。傍目には些細なことに見えても、当人にとっては殺意に直結する重大事だったかもしれないのだ。動機面から殺人の可能性を問えば、いくらでも推論は立てられる。それもまた、状況の混乱に拍車をかける一因であったことは間違いなかった。

その一方、皮肉にも仁藤には動機が見つからなかった。周囲の人間から毛嫌いされていた梶原ではあったが、仁藤とだけはさほど摩擦を生じさせていなかったのである。だからこそ、警察の思い込みによる捜査が事件の解決を遠ざけたのだという批判が生じた。安治川事件との関連性にさえ着目しなければ、仁藤を容疑者に据えるのは確かに的外れな見込みでしかなかった。

しかし、本当にそうなのだろうか。梶原の死に、仁藤は無関係なのか。

警察でさえ断定できないのだから、確実なことは言えない。口にできるのは、あくまで推測でしかない。それでも、以後の稿で詳述することになる疑惑も考え合わせると、梶原の死についてだけ仁藤が無関係だったとはどうしても思えなかった。私はやはり、仁藤がなんらかの形で関与していると見做している。

動機は、通常の感覚では見当たらない。だが仁藤はすでに、本の置き場所を確保するために妻子を殺したと告白している人間である。常人には理解できない理由で人を殺せる人物ならば、梶原にもまた、異常な動機で殺意を覚えていたのではないだろうか。
そんな視点で数々の証言を再検証してみると、ひとつ引っかかる言葉があった。仁藤と梶原が一緒に働いていた当時の支店長の説明だ。支店長の望月さんは、課長代理になるタイミングについて説明してくれた。一年待っていれば仁藤は課長代理になれたのだから、梶原を殺す動機にはなり得ない、と。しかし常人には理解できない理由で人を殺す人間にとって、一年待つよりも殺人の方が手っ取り早かったという可能性はないだろうか。仁藤についての取材を進めるにつれて理解したのだが、世の中には殺人に対する禁忌の観念が完全に欠如している人間もいるのである。そうした人間にとって、殺人は事態解決のひとつの手段に過ぎない。罪悪感という抑制がなければ、人はいくらでも安易な決断を下すのだ。

以上が宮ヶ瀬湖白骨死体事件を取材しての一部始終であるが、この稿を締め括るに当たって、これまで紹介した意見とはまったく別の証言をする人がいたことも明記しておきたい。梶原の母親である。母親の目に映じた梶原は、当然のことなのかもしれないが、同僚たちが語る故人とはまるで別人のようだった。

……そりゃあ自分の息子のことですから、敬二郎が他人様《ひとさま》に好かれる性格じゃないことくらいわかってますよ。でも、息子は死んでるんですよ。死んだ人間をみんなで寄ってたかって悪く言うなんて、ひどいじゃないですか。そういうの、なんて言うんでしたっけ？　死者に鞭《むち》打つ？

それそれ。そんなことしないのが日本人のいいところだと思ってたけど、今は違うんですかねぇ。あたしが古いんですか。

いろいろ週刊誌に書かれたりして頭に来てるんで、それならあたしにだって言いたいことはありますよ。ちゃんと全部書いてくれます？　あたしが言ったとおりに書いてくれるなら、本にしてもいいですよ。ただ、あたしは頭が悪いから、言ってることが支離滅裂になっちゃうかもしれませんけどね。

敬二郎はね、舐《な》められまいとしていたんですよ。世間には他人のことを平気で馬鹿にする人間がうようよいるじゃないですか。貧乏人だとか、片親だとか。冗談じゃないですよ。それであんたに迷惑をかけたのか、と言いたいですけどね。迷惑がかかってないなら、放っておいてくれってなもんだ。それなのに敬二郎は、自分のせいでもないことで子供の頃からずっと馬鹿にされてたんですよ。ホントに悔しくてならなかったわ。あたしだって好きで貧乏になったわけじゃないんだから、そのせいで息子が馬鹿にされるなんて耐えられなかったですよ。

でね、悟ったんです。馬鹿にされたくなければ、他人を馬鹿にするくらいの人間にならなくちゃ駄目なんだ、って。舐めるか舐められるか、ふたつにひとつなんですよ、世の中は。女だったら、綺麗に生まれついてりゃ他の女を馬鹿にできるんです。でも年を取ってだんだん相手にしてくれる男のレベルが落ちてくると、もっと若い女から馬鹿にされちゃうんです。おばさんのくせに派手な格好してるとか、男出入りの激しい中年はみっともないとか。悔しいでしょ。その点学歴なら、年齢に関係なくいつまでも自慢になるじゃないですか。たとえおじさんになっても、いい大学出たことの価値はぜんぜん減らないんだし。だからね、あたしは借金してでも敬二郎を一流大学に行かせたんですよ。息子が一流大学に行けば、あたしも馬鹿にされなくなるんだし。それで敬二郎は、他人に馬鹿にされまいとつっぱらかる子になったんです。これって、あたしのせいですか？　違うでしょ。世間のせいでしょ？　世間があたしら親子を馬鹿にしなければ、敬二郎もつっぱらかる必要はなかったんですよ。友達がたくさんいて、女の子とも仲良くして、普通に楽しく生きていくこともできたんじゃないですか。それが周りからは嫌われて、自殺なんだか殺されたんだかもわからない死に様曝《さら》して、挙げ句骨になった後までさんざん悪口言われるなんて、かわいそうすぎるじゃないですか。敬二郎のことを悪く言った奴らを、一生呪い続けてやりたいですよ。ホント、敬二郎が殺されたんだとしても、犯人よりも悪口言った奴らの方が許せないですよ。

敬二郎はね、ホントは優しい子なんですよ。あたしは女手ひとつで敬二郎を育てなきゃならなかったから、夜の仕事をしてたんですよ。敬二郎の夕食作ってやって、それから出勤する毎日です。敬二郎はひとりで夕食を食べて、風呂に入って、それで寝てたんです。保育園の頃からそんな生活させて、かわいそうだとは思ったけど、そうしないと親子ふたりで生きていけなかったですからね。

子供には酷な生活させちゃったのに、敬二郎はあたしのために朝ご飯を作っておいてくれたんですよ。味噌汁《みそしる》だけですけどね。小学校一年生のときから、ひとりで留守番している間に味噌汁作ってくれたんですよ。他人のこと馬鹿にしながら恵まれた生活送ってる奴らの、いったい何人がそんなことできます？　子供のこと邪魔に思う親もけっこう多いけど、あたしは心底、敬二郎を産んでよかったなぁと思いましたよ。敬二郎がいなけりゃ、あたしはもっと荒《すさ》んだ生活を送ってたでしょうね。

どういうわけか、敬二郎はあたしに似ないで頭がよかったんですよ。いやな男のタネだけど、頭がいい遺伝子を残してくれたことだけは感謝しないとね。敬二郎の頭がいいことには早くから気づいてたので、これは生かさなきゃ損だとあたしは思いましたさ。この世の中、頭がいい奴だけが勝ち抜いていくシステムになってますからね。女だって、綺麗なだけで頭が悪い女はやっぱりそれなりの人生しか送ってないんですよ。学歴がなくても、頭がいい女は玉の輿《こし》に乗ったり、いいスポンサー摑まえて店を持ったり、うまいこと生きていくんです。あたしは頭が悪いから、息子に期待かけるしかないなと思いました。

そうは言っても先立つものがないですからね。敬二郎は私立の中学にも行かずに地元の公立に行って、高校も都立に入ってくれました。お金があったら一流大学の付属にでも入って楽ができたでしょうに、文句も言わずに都立に行って、しかもアルバイトをして家計を助けてくれたんですよ。偉いでしょ。いい大学行くために勉強して、放課後は部活もしないでアルバイトしてりゃ、仲いい友達を作る暇だってないですよ。それがあの子の罪ですか？　貧乏のせいで友達ができなかったなんて、本当にあの子に申し訳なかったと、泣きたくなりますよ。

大学は私立でしたけど、しっかり奨学金をもらってくれたから親孝行ですよ。しかも、自分で働いて返済したので、あたしにはぜんぜん負担をかけなかったですからね。大学でできた彼女に働かせてたなんて話もあるみたいですけど、キャバクラで働くことの何が悪いんですか。水商売を見下してないですか。彼女が好きな人のために働くなんて、むしろ美談じゃないですか。彼女に働かせて自分は遊んでたってわけでもないんだし、彼女の方が敬二郎のためを思って奨学金返済の援助をしてくれたんだから、他人にとやかく言われるようなことじゃないですよね。放っておいてやればいいじゃないですか。彼女が文句を言ってるならともかく、あんたらには関係ないでしょうに。

　彼女と別れた理由だって、本当のところは当人同士しか知りませんよ。なんで赤の他人がそういうことにくちばしを突っ込めるんですか。敬二郎はもう死んじゃったから、言い返すこともできないんです。悪く言われるばっかりで、かわいそうでしょうがないですよ。

　一流大学から一流銀行に入って、あたしを立派な家に住まわせてやるってきっちり貯金してたんですよ。結婚して子供作って、自分たちのために家を買う人は多いでしょうけど、まずは親の家を買うために貯金するような人がどれだけいますか？　ものすごい親孝行じゃないですか。お金を貯《た》めるってのは厳しいことだから、そりゃあ同僚たちと和気藹々《あいあい》ってわけにはいかないでしょうよ。多少なりふりかまわず仕事しなきゃいけない面もあったはずです。それを今になって、殺されても当然みたいな言い方をされるのはいくらなんでもひどいんじゃないですか。敬二郎はそこまでの極悪人ですか？　死んだ人間を悪く言う根性の奴らこそ、よっぽど性格がねじ曲がってるでしょう。敬二郎が立派な人格者だったとは言いませんけど、目糞鼻糞《めくそはなくそ》を笑うって感じなんじゃないんですか。

敬二郎はね、もう何も言えないんですよ。二年間も行方不明の挙げ句、骨になって湖の底から浮かんできたんですよ。それをかわいそうだと思ってもらえるならまだしも、みんなで寄ってたかって悪口言うんだから、さぞや無念でしょうねぇ。あたしが代わりに言い返してやらなきゃ、成仏もできないじゃないですか。あたしはね、あの子のたったひとりの味方なんですよ。誰がなんと言ったって、あたしにとってあの子はいい子だったんです……。

第三章　罠

1

安治川事件で仁藤が逮捕された当初から、私は彼に興味を持っていた。だから拘置所に手紙を送り、何度も接触しようと試みた。最初のうちは梨の礫《つぶて》だったが、あるとき、弁護士を介して返答が来た。以後、私と仁藤は文通をする仲になった。

仁藤の書く手紙は、特に異常性を感じさせなかった。知らなければ、殺人の罪で拘置されている人が相手とは思わなかっただろう。その文面は礼儀正しく、理性的であり、知的ですらあった。少なくとも手紙だけでは、常人と違う倫理観を持っているとは感じられなかった。やり取りを重ねるごとに、直接会ってみたいという気持ちが募っていった。

私は手紙にその旨を書いた。拘置所の面会は一日につき一度だけだそうなので、弁護士などが来た日にはもう会えない。だから事前に相談し、面会日を予約しておく必要があった。私は仁藤が指定した日に、小菅《こすげ》の東京拘置所へ行った。

面会時間は三十分以内と限定されていた。私は仁藤に尋ねたいことが山ほどあったが、すべてを訊くのは難しかった。要点を絞って話さざるを得ず、しかも取材目的であることは拘置所側に隠さなければいけないから、いかにもインタビューといったやり取りも控える必要がある。私はあくまで、仁藤の友人として面会するのだった。

待合室から検査室に向かい、持ち物チェックを受けた。携帯電話や録音機器、カメラなどはロッカーに預けなければならない。金属探知機をくぐり抜け、それらの物を携行していないことを証明してから、面会室へと移動した。

アクリル板で中央を仕切られた狭い部屋で待っていると、反対側のドアが開いた。報道写真で何度も見た仁藤当人が、そこに立っていた。仁藤は立ち上がった私に丁寧に頭を下げると、拘置所員にも一礼して中に入ってきた。

手紙のやり取りから予想できたことであったが、彼は人を殺した者が身にまといそうな負のオーラを発してはいなかった。目に知性を感じさせるその佇まいは、凶暴さとは完全に無縁だった。背が高く、顔立ちが整っているので、たいていの人にはむしろ好感を覚えさせるだろう容姿だ。仁藤を知る人々の大半が、彼の犯行を信じていなかったことも納得できた。

「今日はわざわざありがとうございます」

仁藤は尋常に、礼を言った。私も「こちらこそ」と頭を下げる。会話が途切れるとその時点で面会を打ち切られる可能性があるので、私は焦った。すぐさま、用意してきた台詞を口にした。

――何か、不自由はありませんか。

取材目的でないなら、まず真っ先に尋ねるべきことだった。仁藤は考える素振りも見せず、首を振る。

「お気遣い、ありがとうございます。今のところ、特に困ることはありません」

仁藤は本好きだとのことなので、自由に本が手に入らない状況をもどかしく思っているはずだが、私にねだる気はないようだった。時間は限られている。すかさず本題に入った。

——単刀直入にお訊きしますが、あなたは本当に翔子さんと亜美菜ちゃんを殺したのですか。

手紙では訊けないことだった。この質問ばかりは、本人に直接ぶつけて反応を見たいと思っていた。仁藤は私の直截《ちょくせつ》さに面食らったかのように眉を吊《つ》り上げたが、照れ笑いめいた笑みを浮かべると、小さく頷いた。

「はい。そうなんです」

はい。そうなんです。文字にしてみると、ごく普通の返答のように見える。だが微笑みながら、恥ずかしい告白でもするように認めるその様は、強烈な違和感を覚えさせた。話題の重大さと、返答の軽さが釣り合っていないとでも言うべきか。こちらの質問を聞き間違ったのではないかと、一瞬考えてしまったほどだ。

——本当ですね。本当に、あなたは妻子を殺したんですね。

だから私は、反射的に念押しをしてしまった。嘘です、と笑いながら言ってもらった方が、よほど納得できた。

「はい、間違いありません」

それでも仁藤は、言葉を翻さなかった。いまさら否認に転じて、無罪を主張しようという気もないようだ。その恬淡《てんたん》とした姿には、どこか俗世を超越したような趣《おもむき》すらあった。やはり、価値基準が我々とは違うのではと感じた。

——本の置き場所がなかったから、という理由も、本当でしょうか。

「本当です。本って、際限なくどんどん増えていくんですよ。ああ、小説家ならおわかりいただけますよね。処分しちゃえばいいとか簡単に言う人もいますが、それは絶対にできないんですよ。ぼくは本を売るなんて、考えられないんです。かといって、物理的に置ける場所は限られてるでしょ。本棚から溢れちゃったんで一時的に床に積み上げてましたけど、そういうのは美意識が許さないんです。本棚にきちっと、著者別や出版社別に本を並べてこそ、最終的な満足感が得られるんです。どうです？　あなたは違いますか？」

仁藤の言葉は、典型的なビブリオマニアのものだと思った。私自身も増殖する本の置き場所には困っているし、できるならすべてを本棚に綺麗に収めたいとも思う。しかしそうできる段階はとうに過ぎて、今ではいらない本は処分するし、綺麗に並べることも放棄している。だから仁藤の気持ちも理解できないではなかったが、物事には限界があることも承知していた。仁藤はそれがわからなかったのか。

――私にとっても本は大事ですが、家族には替えられません。仁藤さんは妻子より本を綺麗に並べる方が大切だったのですか。

私は核心を衝いた。その点を本人の口から聞きたいと思って、ここまで来たのだった。

「うーん、それこそ比べられないことですよ。あなたは本と人間を同列で考えるんですか？」

逆に訊き返されてしまった。私はしばし戸惑った。普通は同列で考えられないから、仁藤の語る動機が理解できないのではないか。仁藤の言っていることは矛盾していると思った。

――いえ、本と人間は違います。だからこそ、仁藤さんの自白が信じられないのですが。

「強烈な自己愛、というのはどうでしょう？　ぼくは自分の生活空間も含めて、自己愛が強かった。生活空間を侵食する他者が許せなかった。だからこそ、生活の秩序を脅かす者を排除した。そんな気持ちを、わかりやすく『本の置き場所が欲しかった』と語ったのかもしれませんよ」

仁藤の口振りは、まるで他人事だった。第三者の心理を推し量るかのような物言いをする。これは嘲弄《ちょうろう》なのか。私は判断に苦しんだ。

——それが、正解ですか？

一応確認をしたが、真実のわけはないと思っていた。もし自分の生活を乱されるのがいやなのであれば、もっと早い段階で排除を考えていたのではないか。子供ができてから数年も経っての犯行では、いかにも説得力がなかった。

「さあ、どうでしょう？」

果たして仁藤は、微笑んで首を傾げた。その返答で、からかわれているのだとはっきり認識した。心の中まで切り込んでいこうとする野次馬根性の小説家を、仁藤はからかって楽しんでいる。腹を立てては相手の思う壺《つぼ》だと、私は軽く息を吸って気持ちを静めた。

——本当の動機は、教えていただけないということですか。

愚直に質問した。嘲弄に対しては愚直さで対抗するしかないと思った。

「ですから、本の置き場所を確保するためですよ。ぼくは最初から、そう言ってるんですけどね。それを信じるも信じないも、受け取る側次第でしょ。他人の気持ちを理解するかしないかは、自分の側の問題なんですよ」

仁藤の語る言葉は、あくまで知的だった。これもまた嘲弄なのだろうか。だとしても、一面で真理を衝いているようにも思える。この調子でしか答えてもらえないなら、以後も暖簾に腕押しだろうと予想した。

――では、梶原敬二郎さんが白骨死体で発見されたことについて、何かご存じではないですか。

無駄を承知で尋ねてみた。仁藤は微笑みを絶やさないまま、首を傾げる。

「いや、何も。梶原さんが亡くなってたなんて、ただただ驚きですよ」

この言葉は嘘だと直感した。同時に、私が嘘だと受け取ることも、仁藤は承知している。とぼけていることを隠そうとしないのは、やはり仁藤が梶原を殺したからなのか。それとも、私は引き続きからかわれているのか。

仁藤に関しては、すべてが謎だった。私はただ、白旗を揚げて引き下がるしかなかった。

2

宮ヶ瀬湖で白骨死体が発見されてから約一ヵ月半の後、週刊誌にセンセーショナルな記事が載った。それはその週刊誌のスクープであったが、他社や各メディアがたちまち追随取材し、特ダネの価値も薄れた。しかし換言すれば、それだけ衝撃的な内容であったということでもある。週刊誌は、仁藤が大学時代に関わったかもしれない、ある事故死について報じたのだった。

亡くなった方の名前は、松山彰《まつやまあきら》さんといった。享年二十一歳。死亡時は大学生で、実家が東京にあるので親許から通学していた。松山さんの事故状況には、なんら複雑なところはない。T字路を左折しようとした大型ダンプカーが、歩いていた松山さんに気づかずに巻き込んでしまったのだった。大型ダンプの車輪の下敷きにされた松山さんは、内臓破裂でほぼ即死。特に事件性は疑われず、ダンプの運転手は過失を認めて交通刑務所に収容された。亡くなった当人と関係者にとっては悲劇だが、あえて言ってしまえば、マスコミが取り上げて騒ぐような特殊な事故ではなかった。

松山さんの死に特別な点があったとすれば、故人の大学での同級生に仁藤俊実がいたという事実のみであった。

またしても仁藤だった。妻子を異様な動機で殺した仁藤の周囲では、勤め先の同僚が不可解な失踪を遂げ、大学の同級生が事故死していた。これを単なる偶然と見る人は、世間にほとんどいなかった。

松山さんの事故は、当時の同級生が週刊誌に話を持ち込んだことで明るみに出た。週刊誌は四週に亘る記事を組み、情報を小出しにした。その間に他のマスコミが事故を掘り出して報道したので週刊誌記事が後追いになってしまった面もあったが、同級生の証言を最後まで独占できたのはやはり先行者の強みだった。同級生は匿名を条件に、仁藤の大学時代の生活を詳細に語ったのだった。

幸いにも私は、この週刊誌の版元と付き合いがあった。そのため、四週連続記事が掲載された後に、同級生を紹介してもらえた。私は同級生に直接質問をし、彼の目に映った仁藤について語ってもらった。以下、その際の様子を再現する。

仁藤の同級生だった中里《なかざと》さん（仮名）は、高い身長を持て余すように少し猫背気味だった。待ち合わせた駅の改札口で背を丸めて佇む姿は、遠目には心細げに見えた。自分の告発が呼び起こした世間の波紋に怯《おび》えているのだろうか。絶対に匿名が条件だと、私も週刊誌記者にしつこいほどに念を押されていた。

週刊誌記者とともに近づいていくこちらに気づいて、中里さんはちょこんと頭を下げた。私が名乗って名刺と自著を渡すと、わずかに安堵《あんど》したように見えた。マスコミ関係者ではなく、小説家であることに安心したのかもしれない。私は時間を作ってくれたことに礼を言い、喫茶店への移動を促した。

――さっそくですが、仁藤さんの第一印象を憶えていらっしゃるでしょうか。

私はその質問から始めた。高校までとは違い、大学では同じクラスだからといって必ずしも口を利くとは限らない。中里さんがどの程度仁藤や松山さんと親しかったのか、確認する必要があった。

「かっこいい奴だなと思いました。仁藤はたぶん、クラスで一番背が高かったんですよ。すらっとしてて、立ち居振る舞いがだらだらしてないので、これはもてそうな男だなというのが第一印象ですね。その後、ちょこちょこ言葉を交わすようになりましたが、その印象は特に変わりませんでした」

銀行の同僚たちと、ほとんど同じ印象である。仁藤は当時から、同性にすらいい印象を残す風貌だったようだ。

――仁藤さんとはどれくらい親しかったのですか。友達付き合いをしていたのでしょうか。

「親しいか親しくないかといえば、正直そんなに親しくはなかったです。学校以外では会いませんでしたから。でも、大学にいるときは割とよく話をする方でした。昼飯を学食で一緒に食べたりしてました」

――では、松山さんとはどうですか。同じような感じですか。

「そうですね。ぼくと仁藤とか、ぼくと松山といった、ふたりだけのときにはそんなに親しい付き合いはしないんです。三人集まると、友人になるんですよ。わかってもらえますかね、そういう関係。だからあくまで大学内限定の付き合いだったんですけど、三人でいるときはいろいろ話をしました」

――わかると思います。ともかく、三人が付き合いの基本形だったわけですね。

この辺りは、週刊誌記事では書かれていなかったことだった。記事になる際に、話のディテールはどうしても抜け落ちる。直接話を聞くことができてよかったと思った。

「あっ、そうですね。基本形。まさにそうです。ふたりだと気まずいってこともないんですけど、三人の方がずっと話が弾んだんですよ。これはぼくの個人的意見ですが、友情って互いがあまり似てない方が成立する気がするんですね。自分にないものを相手に見つけて、そこに興味を持つと思うんです。ただぼくらは、そういう意味では三人とも同じタイプだったんですよ。だからふたりでいるより、三人の方が心地よかったんじゃないかな。分析すると、そんなふうに思います」

――似たタイプ。それは今でも変わらない印象ですか。

私の質問に、中里さんは「うーん」と唸って考え込んだ。そして小さく首を振ると、「違いますね」と呟いた。

「たぶん、違ったんです。当時のぼくは、そのことに気づいてませんでした。なんとなく変だなと思っただけで、深く考えなかったんですね。今なら、ぼくと仁藤は似ていないとはっきり言えます」

――例えば、どういう点が？

「自分で言うのもなんですが、ぼくは人当たりがいいってよく言われるんですよ。仁藤もそういうタイプだと思ってました。でも、そうじゃなかったのかもしれません。仁藤は単に、相手に合わせるのがうまかっただけかも」

――振り返ると、そう思うわけですね。

「いや、でも話半分に聞いてください。ぼくはもう、予断がありすぎて公平な判断ができなくなってます。それも無理はないでしょう？　マスコミはずっと、仁藤のことで大騒ぎじゃないですか。報道だけ見てると、仁藤はまれに見る極悪人ですよ。ぼくが知ってる仁藤とはぜんぜん違うんで、自分の見方が間違ってたのかと疑問にも思いますよね。ですから、ぼくの意見はもはや公平ではないです」

そうは言いながらも、中里さんはかなり冷静だと私は感じた。予断がある人ほど、自分を客観視はできない。人間は過去の自分の記憶すら、都合よく改竄《かいざん》してしまうものなのだ。その可能性を口にできるだけ、中里さんの証言は信頼できると思った。

――わかりました。では、仁藤さんと松山さんの付き合いはどうでした？　何か、摩擦が生じるような出来事があったのでしょうか。

「いや、それはないです」中里さんは即答した。「松山もかなり穏やかな男だったので、誰かとトラブルを起こしたりはしないタイプでしたよ。断言しますが、殺されるような奴ではなかったです」

私は奇異に感じた。週刊誌の記事では、松山さんが仁藤に殺された可能性を示唆していた。あれは中里さんの考えではなかったのか。

――でしたら、松山さんの死はただの事故だとお考えですか？

「……つい先日まで、そう思ってました。まったく疑いもしませんでした。でも今は、どうしても疑惑が頭から離れません。これが、ぼくの言う予断です。単なる予断だといいのですが」

安治川事件だけならまだしも、梶原の不可解な死までが掘り起こされると、すべてが疑わしく見え始めたのだろう。話を聞く限り、仁藤と松山さんは単なる同級生ではなく、それなりに濃い交流があったようだ。ならばやはり、松山さんの死に仁藤が関与していたかもしれないと考えるのはごく正当な推測だった。

――では、事故前後の仁藤さんの様子を、憶えていらっしゃる範囲でけっこうですから、お話しいただけないでしょうか。松山さんの死を、仁藤さんは悲しんでいたのでしょうか。それとも、何か気にかかる様子はありましたか。

「ぼく自身も動転していたので、仁藤の様子はあんまり記憶にないんです。でも、憶えてないということは、特に違和感もなかったんだと思うんですよ。たぶん、普通に悲しんでいたんでしょう」

——松山さんの事故について、仁藤さんとふたりで話したことはありますか。

「それはあります。びっくりだとか信じられないとか、そういう会話をしたはずです。でもさっきも言ったとおり、ぼくたちはふたりだと駄目なんですよ。松山も含めて三人だったから親しくしていたので、ふたりだとなんとなく話すことがない感じで、自然と疎遠になってしまいました。仁藤との付き合いが薄くなって初めて、松山の存在の大きさを思い知りましたね」

——それでも今になれば、ちょっと変だったと思うところがあったわけですよね。そこをお話しいただけますか。

私は週刊誌の記事を読んでいたので、中里さんが何を変だと感じたのか知っていた。それでも、当人の口から語って欲しかった。

「ゲーム機、なんですよ」中里さんは言いづらそうに、その単語を口にした。「ポータブルタイプのゲーム機です。当時すごい人気で、どこに行っても品切れ状態でした。それを、松山は持っていました」

持ち運べるポータブルゲーム機は、隙間の時間にちょこちょこと遊ぶことができる。松山さんも大学に持ってきて、授業の合間などに遊んでいたそうだ。

「松山はそのゲーム機を大事にしてましたが、うっかり落としてしまったことがあったらしくて、角の塗装がちょっと剝《は》げてました。まあ、持ち歩いて使う物ですから、多少の傷もつきますよね。ぼくもそのゲーム機が欲しかったんだけど手に入らなかったので、松山が遊んでいるのを横から覗き込んだりしました。仁藤もそれは同じでした」

松山さんはそのゲーム機を自慢したり、独占したりはしなかった。中里さんも仁藤も、彼に借りて遊んだそうだ。つけ加えると、仁藤はそのゲーム機をものすごく羨ましがっていたというわけではなかった。

「松山が事故で死んで、しばらくした頃のことでした。あるとき、大学内のベンチに仁藤が坐って、ゲームをやっているのを見かけたんです。『ああ、やっと手に入ったのか』と思って近寄ろうとしたんですけど、途中で足が止まってしまいました。仁藤が持っているゲーム機の角が、遠目には色が剝げているように見えたんですよ」

まさかとは思ったが、なんとなく声をかける気がなくなり、中里さんはその場を立ち去ったという。以後、仁藤がそのゲーム機を持っているところは二度と見かけなかったそうだ。

「ゲーム機の色は、松山が持っていたものと同じでした。とはいえ、一番人気がある色だから、同じ色であっても別に不思議はないんです。そもそも当時は、色を選ぶ余裕なんかなくて、何色でもいいから手に入ればラッキーという頃でしたから、松山と違う色を選ぶ自由もなかったはずです。角の色が剝げているように見えたのは光の加減かもしれないし、実際に剝げていたとしても、仁藤が自分で傷をつけてしまったのかもしれない。松山がゲーム機をあげたり売ったりするわけはなくて、まして仁藤が盗むはずもないんだから、あのゲーム機は仁藤が自力で手に入れたものだと思っていました」

中里さんの口振りは、自信がなさそうだった。それも無理はなく、自分の告発がいかに根拠の薄いものか、中里さんは承知していたのだった。

「常識的に考えて、入手難のゲーム機が欲しいからって、人を殺したりしないですよね。ぼくは仁藤がゲーム機を持っているのを見た瞬間、なんとなくいやなものを感じはしましたが、あいつが松山を殺したとまでは考えませんでした。それはそうでしょう？　そんなこと、考える方がおかしいじゃないですか」

中里さんの言うとおり、そんな動機で人を殺す者はいない。いや、通常の感覚ではいないと思われる。しかし仁藤の心中を、通常の感覚で推し量っていいものだろうか。そんな疑念が、かつて見た一風景を中里さんに思い出させたのは間違いなかった。

――本の置き場所を確保するために妻子を殺す人間ならば、ゲーム機を奪うために人殺しをしてもおかしくない。そんなふうに考え直したわけですね。

「……もしかしたらぼくのしたことは、火のないところに煙を立てるような真似だったのかもしれない。松山の死はあくまで単なる事故で、仁藤にはなんの関係もないのかもしれない。だとしたら、ぼくはひどい奴ですね。かつてはそれなりにいろいろ話をした相手を、この程度の薄弱な根拠で人殺し呼ばわりしているわけですから。とても許されることではないです」

中里さんは今も、自分の推測が常軌を逸しているという思いを捨てられないようだ。だが、安治川事件と宮ヶ瀬湖白骨死体事件を取材した今、私にはその推測も充分に妥当性があると思われた。むしろ、当時の警察は何をしていたのかという苛立ちを覚えた。

――警察が中里さんのところに来たりはしなかったんですか。

だから確認すると、意外にも「いえ、来ました」という返事だった。

「刑事さんが来ましたよ。松山の交友関係とか、トラブルがなかったかとか、いろいろ訊かれました。なんでただの事故でそんなことを訊くんだろうと不思議に思ったので、よく憶えてます」

つまり、警察も単なる事故ではない可能性を疑っていたのか。ならばなぜ、最終的には事故で落ち着いてしまったのか。証拠が見つからなかったためだろうか。私は強く興味を惹かれた。

――そのとき、警察にはゲーム機の話はしなかったんですよね。

「……いえ、今思い出しました。話しました。どういう話の流れだったかは憶えてないんですけど、きっとずっとぼくの胸につかえていたんでしょうね。そんな話をしたら警察が仁藤をどういう目で見るか想像がつくのに、つい喋ってしまいました」

なんと、その時点で仁藤の名前が警察の耳に届いていたのだ。もしそのときに警察が仁藤に対してなんらかの行動を起こしていたら、後の事件は起きなかったかもしれない。あくまで結果論にしか過ぎないが、警察の追及が甘かったことが悔やまれた。

――聞き込みに来た刑事の名前なんて、憶えてないですよね。

期待せずに尋ねると、中里さんはしばし考えた末に、「憶えてます」と言った。さすがは最高学府に入るだけのことはあり、記憶力に恵まれているようだ。私は思わず身を乗り出し、求めた。

――教えてください。

3

中里さんが憶えていた刑事の名は、上国料《かみこくりょう》さん（仮名）と言った。かなり珍しい名前なので、記憶に残っていたという。所属部署まではわからないそうだが、交通事故の捜査で来たのなら交通課、殺人の疑惑があって動いていたなら刑事課だろう。十一年前のことなのですでに異動しているとは思ったものの、私はまず、事故を扱った多摩中央警察署に向かった。

受付で上国料さんの名を出し、面会を求めた。しかしこちらの身分や用件を根掘り葉掘り訊かれるだけで、上国料さんが今でも多摩中央警察署にいるのかどうかすら教えてもらえない。考えてみれば、それも当然のことだった。いきなり正面から取材を求めた私が、思慮不足であった。

だがそうなると、一介の小説家に過ぎない私にはお手上げだった。上国料さんと直接コンタクトを取る手段はない。すごすごと引き返し、考えあぐねた末に、駄目でもともとのつもりでインターネットで上国料さんの名前を検索してみた。

《上国料　刑事》や、《上国料　警察》といったキーワードで検索してみたが、ヒットしなかった。だがそれでも諦めず、有料会員になっている新聞社のデータベースも調べてみた。すると、記事が一件ヒットした。日付は十一年前。これは重要な記事ではないかと、マウスを操作する手が震えた。

記事は少し意外な内容だった。上国料さんが民間人に暴力を振るい、懲戒免職されたという報道だったのだ。

これはいったい何か？　上国料さんは暴力刑事だったのか。思わぬ展開に、私は戸惑った。もし上国料さんが簡単に暴力を振るうタイプの人ならば、インタビューに行くのも怖い。だがその一方、新聞記事がちょうど十一年前である点も引っかかった。この一致は単なる偶然なのか。それとも、上国料さんの懲戒免職と松山さんの死には、何か関係があるのか。

いったんは怖じ気《おけ》づいた私だが、やはり調べないではいられなかった。とはいえ、手立てがないことに変わりはない。やむを得ず、担当編集者に相談した。出版社の人間ならば、こうした場合の取材のノウハウを持っているのではないかと期待した。

「その一致は見過ごせませんね」本書の担当編集者は、身を乗り出して興味を示した。「偶然のはずがないですよ。これはすごいことを掘り出したんじゃないですか。わかりました。ちょっと当たってみましょう」

私がノンフィクションに挑戦することにあまりいい顔をしなかった担当編集者だが、原稿が増えるにつれて手応えを感じたらしく、今では先を楽しみにしてくれている。やはり担当者の応援を得られるのはありがたいことだった。

三日後に電話があり、担当者はあっさりと「見つかりました」と言った。私はその簡単さに驚いたが、担当者は特に手柄を誇る口振りではなかった。

「うちで本を出したことがある警視庁ＯＢがいまして、もちろん上国料さんと直接面識はなかったんですが、コネを利用して現在の連絡先を聞き出してくれたんです。で、上国料さんに直接取材を申し込んだら、ぜひ会いたいと言ってくれました。あの口振りだと、何か話したいことがありそうですよ」

蛇《じゃ》の道は蛇《へび》と言うべきか、ひとりで悩んでいたのが馬鹿馬鹿しくなる呆気《あっけ》なさだった。担当者はこちらの都合を聞いて、取材の日時を設定してくれた。そして当日、私は担当者とともに上国料さんに会いに行った。

待ち合わせ場所はファミリーレストランだった。先方がそこを望んだのだ。担当編集者が持っていた目印の本を見つけ、私たちのテーブルに近づいてきた人がいた。背が高く、肩幅が広い。何か武道をやっていそうな気配を放つその人の目つきは、やはり気圧《けお》されるほどに鋭かった。警察を辞めてすでに長い年月が経っているのに、上国料さんは未だに猟犬のような雰囲気を身にまとっていた。

「お待たせしました。上国料です」

低い声で、そのように名乗った。私たちも自己紹介し、改めて着席する。上国料さんはスラックスにポロシャツというラフな服装で、現在の職業を推し量ることはできない。そこを口火に話を始めようかと思ったら、逆に向こうから話しかけてきた。

「小説家の方にお会いするのは、初めてです。もっと気難しそうな人かと想像してましたけど、そうでもないですね」

よく言われます、と応じると、上国料さんは笑ってくれた。そのまま続けて、自分の現状を語る。

「私は警察を辞めた後、警備会社に就職しました。警察を辞めた人間にはいろいろ引きがあって、特に私のように暴力沙汰で辞めさせられた人間には甘い誘いが多いのですが、こちらにも意地があるので向こう側には転落せずに踏みとどまりました。というのも、私が辞めさせられた事件は完全な濡《ぬ》れ衣《ぎぬ》だったからです」

「濡れ衣？」

思いがけない言葉が出てきたので、担当編集者が頓狂《とんきょう》な声を発した。私も驚きは同じだった。断って、録音を始める。以下、多少の整理を加えて上国料さんの話を再現したい。

4

私（上国料）が事故現場まで足を運んだのは、単に事故現場が署から近かったことと、ちょうど手が空いていたからという、単純な理由によってでした。基本的に交通事故は交通課が対応するものですが、単なる事故ではなく、第三者の意思が介在した殺人や殺人未遂の可能性もあります。それを判断するために、単純事故ではないかもしれない場合には私のような刑事課の人間も足を運ぶわけです。とはいえあの事故に関してはまだ情報が少なく、どちらとも言えない状況でした。だから私が現場に立ち会ったのは、本当に《時間があったから》に過ぎませんでした。

事故は、大型ダンプカーによる巻き込みでした。左折する際に、人が立っていたことに気づかず内輪差でタイヤの下敷きにしてしまったようです。そこはさほど大きくないT字路で、歩道と車道の境は単にラインが引いてあるだけでした。ダンプの近くにいた被害者も不用意だったかもしれないが、運転手が注意を怠らなければ起きなかった事故と思われました。

「どんな感じだ？」

私は現場にいた、顔見知りの交通課の人間に声をかけました。私より二年次下のそいつは、肩を竦めて口をへの字にします。

「ほぼ即死じゃないですかねぇ。かわいそうに。こんなでっかいダンプに轢かれたら、そりゃひとたまりもないですよ」

「単なる不注意か」

「と思いますけど、上《かみ》さんも話を聞いてみますか」

せっかく足を運んだのだから、加害者から直接話を聞かずに帰る気はありません。後輩の案内で、パトカーの後部座席に乗っているダンプ運転手に会いました。

「ちょっとまた話を聞かせてくれるか」

横に坐り、運転手に話しかけました。運転手は五十絡みの、運転しながらカップラーメンでも食べられそうなベテラン風です。ただ今は、自分のしでかしてしまったことに怯え、俯いて小刻みに肩を震わせていました。

「あんた、左折するときに左側を確認しないのか」

いまさら問い詰めても仕方のないことではありますが、人ひとり死んでいるのですから、やはり言ってやらないではいられません。運転手はこちらを見ず、口の中でもそそと呟くように「すみません」と言います。

「見たつもりだったんですが、死角に入っていたのかもしれません」

裁判になっても、運転手はそう主張するでしょう。確認をしたかしてないかは、当人にしかわかりません。運転席から見えない部分もあるのは常識ですから、やはり歩行者も気をつけなければならないということですね。

「スピードは出していたのか」

大型ダンプがスピードを出したまま道を曲がったら、巻き込まれる側も逃げる暇がなかったはずです。とはいえ、いくらなんでもそんな無謀な運転をするものだろうかと、疑問に思ったのでした。

「いえ、かなりゆっくり曲がったつもりだったのですが」

そのときだけは、運転手も顔を上げて言い返しました。その仕種には、どうして被害者が逃げなかったのか理解できないと言いたげな気配が滲んでいました。

「じゃあ、普通は歩行者も立ち止まって、轢かれないようにするものじゃないか」

「そう思うんですけど。どうして轢いてしまったのか、ぜんぜんわかりません」

「変じゃないか」

ようやく、私の中で疑問が頭をもたげ始めました。これはもしかしたら、単純事故ではないのではないか。そう怪しんだ瞬間でした。

「ダンプがゆっくり曲がろうとしているのによけようとしないなんて、自殺志願者以外にあり得ないだろ」

被害者は音楽でも聴いていて、周囲の状況が見えていなかったのかもしれない。そこは後で、後輩に確認しなければならないと思いました。

「自殺だったら、飛び込まれたこっちはたまんないですよ」

私の言葉が希望を与えてしまったのか、運転手は少し元気を取り戻して、自分が被害者であるかのような物言いをしました。私は少し反省し、図に乗らないように釘《くぎ》を刺しました。

「遺書がなければ、自殺にはならないぞ。どっちにしたって、あんたの注意義務違反に変わりはないんだからな」

声を低めて窘《たしな》めると、運転手は口をぱくぱくさせ、また俯きました。私はさらに問いかけました。

「被害者が道を歩いていたんなら、あんたは後方から追い抜いたんじゃないのか。そのとき、何か気づいたことはなかったか。素振りがおかしかったとか」

自殺説に傾いていたわけではないですが、状況を説明するにはそれしかないと考えていました。被害者の持ち物の中や自宅に、遺書が存在しないか確認する必要もあります。そんなふうに思いながら発した質問でしたが、運転手はしばらく考えた末に、おかしなことを言い出しました。

「そういえば、ひとりじゃなくてふたりで歩いていたような気がします……」

「何？」

聞き捨てならない話です。事故現場には運転手と被害者の他に、もうひとりいたのでしょうか。でしたらなぜ、その人は現場に残っていなかったのか。一一〇番通報したのは運転手自身だと、私は聞いていました。

「人を轢いてしまったと気づき、あんたがダンプを降りたときには、そんな人はいなかったんだろ」

「いませんでした」

「現場から逃げ去る人を見たってこともないのか」

「わかりません。ともかくこっちも慌てちゃって、周りを見てる余裕なんてなかったですから」

それはそうでしょう。運転手の証言だけでは、事故状況を正確に把握するのは難しい。目撃者を探す必要があると思いました。

質問を打ち切り、パトカーを出ました。外にいた交通課の後輩に、現場に他に人がいなかったかを確認します。後輩が言うには、目撃者も今のところ見つかっていないとのことでした。ならば、運転手は何かを見間違ったのか。あるいは現場から立ち去った第三者がいたのか。

「ホトケさんの持ち物の中に、遺書のようなものはなかったか」

「遺書？　自殺の可能性を考えてるんですか」

「ちょっと状況が変じゃないか」

私は自分の疑問を口にしました。黙って聞いていた後輩は、最後に首を傾げます。

「運転手は充分にスピードを落としたつもりでも、実際はけっこう速かっただけだと思いますよ。

自殺するには、巻き込みなんて不確実じゃないですか。ダンプの前に飛び出すならともかく」

「まあな」

言われてみればそのとおりで、自殺なら通常、ダンプカーの正面で轢かれる形になるでしょう。となるとよけいに、被害者がふたりで歩いていたという運転手の言葉が気にかかります。

「現場から立ち去った人がいるかもしれない」

私が示唆すると、後輩は「えっ、どういうことですか」と驚きを顔に浮かべました。

5

事故現場周辺で目撃者を探しましたが、残念ながら見つかりませんでした。事故が起きた道は大きい国道と並行して走っているので、交通量は少なく歩行者もあまり通らないのです。事故についての詳細を知るには、やはり現場近くにいたかもしれない第三者を探す必要がありました。

私は上司の許可を得て、捜査を開始しました。相棒には、同じ課の後輩である富永《とみなが》という男が充てられました。体育会系の、脳味噌も筋肉でできているような単純な奴です。その分、素朴な正義感が強く、警察官として有為な人材でした。

まずは松山さんの両親に会い、交友関係について訊きました。そこで、大学の友人の名前が出たので、次に会いに行きました。授業が終わった頃を見計らって校舎の外で待っていると、ぞろぞろと学生が出てきます。片っ端から声をかけて、友人の中里さんを見つけました。

すでに中里さんには会ってるんですよね。じゃあ、彼がどんな話を私にしたか、もうおわかりですね。聞き流してしまえばそれまでのことではありましたが、なんとなく私は引っかかったんです。というのも、時代の空気が変わったと言いますか、従来の感覚では理解できない犯罪がこれからは増えていくだろうと感じていたんですよ。常識で判断しては逃がしてしまう犯人もいる。そんなふうに考えていたところに中里さんの話を聞いたものですから、一応仁藤という男にも当たってみるかと考えたわけです。

仁藤も学校に来ていたので、探し当てるにはそう苦労しませんでした。仁藤はご存じのようにちょっと様子のいい男で、私らのような仕事の者にまで白い歯を見せて笑いかけます。これは私の職業病か、生来のへそ曲がりなのかわかりませんが、愛想のいい相手には警戒ブザーが鳴ります。ひと目で、胡散《うさん》臭さを感じました。

「松山の件ですよね。ぼくも本当にびっくりしました」

キャンパス内のベンチに坐り、事故についての感想を訊きました。仁藤は先ほどの笑みを引っ込め、沈鬱な表情を作ります。ただそれは、今の私がたっぷり偏見を持っているからそう記憶しているのかもしれませんが、単に顔の筋肉を動かしているだけのように思えました。つまり、感情の伴わない表情だという意味です。仁藤と会うときはいつも、そんな違和感を覚えていました。

「実は、単なる事故と考えると不自然な点があるので、交通課ではなく刑事課の私がこうしてお話を伺って回っているのです」

私は単刀直入に言いました。涼しげな顔をしている相手に、揺さぶりをかけたつもりでした。

それでも仁藤は、落ち着きをなくしたりはしませんでした。そんなかわいげのある奴ではなかったんです。

「不自然な点？　どんなことでしょう？」

当然仁藤は訊き返します。私は仁藤が殺したと確信していますからあえてそういう言い方をしますが、自分がどんなミスをしたか気になったのでしょう。ですが、そんな質問に正直に答えてやる必要はありません。私は逆に、質問で返しました。

「松山さんが自殺をしたかもしれないと言ったら、驚きますか？」

「自殺？」

話が前後してしまいましたが、松山さんの自宅を訪ねた際には、遺書の類は見つかりませんでした。ご両親に引き続き探してもらうよう頼みましたけど、以後も結局そうしたものは出てこなかったんです。

仁藤は首を傾げて、即答しました。

「あいつが自殺なんて、ちょっと考えられないですね。死にたくなるほど悩んでいる素振りなんて、まったくなかったですよ」

はっきり言い切った後で、仁藤は「ただ」とつけ加えます。

「他人が何を考えているかなんて、本当のところはわかりませんけどね。ぼくと松山も、大学にいるときだけの付き合いだから、あいつのことをすべてわかっているなんて言う気はありません。もしかしたら、誰にも見せないだけで深刻な悩みを抱えていたのかもしれません」

そのような言い方をされたら、誰が自殺してもおかしくないということになってしまいます。一般論を聞いても意味がないので、すぐに本題に入りました。

「ところで、今はやりのポータブルゲーム機、名前はなんていうんでしたっけね、仁藤さんは持ってますか？」

「えっ、それがなんの関係があるんですか」

とぼけているのだとしたら、見事な演技力です。仁藤は本当に、質問の意図がわからないかのような顔をしていました。私は適当にごまかします。

「松山さんはゲームがお好きだったと聞きましたので、お友達である仁藤さんもお持ちかなと思いまして」

「持ってますよ。ただ、松山とゲーム機を使って一緒に遊んだことはないですが」

「今、すごく入手難だそうですね。仁藤さんはどうやって手に入れたんですか」

「普通に買いましたよ」

「今、お持ちですか」

「いえ、持ってきてないです」

「ああ、そうでしたか。それは残念。私も甥《おい》っ子にねだられているので、どういうものか見てみたかったのですが」

私の取ってつけたような説明を、仁藤が真に受けているとは思いませんでした。ゲーム機を処分されてしまえば、それまでです。本来ならまず、松山さんの自宅を捜索してゲーム機が紛失しているのを確認してから仁藤に当たるべきでしたが、手順を間違えてしまったのは、やはり心のどこかでゲーム機如《ごと》きで人を殺したりはしないと考えていたからでしょう。やむを得ず、不審に思われるのを承知の上で、求めました。

「すみませんが、日を改めてでいいので、仁藤さんのゲーム機を見せてもらえませんか」

「どうしてです？」

「松山さんのゲーム機がなくなっているんですよ。仁藤さんは、松山さんから譲り受けたんじゃないですよね。ちょっと気になるんで、ゲーム機の行方を捜しているんです」

あえて言ってしまいました。もし本当に仁藤がゲーム機のために友人を殺したのだとしたら、もう気づいているんだぞと心理的圧力をかけるのもひとつの手だと考えたからです。これで松山さんの自宅からゲーム機が出てきたら、違いましたと謝れば済む話です。ともかく、見せてもらう約束をこの時点でするのが大事でした。

「本当に自分で買ったものですが、気になるんならお見せしますよ。とはいえ、今日明日はバイトが入ってるんで、来週の月曜日でもいいですか」

仁藤はあっさりと言いました。まるで心に疚《やま》しさがない人間の態度です。私は自分が感じたはずの違和感が正しかったのかどうか、自信が徐々になくなってきていました。月曜日の約束をして、仁藤を解放しました。

「上さん、違うんじゃないですか。たかがゲーム機のために、人を殺すような馬鹿はいないでしょう」

ふたりだけになると、富永は納得いかないように口を尖《とが》らせました。富永にまで言われてしまうと、ますます確信が持てなくなります。とはいえ、勘には従うべきだとこれまでの経験から私は学んでいました。仁藤の爽やかすぎる態度は、どうにも私には胡散臭く感じられてならなかったのでした。

「そうは思うけど、気になったことはとことん調べてみないとな。ゲーム機があるかどうかくらい、確認してみてもいいじゃないか」

私がゲーム機の話を持ち出したことで、中里さんと仁藤の仲が悪くなるという心配はありませんでした。ゲームをしていたときの仁藤は没頭していたので、その姿を中里さんが見たとは気づいていなかったらしいからです。おそらく仁藤は、なぜ私がゲーム機にこだわるのかわからず、不思議に思っていたことでしょう。ならば今のうちに、やれることはやっておくべきでした。

その足で松山さんの自宅に戻り、今度はゲーム機を捜させてもらいました。あるとしたら松山さんの部屋の中だけだとのことなので、時間はかかりません。私たちは手袋を嵌《は》め、六畳の部屋を分担して捜索しました。

念のために、一時間ほど費やしました。しかし結局、ゲーム機は見つかりませんでした。ご両親も、どこに行ったか知らないと言います。これで仁藤に詫びる必要はなくなったと、私は思いました。白い歯を見せて笑う仁藤の顔を、引きつらせてやりたいと考えました。

6

仁藤にだけこだわっていたわけではなく、様々な観点から捜査に当たっていましたが、事故が第三者によって引き起こされたものであるとも、松山さんの自殺であるとも断定できる材料は見つかりませんでした。やがて週が明けて月曜日になったので、約束どおり仁藤と会いました。

この前と同じように、授業の合間に待ち合わせました。場所も、キャンパス内の同じベンチです。仁藤は私たちを見るなり、「ご苦労様です」と頭を下げました。

「持ってきましたよ、これ」

バッグから取り出したのは、テレビCMでよく見かけるポータブルゲーム機でした。特に警戒する素振りもなく差し出してくるので、遠慮なく受け取ります。まず真っ先に角の塗装に注目しましたが、剝げてはいませんでした。

普通に判断するなら、中里さんが見間違えていたと見做すべきでしょう。ですが私は、これは中里さんが見たものではないと考えました。仁藤はどうにかもう一台調達して、何食わぬ顔で持ってきたのでしょう。視線を上げて仁藤を見ると、奴は淡く微笑んでいました。

こういうゲーム機には、製造番号が書かれています。裏返してそれを確認しようとしましたが、私は目を瞠《みは》りました。製造番号が書かれていたとおぼしきスペースには、紙が剝がれたような跡しか残っていなかったのです。

「仁藤さん、ここの部分はどうして剝がれてるんですか」

確認すると、仁藤は何食わぬ顔で言いました。

「ああ。実は以前、うっかりして水溜《た》まりに落としてしまったことがあるんですよ。そんなに深い水溜まりじゃなかったから中に水は入らなかったんですけど、底の部分はすっかり濡れちゃって、それで剝がれたんです」

私は仁藤の言葉を信じませんでした。水に濡れた程度で剝がれてしまうような、そんな粘着力の弱いシールで製造番号を貼ってあるわけがないのです。ゲーム機の出所を探られないよう、故意に剝がしたに違いありません。

やはりこれは、中里さんが見たときに持っていたものとは別物なのでしょう。私たちの訪問を受け、慌てて購入したものなのです。ですが製造番号が残っていると、いつ購入したのか調べられてしまいます。だからこそ、製造番号のシールを剝ぎ取ったのです。

仁藤がそこまで考えていることに、私は驚きました。同時に、仁藤がゲーム機のために松山さんを殺したのだと確信しました。そうでなければ、こんな小細工をする必要はないはずです。

「このゲーム機を購入したのはいつですか」

それでも念のため、尋ねました。仁藤は「一ヵ月くらい前ですかね」などと白々しく答えます。こちらにはそれを否定する材料がありませんでした。

礼を言ってゲーム機を返し、仁藤と別れました。すぐに富永が話しかけてきます。

「これで、ゲーム機を盗むために仁藤さんが殺したなんて仮説は否定されましたね」

「どうしてだ。奴はわざわざ製造番号を剝ぎ取ってたんだぞ。ぷんぷん臭うじゃないか」

「だって、そもそもそんな疑いが出たのは、中里さんが見たゲーム機の角の塗装が剝げてたからでしょ。今見た仁藤さんのゲーム機は、別に剝げてなかったじゃないですか。中里さんの見間違いだったということですよ」

「奴はこの数日のうちに、別のゲーム機を買ったんだよ。今おれたちに見せたのは、松山さんから盗んだものじゃないんだ」

私は自分の考えを語りましたが、筋肉馬鹿の富永に呆れられてしまいました。

「上さん、矛盾してますよ。そもそもゲーム機が入手難だから、殺人の動機になり得るって考えたんじゃないんですか。手に入るなら、わざわざ友達を殺す必要はないでしょ」

指摘されて、言葉に詰まりました。なるほど、確かにそのとおりなのです。矛盾しています。私はその矛盾を、解きほぐすことができませんでした。

「お前、仁藤の態度はおかしいと思わないか。不自然に愛想がいいだろ。ああいう手合いは、何か隠し事があるんだ。疚しい気持ちがあるから、刑事に愛想よくするんだよ」

かろうじて言い返しましたが、第三者に通用する理屈ではありません。

「刑事の勘ってやつですか。でもそういうの、危なくないですか。つまり上さんは、印象だけで疑ってるんでしょ。動機はぜんぜんないわけじゃないですか。無理に逮捕したって、起訴まで持っていけませんよ」

富永に言われるまでもなく、わかっていることでした。今のままでは、仁藤が怪しいという私の意見に同調してくれる人は少ないでしょう。そもそも、松山さんの死に第三者の意思が働いているという推測すら、なんの証拠もないのです。推測に推測を重ねているのですから、危うく見えるのは当然でした。

しかし他人に説明できなくても、仁藤の胡散臭さは見過ごしにはできないと思いました。仁藤が松山さんの死に関与していないなら、ゲーム機の製造番号を剥ぎ取る必要はないのです。富永が指摘するような矛盾はあるものの、おそらくそれは従来の感覚で考えるからそう見えるのではないでしょうか。今だから言えることですが、本の置き場所を確保するために妻子を殺すような人間ならば、中古で捜せば手に入るゲーム機のために友人を殺すのも不思議ではないのです。

私は諦めませんでした。富永の助力を得るのはもう難しいでしょうが、ならば独力で仁藤の捜査を継続するだけのことです。私はそう宣言し、冷ややかな顔をする富永と別れました。勝算はなかったのですが、粘ることには自信がありました。

私は仁藤につきまとい続けました。大学やひとり暮らしの部屋の周囲をうろつくのはもちろんのこと、アルバイト先や友人との飲み会にも押しかけました。仁藤は家庭教師のアルバイトをしていたので、奴が訪ねた先の家で授業をしている間は、外で待ち続けます。張り込むことで何かがわかると考えていたわけではありません。単に、警察はお前に目をつけているのだぞというメッセージを、仁藤に送るためです。こうしてプレッシャーをかけることで、真犯人はボロを出します。私はそれに期待をかけていたのでした。

バイト先の家から出てきた仁藤は、私に気づくとさすがにいやな顔をしました。あの愛想笑いは浮かべず、真顔のまま真っ直ぐこちらに歩いてきます。

「刑事さん、ぼくに何か用ですか。用があるなら、こんなところまでついてこなくても、いつでもお相手しますよ」

「ああ、失礼。つい尾行をしてしまうのは刑事の習性でね。用があったわけじゃないんだ」

「失礼、のひと言だけでは済まないんじゃないですか。刑事さんはぼくが松山を殺したんだと考えてるんでしょ。しかも、動機はゲーム機ですか。松山のゲーム機を手に入れるために、あいつを殺したと考えているわけですよね」

「そうなのかい？」

とぼけて訊き返します。仁藤は苦笑しました。

「そんなわけないでしょう。ゲーム機のせいで殺人事件が起きるなら、今頃何万人もの死者が日本中で出てますよ。これだけ品不足なんだから」

「でも君は、そんな入手難のゲーム機を二台も持っているんだね」

「一台です。どうして二台なんですか」

「この前見せてもらったものと、松山さんから盗《と》ったものとで二台だ」

「わからない人だな。盗ってないし、そもそも二台も必要ないでしょ。買えばいいのに、なぜ友人を殺す必要があるんです？」

「買ったのは、我々の目をごまかすためだ。我々が着目しなければ、君はわざわざもう一台買う必要はなかった」

「そんな理屈、裁判で通用すると思ってるんですか。警察って、ずいぶん強引な推理をするところなんですね」

仁藤はこちらの論拠の危うさを見透かしていました。そこがまた小面憎かったのですが、残念なことに言い返す言葉がありません。そんな私を見て、仁藤はひとつ鼻を鳴らすと踵《きびす》を返しました。駅に向かおうとする仁藤を、私はまた尾行します。気づいているだろうに、仁藤はもう何も言いませんでした。

そうして尾《つ》け回す他に、私は仁藤の周辺の人たちに聞き込みもしました。仁藤が周りにどう思われているか、知りたかったからです。上辺《うわべ》の人当たりのよさのお蔭で、仁藤はそれなりに友人が多い男でした。仁藤の評判はよく、悪く言う知人は見つかりません。それでも私は仁藤に対する印象を変える気はなく、これだけ周囲を欺いている男の二面性に薄ら寒さを覚えました。

私が友人に話を聞いて回っていると知った仁藤は、また抗議にやってきました。大学内で私の姿を見かけると、「ちょっといいですか」と喧嘩腰に言います。

「刑事さん、ぼくの友人たちにあれこれ訊いているそうじゃないですか。警察に疑われるようなことをしたのかと、ぼくは大学内で妙な目で見られてますよ。いい加減にしてくれませんか」

「申し訳ないけど、これも仕事なのでね」

私は取り合う気はありませんでしたが、仁藤も引き下がりませんでした。

「無実の人の悪い評判を立てて回るのが、警察の仕事なんですか。そもそも、どうしてぼくなんですか。ぼくが何か、刑事さんの気に障ることをしましたか」

「私情で動いているわけじゃないから、気に障るも何もないよ。それに、警察は君だけを疑っているわけじゃない。いろいろな人にまんべんなく話を聞いて回っているだけだから、気にしないでくれ」

「やめて欲しい、と頼んでも無駄なんですか」

「我々は捜査に必要なことをするだけだよ」

「そうですか。それは残念です」

仁藤は落胆をはっきりと態度に表しました。肩を落とし、俯いたのです。どうやらさすがに、警察にずっとマークされ続けるプレッシャーに参ったようだと思いました。私はその時点ではまだ、仁藤のことがよくわかってなかったのです。

7

それから数日後のことでした。私はやはりキャンパス内にいて、仁藤の動きに目を光らせていました。仁藤はずっと私を無視していたのに、その日はなぜか近づいてきて、こう言いました。

「すみません、今度改めて、ゆっくりお話がしたいんですけど」

仁藤の言葉をまったく怪しまなかったわけではありません。突然何を言い出すのかと、警戒する気持ちはありました。ですが、見込みに基づく捜査は行き詰まっていました。富永の報告を聞いたせいか、上司も私の単独行に苦い顔をしています。この辺りで小さくてもいいから進展がないと、単なる事故として片づけられてしまうという焦りがあったのでした。

「話って、どんなことだ？」

私は訊き返しました。すると仁藤は周囲を見回して、声を潜めます。

「ここでは、ちょっと」

「松山さんの事件に関係することなんだな」

私は事故とは言わず、あえて事件と言いました。仁藤はそれに抵抗を示すでもなく、小さく頷きました。

「もしよければ、今夜にでも会ってもらえますか」

「わかった。どこに行けばいい？」

「今夜十時に、渋谷のセンター街をゆっくり歩いていてください。こちらで見つけて、声をかけます」

「なんだ、それは。何かを警戒しているのか」

「ええ、ちょっと。それから約束して欲しいんですけど、必ずひとりで来てください。もし連れがいるようなら、この話はご破算です」

「いいだろう。十時にセンター街を歩いていればいいんだな」

「そうです。お願いします」

仁藤は頭を下げると、去っていきました。仁藤が何を話すつもりか、まったく予想がつきません。自首ではないでしょうから、あのゲーム機に関してなんらかの言い訳をするつもりかと考えました。ですが、もしかしたら罪の重さに耐えかねて自白するという可能性もないではありません。私は期待を胸に、大学を後にしました。

そしてその夜の十時に、私は渋谷に行きました。言われたとおり、センター街を駅側から歩き始めます。渋谷は平日だというのに人でごった返していて、その中を歩いていると埋没してしまいます。仁藤はどうやってこちらを見つけるのだろうかと、疑問に思いました。

声をかけやすいよう、できるだけのんびりと歩きました。その分、左右には目を配りました。向こうの狙いがわからない限りは、油断できません。不測の事態に備えるために、神経は尖らせ続けました。

二十分ほどで、突き当たりまで到達してしまいました。その間、仁藤らしき人の姿は見かけませんでした。どこか物陰から、こちらの様子を窺っていたのでしょうか。それとも、私を見つけられなかったのか。やむを得ず引き返し、歩いてきた道を逆に辿って駅を目指しました。

またしても二十分ほどかけてセンター街の入り口まで戻ってきましたが、やはり仁藤は現れません。仁藤は何をそんなに警戒しているのでしょうか。このまま帰るのも手応えがないので、もう一度センター街を奥に向かいました。何か、声をかけられない事情があるのだろうと解釈しました。

結局その夜、私はセンター街を三往復しました。仁藤は姿を見せませんでした。事情があったか、あるいは気が変わったか、ともかく今夜の接触はなしということにしたのでしょう。無駄足を踏まされたことに軽く腹が立ちましたが、刑事をやっていれば珍しいことではありません。諦めて、署に戻りました。

驚く事態が起きたのは、翌日のことです。夕方近くに私の携帯電話に連絡が入りました。かけてきたのは課長です。課長は不機嫌な声で、署に顔を出せと言いました。理由を尋ねても、教えてくれません。黙って言われたとおりにするしかありませんでした。

「上国料、お前を名指しする被害届が出ているぞ」

私が刑事部屋に戻ると、課長が仏頂面で言いました。すぐには意味がわからず、「は？」と訊き返しました。

「私を名指しする被害届？　なんの？」

「お前に殴られたとさ。身に憶えは？」

私は捜査の途中で、一般市民を殴ったことなどありません。身に憶えなどと問われても、ないとしか答えようがありませんでした。

「いいえ、なんのことだか」

「お前、仁藤って学生にこだわってたろ。そいつが、お前に殴られたと言ってるんだがな」

「なんですって」

冗談ではありません。仁藤のことを小面憎く思ってはいても、指一本触れてはいないのです。つきまとわれた腹いせに、仁藤が嫌がらせを仕掛けてきたのは明らかでした。

「それが届けですか。ちょっと見せてください」

私は課長が手にしていた書類を、奪うようにして受け取りました。被害に遭った場所は、大学の近くになっています。ですが、大学のキャンパス内で仁藤と会ったことはあっても、周辺では一度も接触していません。私が大学近辺に出没していることを知っているから、そんな場所を選んだのでしょう。

被害に遭った時刻を見て、私は昨夜の無駄歩きの意味を理解しました。仁藤は午後十時過ぎに私に呼び出され、殴られたと主張しているのです。奴は最初からこんな被害届を出すつもりで、私のアリバイを奪ったのでした。私がセンター街を空しく往復していたことを証明してくれる人は、誰もいません。目撃証言を募ったところで、あんな雑踏の中ですれ違っただけの男を記憶している人はいないでしょう。私は自分が罠《わな》に嵌《はま》ったことを悟りました。

「これは全部嘘っぱちです。こんなことで捜査の邪魔をするなら、公務執行妨害でしょっ引くだけです」

私が憤りを込めて被害届を机に叩きつけると、課長はむすっとした口調で応じます。

「おれだって嘘だろうと思ってるよ。でもな、相手は弁護士と一緒にやってきて、被害届を出してるんだ。嘘つくな、で済ませるわけにはいかないだろう」

「弁護士？」

どうやら仁藤は、単なる思いつきで被害届を出したわけではなさそうです。少なくとも、相手が本気で私を陥れようとしていることはわかりました。

「いいでしょう。そういうことなら、弁護士と会いますよ。私は何もしていないんだから、向こうが訴訟沙汰にするなら、逆告訴してやります」

私は声を荒らげましたが、恥ずかしながらまだ事態をよく把握していませんでした。課長はそんな私に苛立っていることを隠さず、言い放ちました。

「阿呆《あほう》。そういう問題じゃないんだよ。被害届が出たら、こちらとしては捜査しないでは済まされないんだ。もし届けを無視したら、加害者が身内だから放置したんだろうと騒がれるのが落ちだ。お前は捜査対象になったんだから、取りあえず自宅謹慎してろ。いいな」

「ちょっと待ってください」

自宅謹慎と聞いて、仰天しました。それでは仁藤の思う壺ではないですか。

「向こうの狙いは、私を動けなくすることなんですよ。もし仁藤に何も疚しいことがないなら、こんなことするわけないじゃないですか。こうして罠を仕掛けてきたこと自体が、後ろ暗いところがあることを物語ってるんです。それなのに、ひとまず引き下がれと言うんですか」

「これが他のことなら、おれだって部下を守るよ。でもな、どこの世界にゲーム機のために殺人を犯す奴がいるよ。しかも仁藤は今、被害者《マルヒ》が持っていたものとは別のゲーム機を持ってるんだろ。一万いくらか出せば買えるんなら、人殺しなんかするわけないじゃないか。お前の見込みがそもそもおかしいんだよ」

「課長だって、最近はこれまでの常識では理解できない動機の事件が増えてるという認識があるでしょう。これもそうなんですよ。仁藤はおれたち常識人には計り知れない感覚の持ち主なんです」

私は主張しましたが、理解は得られませんでした。

「それはあくまで、お前の思い込みだろうが。世間にはそんな理屈は通用しないぞ。まして弁護士なら、赤子の手を捻るように論破するだろうよ。お前、そんな理屈で弁護士と闘えると思ってるのか」

そう言われては、返す言葉がありません。仁藤は異常な動機で殺人を犯しながら、その異常さに守られているのです。誰もが理解できる動機で行われた犯罪ならば逮捕できるのに、動機が異常だと捜査もできないとは、大きな矛盾です。このとき初めて、私は仁藤の恐ろしさを知った気がしました。

結局私は、自宅謹慎を余儀なくされました。とはいえまだこの時点では、謹慎はほんの一日二日で済むと考えていました。何しろ、身に憶えのないことなのです。同僚が調べれば、簡単に無実が証明されると頭から信じ込んでいました。

8

二日後に、私は課長に呼び出されました。その二日間は、私にとって拷問《ごうもん》にも等しい時間でした。何もすることがないのがあんなにも辛いとは、あのときまで知りませんでした。私は腕が上がらなくなるほど腕立て伏せをしたり、あるいは真剣にテレビ番組に見入ってひたすら大声で笑ったりして、なんとか時間を潰しました。布団に入っても悔しさや腹立ちでなかなか眠れず、気づけば歯軋《はぎし》りをしていました。こんなことなら本当に仁藤をぶん殴ってやりたいとすら思いました。

　だから課長から電話が来たとき、これでようやく息詰まる生活から解放されると喜びました。暴行の事実などないとわかれば、もう遠慮はいりません。公務執行妨害罪で引っ張り、同時に松山さん殺しについても自白させてやるつもりでした。

　しかし、刑事部屋に入って、肌で感じる雰囲気のおかしさに気づきました。いつもの刑事部屋ではないのです。元凶は、課長席でぴりぴりとした気配を発散している課長でした。庶務の女性も、私を避けて近づいてきませんでした。

「上国料、お前、おれに嘘をついてくれたのか」

　課長席の前に立った私に浴びせられた第一声は、こうでした。現場復帰を命じられると思っていた私には、なんのことだかわかりません。あまりに予想外のことを言われ、適切に反応できませんでした。

「は？　嘘？」

「とぼけるなよ。お前がこういうことで嘘をつく奴だとは思わなかったぞ。お前、今回の件では最初からおかしかったもんな。そんなに仁藤という学生が気に食わなかったのか」

「待ってください。何を言ってるんですか。気に食わないとか気に入るとか、そういうことで捜査はやってないですよ。嘘ってなんですか」

　仁藤が出した被害届は、そもそもでっち上げです。だからいくら調べても、そんなことがあったと裏づける証拠や証言が出てくるはずがありません。仁藤が嘘をついていると判明することはあっても、私が嘘つき呼ばわりされるとはまったく予想外でした。いったい何をもって、課長は私を咎めているのでしょうか。

「目撃者が見つかったんだよ。お前が仁藤を殴っているところを目撃した人がな」

「えっ」

我が耳を疑うという経験を、私は初めてしました。自分が聞いたことが信じられませんでした。やってもいないことを、誰が目撃できるのか。もしそんな目撃者がいるなら、それは仁藤と裏で繋がっているとしか思えませんでした。

「そいつはグルです。私は仁藤を殴ったりしてないんだから、目撃者なんているわけないですよ。そいつが嘘をついてるんです」

私は身を乗り出して主張しました。そんなことを主張しなければならないこと自体、不思議でした。どうして誰も、その可能性に思い至らないのでしょう。同僚である私の言葉を疑い、なぜ仁藤の無理な訴えを信じるのか。わけがわかりませんでした。

「お前、おれたちの捜査を舐めてるのか。目撃者と仁藤の間の繋がりくらい、ちゃんと調べてるよ。ふたりの間に、利害関係はまったくなかった。いっさいの面識がないことは、双方の友人をしつこく当たって確認した」

「嘘ですよ……」

私は呆然としました。そんなはずはないのです。私は自分が絶対に正しく、仁藤こそが嘘つきであることを知っています。それなのに、第三者にわかってもらう手立てがないのです。俗に、やったことを証明するのは簡単でも、やっていないことを証明するのは難しいと言います。冤罪事件の再捜査が難しいのはそのせいですが、まさか私自身がそんな状況に追い込まれるとは、夢にも思いませんでした。

「そういうわけで、うちとしては厳正に対処しなければならん。幸い向こうは、お前の態度次第で告訴せずに示談で済ませてもいいと言っている。この後すぐにでも弁護士と会って、示談にしろ」

課長はそう言って、目の前にあったメモ片を私に突き出します。メモには弁護士の名前と連絡先が書かれていました。

「それから、これは残念なことだが、お前をこのまま警察官でいさせるわけにはいかない。辞表を書け」

「ちょっと待ってください！」

課長の言葉は、あまりに無情に響きました。なぜ私が警察を辞めなければならないのか。でっち上げで陥れ、警察官を辞めさせることができるなら、日本は悪人天国になってしまいます。こんな無法があっていいはずがないと、私は我が身かわいさではなく義憤を覚えました。

「私にも釈明のチャンスをください。私は本当にやってないんです。これは罠です。周到に仕組まれた罠なんですよ。こんな罠がうまくいってしまえば、悪い前例を残します。今後も第二第三の仁藤が現れて、警察官がどんどん辞めさせられることになりますよ。課長はそれでもいいんですか」

「おれだって、お前を信じてやりたいよ」課長は初めて、沈鬱な表情を見せました。「でもな、状況はお前が嘘をついていることを物語ってるんだ。目撃者はなんの背後関係もない、善良な大学生だ。話の内容に矛盾はないし、嘘をつく必要性もない。仁藤は実際に顔に怪我《けが》を負っていて、医者の診断書も一緒に提出している。お前には仁藤を殴る動機があり、問題の時刻に何をしていたか証明できず、その上説得力のない理由に基づいて仁藤にまとわりついていたことを大勢の学生が証言している。お前はあちこちに顔を売りすぎた。状況証拠も直接証拠もこれだけ揃えば、おれにはもうどうしようもないんだよ」

なんと、仁藤にプレッシャーをかけるために大学周辺をうろつき回ったことが、私にとって裏目に出たのでした。仁藤はおそらく、それすらも計算に入れて罠を仕掛けたのでしょう。まさに、悪魔のような頭のよさです。私はただならぬ悪人と遭遇し、そして排除されたのだと知りました。

「じゃあ……、私を庇ってくれないんですね」

私の力ない言葉は、単なる恨み言に過ぎませんでした。課長は目を逸らし、小さく「すまん」と呟きました。

悪夢の中にいるような心地で、私は弁護士と会いました。示談など悔しい限りですが、それ以外に道がないことはもう痛いほど理解しました。この上、告訴されて裁判沙汰になることだけは避けなければなりません。仁藤は慰謝料を求めていないとのことなので、金を失わずに済むことだけはわずかな慰めでした。謝罪を強いられたのは、死ぬほどの屈辱でしたが。

私が辞めるきっかけとなった暴力事件が濡れ衣だったと言ったのは、つまりこういうことなのです。私は仁藤が仕掛けた罠にずっぽりと嵌り、抜け出せませんでした。辞表を書き、警察を辞めた後もおめおめと生き延びていたのは、悔しさがあまりに大きかったからです。仁藤という極悪人がいることを、私は生きている限り主張し続けなければならないと考えました。それが、私に課せられた使命だと思ったんです。

諦めきれずに、警察を辞めた後も独力で聞き込みをしました。松山さんの事故についてではなく、仁藤が主張する暴力事件のことです。刑事の身分を失った私に聞き込みは思いの外《ほか》困難でしたが、粘った末にひとつ、これはという証言を得ました。仁藤が私に似た背格好の人物と話しているのを、新宿で目撃した学生がいたのです。

私は仁藤と、新宿では会っていません。その学生は単に見間違ったか、あるいは言葉どおり、私に似た背格好の人物を目撃したのです。これこそが、あの不可解な暴力事件のからくりだと、私は確信しています。

つまり仁藤は、私によく似た男を探し出したのです。顔までが似ている必要はありません。私はこのとおり体を鍛えていますから、同じように鍛えた人物なら背格好は似てきます。こういう体格の男を捜すのは、さほど難しくはなかったでしょう。そして仁藤はその人物に、大学のそばで自分を殴らせたのです。目撃者のことも、事前に調べてあったのでしょう。自分とまったく無関係で、嘘をつかない誠実な人柄で、かつその時刻に必ず同じ場所を通る習慣がある人物。仁藤は狙いどおり、自分が殴られているところをその人に見せ、善意の第三者に仕立て上げたのです。警察がいくら調べても、仁藤との繋がりなど出てきません。目撃者は自分が利用されていることにすら気づいていないのですから。

私が大学内で仁藤について聞いて回ったとき、ほぼ全員が奴をいい人だと評しました。恐ろしいことです。長々とお話ししたとおり、仁藤はいい人の仮面を被《かぶ》った極悪人です。些細な理由で友人を殺しておきながら、罪の意識をまったく覚えず、それどころか犯行に気づいた刑事を周到な罠で辞職に追いやる。こんな恐ろしい犯罪者が、かつていたでしょうか。

私はいつか仁藤が、第二第三の犯行に及ぶと確信していました。それなのにどうにもできないことが、もどかしかったです。私が心配したとおり、仁藤はその後も人殺しを重ねていたのですね。ついに仁藤が捕まったとき、私は快哉《かいさい》を叫びましたが、被害者のことを思うと自分の無力を心から詫びなければなりませんでした。あのとき私が仁藤を逮捕していれば、何人もの被害者は死なずに済んだのです。仁藤は本の置き場所を確保するために、妻子を殺したと言ったそうですね。私はその自白を、ぜんぜん奇妙なこととは思いません。あの仁藤なら、そんな異常な動機で人を殺しても不思議ではないのです。世の中には、殺人に対する抵抗感がまったくない人がいるんですよ。一万数千円を出してゲーム機を買うより、友達を殺した方が早いと考える人がね。今ならば私の主張も、きっと信じてもらえるでしょう——。

9

上国料さんの話は衝撃的だった。これまで仁藤について話を聞いて回っても、彼を悪人と糾弾する人には巡り合わなかったからだ。仁藤が本当に上国料さんが言うようなことをしたのだとしたら、警察も歯が立たない知能犯ということになる。しかし、仁藤を知るほとんどの人はその意見に賛同しないだろうことも、留意しなければならなかった。

上国料さんの話を再構成するに当たり、本筋とは関係がないので省略した部分もある。だがその中で、気になる証言もあった。最初に聞いたときにはなんとも思わなかったのだが、取材を進めるにつれ、実は大きな意味があったのではないかと気づいたのである。だからその部分を取り出し、以下にまとめておく。上国料さんは仁藤にプレッシャーを与えるために大学内で聞き込みをしている際に、その女性に会ったのだった。

私（上国料）が次に声をかけたのは、女子大生ふたり組でした。いい大学に入っているだけあって頭はよさそうですが、それを鼻にかけたところはまるでなく、ふたりとも素直なのが意外でした。服や髪型のセンスもいいし、街を普通に歩いていれば彼女たちが通う大学名を言い当てられる人はいないでしょう。私も構えることなく、気軽に話を聞くことができました。

「同じクラスの仁藤って人とは、付き合いある？」

尋ねると、ふたりは顔を見合わせます。付き合いにもいろいろあると言いたげですが、そのいろいろをこちらは教えて欲しいのでした。

「話はしたことありますけど」

少しぽっちゃりの、狸《たぬき》に似た垂れ目が愛嬌になっている女の子が答えました。

「話というと、どの程度？　挨拶くらい？」

「そうですね。その他には、次の授業の内容についてとか」

「どんな印象？　気取ってるとか、女の扱いがうまい感じとか、そんな印象を抱いてないか？」

かなり誘導尋問ですが、私の目的は仁藤の悪い評判を立てることでした。こちらの言葉に誘導されて仁藤に対する印象が悪くなるなら、それは狙いどおりなのです。

「いえ、そんなことないですよ。乱暴な口は利かないし、いつも紳士的でいい人です」

ぽっちゃりの女の子は、こちらの期待とは違うことを言います。いや、誰もが口を揃えて同じようなことを言うのです。彼らの目は節穴なのでしょうか。若いから、人を見る目がないのか。どうしてそんな簡単に騙されるんだと、叱りつけてやりたい心地でした。

「あなたはどう？　仁藤と接する機会はある？」

黙っているもうひとりに、質問を向けました。細身で色白だから一見儚《はかな》げなのに、実はスタイルがかなりよく、顔と体のギャップが男の目を惹くタイプの子でした。こちらの問いかけに、はっきり頷いて答えます。

「はい。仁藤くんとはたまに話をします」

「えっ、そうなの？」

ぽっちゃりの方は知らなかったらしく、目を丸くして驚きます。色白の子は少し頬を赤らめました。

「うん、ちょっと偶然なんだけど」

「偶然って何？　どこかで偶然会ったとか？」

「会ったというか、会ってる」

「えーっ、どこで？」

　私よりもぽっちゃりの子の方が、話の内容に興味を持ったようでした。あまり言いたくなかったことなのか、色白の子は少しためらいながら説明しました。

「私、進学塾でアルバイトをしているでしょ。実はそこで、仁藤くんも働いてるのよ。いつも同じ時間というわけじゃないから、会うのは週に一回くらいだけど」

「そうだったの。なんで教えてくれなかったのよ」

「なんとなく、言いそびれてて」

　色白の子は下を向きました。私はふたりの態度を見て、朧気《おぼろげ》に察しました。おそらくぽっちゃりの子は、ふだんから仁藤に対する好意を明らかにしていたのでしょう。それを知っていたから、アルバイト先で一緒になったことを色白の子は言いにくかったのだと思われます。でも第三者の私にもわかる事情が、ぽっちゃりの子には理解できないようでした。秘密にされていたことへの不満を、露骨に顔に出しました。

　この状態では、色白の子が喋りにくそうです。やむを得ず一度ふたりを解放し、改めて色白の子だけを摑まえ直しました。学校外の仁藤の話も聞いてみたかったのです。

「すみませんね、たびたび。それで、塾での仁藤の話を聞かせて欲しいんだ」

　立ち話なので、単刀直入に切り出します。色白の子は頷いたものの、何を話せばいいのかわからずにいる様子でした。

「仁藤くんの、何を？」

「例えば、塾の中でどう思われているかとか、君とはどう接しているかといったことだよ」

「そうですね、塾の中ではそんなに目立つ方じゃないです。あれこれ喋るタイプじゃないし、音頭を取って飲み会を企画するような人でもないので。ただ、おとなしくて真面目だから、信頼されていると思います」

「君に対しては？」

「私にも優しいし、親切です。例えば、必要なプリントを私の分もコピーしておいてくれたり、教務課からの注意を言われるより先に教えてくれたりとか、いろいろ助けられてます。ああ、そうだ。傘がなくて困っているときに、貸してもらったこともありました」

「傘を？　じゃあ仁藤自身は濡れて帰ったのか？」

「置き傘が一本あったらしくて、仁藤くんはそれを使いました。私には持ってきた折り畳み傘を貸してくれたんです」

なるほど、話を聞く限りこの女の子にはかなり親切にしているようです。仁藤はこの子に気があるのではないかと睨みました。

「仁藤との付き合いは、それだけ？　デートに誘われたりはしてないの？」

「……塾の帰りに、一緒にお茶を飲んだことはありますけど、それくらいです」

色白の子の口振りに、私は「おや？」と思いました。というのも、お茶を飲む程度の仲でしかないことを残念がっているように聞こえたからです。むしろ進展を望んでいるのは女の子なのに、仁藤の方は単に親切にしているだけなのかと受け取りました。

「仁藤は誰か付き合っている人はいるのかな」

訊いてみると、そのときだけは顔を上げて、はっきりと答えました。

「いえ、いないと思います」

私はそれを聞いて、仁藤さえその気になればきっとこのふたりは付き合い始めるのだろうなと思いました。それどころか、実は安治川事件の報道を最初に見たとき、殺された奥さんはあの色白の子なんじゃないかと考えたんですよ。名前が確か、同じ〝ショウコ〟だったんです。だからてっきり、ふたりはその後付き合い始めて結婚したのだと思ったんですけど、知り合ったのは大学じゃなく勤め先でだったんですよね。ということは、単に名前が同じだけで別人だったわけだ。まあ、あの色白の子にとっては、仁藤と結婚なんてしなくてよかったですが。もし結婚していたら、今頃殺されていたんですからね。

人間の運命なんて、本当にわからないですよね。私は仁藤を逮捕できず、その後の事件を食い止められずに被害者を増やしてしまったことになりますが、あの色白の子が殺されずに済んだのは不幸中の幸いだったと思いますよ。ニュースを聞いた直後は、あのとき私が何も忠告しなかったせいで殺されてしまったのだと、激しく後悔したんです。だから、奥さんが別人だと知って、本当に安堵しました。あれきり二度と会わなかった子とはいえ、言葉を交わしたことのある人が殺されるのは寝覚めが悪いですからねぇ……。

第四章　犬

1

ここに至り、私の頭にひとつの直感が訪れた。仁藤の過去を遡《さかのぼ》ると、殺人の可能性があるふたつの怪しい死が浮かび上がった。ならば、どうして三つ目がないと言えよう。仁藤の過去には、まだ他にも埋もれた死が潜んでいるのではないか。私はそう直感したのだった。

仁藤という人物が形成される過程に、私は強い興味を覚えていた。もし仮に仁藤が三件の殺人事件に関わっているのだとしたら、特異な人格の持ち主と言わざるを得ない。彼はいつ、どの時点でそのような人間になったのか。何かきっかけとなる事件はあったのか。あるいは、最初からそういう心性に生まれついたのか。それらを調べずに、仁藤を理解することはできないと思った。

大学時代の仁藤は、おおむね把握できた。だから私は、高校以前に遡って仁藤の足跡《そくせき》を追うことにした。仁藤が卒業した高校の名称はわかっている。それを頼りに、彼の過去を手繰ってみるつもりだった。

とはいえ、いきなりその高校を訪ねて過去の名簿を見せてくれと頼んでも、受け入れてもらえるはずがない。名簿がなければ、当時の仁藤を知る人を探し出せない。そこで私は、名簿図書館を利用することにした。ここならばおそらく、仁藤が在学していた当時の名簿が見つかるはずと期待した。

期待に違《たが》わず、名簿は存在した。私は仁藤がいたクラスの名簿三年分をコピーして、図書館を後にした。この先は根気との勝負である。大半の人は、すでに名簿に載っている住所から引っ越しているだろうからだ。

だが、親はその住所に残っていてもおかしくない。むしろ、そうしたケースは多いだろう。だから私は特に悲観もせず、探索の旅に乗り出した。

時間はかかったが、当時の仁藤の同級生数人と会うことができた。しかし結論から言うと、目新しい情報は得られなかった。彼らの話を総合すると、仁藤はあまり目立つタイプではなく、口数が少ない地味な存在だったようだ。同級生の中には、世間を騒がせている仁藤と自分が同じクラスにいたことすら憶えておらず、私の話を聞いて驚いた人もいたほどだ。同級生たちがかろうじて仁藤を記憶していたのは、〝勉強ができる〟という特徴があったが故だ。とはいえ進学校の中では、それも突出して個性的な特徴とは言えなかった。

仁藤は成績がよかったが学年一ではなく、それどころかクラス一ですらなかったらしい。後に最高学府に進学したことを思えばいささか意外な話ではあるが、それだけレベルが高い高校だったようだ。部には特に所属せず、授業が終わると真っ直ぐ家に帰っていたという。共学だが女子と付き合っていた様子はなく、特定の親しい友人がいるでもなく、かといって孤立していたわけでもなかった。つまり、まさに没個性的な生徒のひとりだったのだ。銀行員時代の同僚たちが口を揃えて「いい人」と言っていたのとは、かなり落差がある。高校時代の仁藤は、まだ自分の個性を開花させていなかったのだろうと私は結論しかけた。

はかばかしい成果が得られなかったことに落胆したが、仁藤の人格形成の過程を探るならもっと過去に遡らなければならない。私は立ち止まらず、次に中学時代の仁藤について調べることにした。

前回と同じく名簿図書館に行き、仁藤在学時の名簿のコピーを手に入れようとしたが、残念ながら見つけることができなかった。特に有名でもない普通の公立中学校の名簿は、さすがに置いてなかったのだ。

そうなると、手詰まり感があった。やはり調査の素人である私には、この辺りが限界なのか。一度はそう諦めかけたが、まだできることはあると思いついた。公立中学校であれば、学区が決まっている。つまり仁藤の実家周辺を歩き回れば、当時を知る人にも巡り合えるかもしれないのだ。

根気がいる点では、高校当時の同級生捜しの比ではないだろう。だが、だからといってここで引き返すことはできない。私はすでに、仁藤というあまりに謎めいた人物に魅了されていたのだ。このまま探求を続けたところで、彼のことを理解できるとは思えない。それでも私は、可能な限り仁藤の精神性に肉薄したいと望んでいた。

仁藤の実家の住所は判明している。テレビレポーターが大勢押しかけ、両親からコメントを引き出そうとしていた光景は読者もご記憶のことと思う。仁藤の実家周辺で証言を求めるつもりなら、両親を訪ねることを避けるわけにはいかない。思えば、これまで両親の言葉を得ようとしなかったことは怠慢だったかもしれない。集団で吊《つる》し上げるようなテレビインタビューに抵抗を覚えていたために両親宅の訪問は控えていたのだが、今が行くべきときだと判断した。

事前に取材申し込みはしなかった。拒否されるだけだと予想したからだ。私は両親が揃っているだろう日曜日に、突然訪問してみた。一時はマスコミに囲まれて物々しい雰囲気だったはずの仁藤の実家も、今は近づく人もなく静けさを取り戻していた。

一戸建てのその家は、閑静な住宅地の一角にあった。決して高級住宅街として知られた地域ではないが、地価は高いと思う。住みやすそうな町であり、仁藤の人当たりのよさはこのような住環境に育まれたのかと推測できた。

三十坪ほどの敷地に建っている家は、築年数は二十年ほどだろうか。木造の二階建て。古びてはいるが手入れが行き届いているので、荒廃した印象はない。この佇まいを見て、ここで異常な人間が育ったと考える人は皆無であろう。そんな、ごく普通の家だった。

呼び鈴を押し、反応を待つ。インターホンから、おどおどした様子の女性の声が聞こえた。

「はい」

「恐れ入ります。わたくし、小説家の――」名を名乗ってから、間をおかずに続けた。「仁藤俊実さんについて、まとまった文章を書くためにお話を伺っております。俊実さん本人にもお会いしました。突然お邪魔して大変不躾《ぶしつけ》とは存じますが、できましたらお話を聞かせていただけると大変ありがたいのですが」

「お帰りください」

にべもない返事が返ってきた。そうした対応は覚悟の上である。簡単に引き下がるつもりはなかった。

「ご心労はお察しします。会ったこともない人間を相手に、あれこれ話せるかと思われるのもよくわかります。ですが、私も興味本位で取材をしているのではありません。俊実さんの本当の姿を世間に知っていただくのは、俊実さん本人のためだと考えています」

多少は聞く耳を持ってもらえることを言ったつもりだった。だが相手は、この程度のことでは心を動かされなかった。

「何も話すことはありません。お引き取りください」

「俊実さんの小さい頃のエピソードなど、どんなことでもいいのです。それがあるいは今後の裁判に影響を与えることもあるかもしれませんし——」

「お引き取りください」

言うなり、インターホンの受話器を置いたようだ。ガチャリという音とともに、何も聞こえなくなってしまった。頑《かたく》なな態度に、ある程度予想していたとはいえ鼻白む。安治川事件以後、両親が受けた世間からの糾弾は、私の想像を遥《はる》かに超えていたようだ。もう一度呼び鈴を押そうか迷ったが、結局押さずに諦めることにした。あの調子では、食い下がっても反応は同じだろう。

自分の行《おこな》いが両親をどんな苦境に追いやったか、仁藤は承知しているのだろうか。私は考えずにはいられなかった。たとえ承知していてももはや仁藤には何もできないが、そもそも彼なら、例の淡い微笑を浮かべるだけで済ませてしまう可能性もあった。私にはそれが、かなり蓋然性《がいぜんせい》の高い推測に思えてならなかった。

気を取り直し、近所の聞き込みを始めた。こうしたことは初めてなのでなかなか思うに任せなかったが、お喋りな人はどこにでもいる。仁藤家に対して特に悪意がなくても、単に自分の知っていることを喋りたくて仕方がないというだけの理由で、あれこれ話してくれる人が少なからずいたのだ。

そうした人たちからの情報によって、いろいろなことがわかってきた。まず、仁藤一家はここに、仁藤が小学生のときに引っ越してきたようだ。証言する人によって時期はばらばらなので正確な年月は特定できないが、小学生だったことは間違いない。以来、結婚して家を出ていくまで暮らしていたという。それだけに、仁藤本人を知る人も多かった。

彼女たち（語ってくれた人はほぼ全員女性だった）の記憶にある仁藤は、これまで聞いてきた人物像と大差ない。物静かで、暴力的な雰囲気は微塵もなく、道ですれ違えばきちんと挨拶をするいい子。照れ屋なのか陽気になんでも話すタイプではなかったが、頭がいいことは少し言葉を交わすだけで伝わってきたという。仁藤が殺人犯として捕まったことは驚き以外の何物でもなく、今でも何かの間違いではないかと信じている。親御さんたちを白い目で見る人もいて、気の毒だ。

おおよそ、そんなところだった。目新しい情報はなく、仁藤の性格は幼い頃から一貫していたのだとわかる。しかしその事実は、彼をますます不可解な人間に見せるだけだった。

2

ひとつ、初めて聞いたエピソードもあった。仁藤は異常に犬を怖がっていたというのだ。その証言は、仁藤家の三軒隣に住む初老の女性から得られた。

「俊《とし》ちゃんは賢くっておとなしいから、ちょっと大人びたところがあったんだけど、子供っぽい微笑ましい面もありましたよ。犬が苦手だったんです」

女性は当時を懐かしむように、目を細めながら言った。初耳の情報に、私は興味を惹かれた。

「犬が苦手だったんですか？　その理由はご存じですか」

「さあ、それは知らないけど。怖かったんじゃないかしら」

「怖い」

あの仁藤が犬を怖がるとは、ちょっと想像しにくかった。女性が言うとおり、仁藤にも子供らしい一面があったということか。私はさらに掘り下げる。

「そのことをご存じなのは、仁藤が犬を避けているところでも見たことがあるからですか」

「ええ。仁藤さんちの向こう隣に住んでた人が犬を飼ってて、その犬がまた馬鹿犬でね、むやみやたらに吠《ほ》えてたんですよ。だから俊ちゃんはいつもその家の前を避けて、わざわざこっちを通って家に帰ってたみたいですよ」

「そうなんですか」

妻子を冷酷に殺す男が犬を怖がっていたとは、なんとも倒錯した話ではある。しかしそれも子供の頃のことであれば、頷けないこともなかった。その頃の仁藤はまだ、普通の少年だったようだ。

聞き込みの範囲を広げるうちに、中学当時の同級生を見つけることができた。実家を二世帯住宅に建て替えて住んでいるので、引っ越していなかったのである。山崎《やまざき》さん（仮名）は、仁藤の名前を聞いて眉根を寄せた。

「人は変わるって言いますから、おれが知っている仁藤と今の仁藤は別人なのかもしれませんけど、少なくともおれには仁藤が自分の女房子供を殺すような人間には思えないですね。あいつは戦争になれば真っ先に死んじゃうような、そういう線の細い奴でしたよ」

山崎さんは仁藤について語りたいことがあるのか、近所の公園に行ってゆっくり話そうと持ちかけてきた。奥さんや子供がいる前では話したくないらしい。私たちは歩いて三分ほどの、大きな公園に足を向けた。空いていたベンチに腰かけ、改めて水を向ける。

「仁藤さんとは、何年生のときに同じクラスだったんですか」

「二年のときです。でも、一年のときから部活で一緒だったので、あいつのことは知ってましたよ」

「部活。何部ですか」

「テニス部です」

それもまた、新情報だった。仁藤がテニスを趣味にしていたという話は聞かない。中学卒業を機に、テニスはやめてしまったのだろうか。

「仁藤さんのテニスの腕前は、どうでしたか？」

大学でボウリングサークルに入っていたのは知っていたが、それはスポーツというよりレクリエーションの側面が強い。高校時代は部に所属していなかったと、数日前までの調査で判明している。仁藤が運動神経に恵まれているという証言は、今のところ特になかった。

「まああでしたよ。あいつは勉強ができるタイプでしたが、運動もそこそこいけたんです。割となんでもそつなくこなすというイメージがありますね」

そう語る山崎さんは、顔がほどよく日焼けしていて、アクティブな印象の人だった。ただ体格がいいので、テニスというイメージではない。格闘技をやっていた方が似合いそうだった。

「部ではどんな活動をしていたのですか」

私の問いに、山崎さんは少し遠くを見て、当時を思い出そうとする。

「もうずいぶん昔のことだからなぁ。一年生のうちは素振りばっかりだった気がするけど、きっとそんなことはないでしょうね。ちゃんとコートを使って、サーブの練習とかをした記憶もあります。それから壁打ちとか、ペアを組んでラリーとか。別に強豪中学ってわけじゃないですから、趣味の延長の部活ですよ」

「では、公式の大会に出たりはしなかったんですね」

「いや、出ました。区の大会に出ました。ああ、そうそう。仁藤がどれくらい強かったかを説明すると、そういう大会で一回か二回は勝てるくらいには強かったんです。でも勝ち抜けるほどではない。そんな感じですよ」

なるほど、その説明は仁藤の実力を想像しやすかった。たとえ区の大会でも、一度でも勝つのはそれなりに難しいに違いない。仁藤は運動神経が悪かったわけではないようだ。

「部活中でもクラスの活動中でもいいのですが、何か仁藤さんに関して記憶に残っているようなエピソードはありますか」

今の仁藤に繋がるエピソード、あるいはまったく正反対のエピソードなどを聞かせてもらえたらありがたい。そのような逸話を重ねることで、仁藤の過去が浮き彫りにできないかと私は考えていた。

「そうですねぇ。実はそんなに印象に残っているわけではないんですよ。つまり、そういう奴だったってことです。不良ではないし、かといって学級委員をやるような優等生ではないし、協調性がない問題児というわけでもないし。ごく普通の、その他大勢のひとりだったと言えばぴったりかな。おれの方がいろいろ無茶をした分、目立ってたんじゃないかなぁ」

そんなことを言って山崎さんは笑う。特筆すべきエピソードがない、というのも仁藤の特徴のひとつかもしれないが、最低二年間付き合っていたなら、何か特別な思い出もあるのではないかと推察した。

「どんなことでもかまいません。テニス部で練習中のことでもいいですし、大会で勝ったときの喜び方でもいいです。あるいは運動会のこととか、学芸会のこととか、何か仁藤さんに関して記憶に残っていることはありませんか」

「そうねぇ」

山崎さんはしばらく首を傾げてから、「ああ、そうだ」と言った。

「テニス部で区大会に出たときの話です。一回、仁藤が出場を辞退したことがあるんですよ。怪我で」

「辞退」

怪我が原因での辞退なら、仁藤もさぞや悔しかっただろう。そのときの悔しがり方で、仁藤の性格が見えてくるのではないかと思った。

「怪我の原因はなんですか？」

「それがね、犬に転ばされたとか言ってましたね」

「犬？」

ここで犬の話が出てくるとは思わなかった。その犬とは、近所の人が話していた犬だろうか。

「ええ、犬。犬を散歩させている人がうっかりリードを離してしまって、仁藤を追いかけたらしいんですよ。で、その犬に体当たりされて、転んでしまったってことだったように記憶してます」

「それは危ないですね。犬にぶつかられたなら、大怪我だったんじゃないですか」

「いや、それがですね。ぶつかってきた犬は、この程度の小さな犬だったみたいですよ」

山崎さんは両手を二十センチほどの幅に広げる。なるほど、その大きさなら小型犬だ。中学生を転ばすと言うから、もっと大きな犬を想像していた。

「犬って、走って逃げようとするものを追いかけるじゃないですか。変に逃げるから、追いかけられるんですよね。でもそのせいで膝を打って、それが大会の直前だったものだから、出られなくなっちゃったんですよ。仁藤はなんでもそつなくこなすタイプだと思ってたから、そんな間抜けな理由で出場辞退するなんて珍しいなと感じた憶えがありますね」

そのことがきっかけで、仁藤は犬嫌いになったのだろうか。それとも、もともと隣家の犬を怖がっていたから、小型犬からも逃げ出すほど嫌いだったのか。どちらにしろ、犬に関するエピソードが続けて出てきたのは興味深かった。

「仁藤さんはその件に関して、犬を恨むようなことを言ってましたか？」

さらにもっと面白い話がないかと期待して尋ねたのだが、残念ながらその先はなかった。

「いえ、苦笑してただけでしたね」

3

テニス部で一緒だった同級生のひとりと未だに付き合いがあると山崎さんが言うので、紹介してもらった。電話で話したところ、仁藤とは三年生のときに同じクラスだったと言う。山崎さんとはまた違う話が聞けるかもしれないと思い、訪ねてみることにした。

三笠《みかさ》さん（仮名）は結婚して引っ越していたが、東京都内に住んでいた。電車を乗り継ぎ、指定されたファミリーレストランに行く。「頭が薄い男がいたら私ですから、すぐわかりますよ」などと三笠さんは自分の容姿を説明した。その言葉でわかるとおり、三笠さんは初対面の人間にも分け隔てなく接することができる明るい人だった。

「中学の卒業アルバムがあったら持ってこようかと思ったんですが、簡単には出てきませんでした。すみません。もっとも、当時の写真なんて見たら、髪が多かった頃の自分を思い出して寂しくなるから、私としては出てこなくてよかったのですが」

三笠さんはそんなことを言って、「わははは」と笑う。こちらはなんとも反応に困ったが、卒業アルバムを見られなかったのは正直残念だった。当時の仁藤を見れば、イメージも膨らみやすい。やはり卒業アルバムの写真でも、あの穏やかな微笑を浮かべているのだろうかと想像した。

「三笠さんは仁藤さんと部活で三年間一緒で、さらに三年生のときにはクラスも一緒だったということでしたね」

仁藤との関係を確認した。三笠さんは「ええ」と頷く。

「部活で三年間一緒だったと言っても、当時は私の学年の男子は十人くらいいたので、仁藤と特別親しかったわけじゃないんです。ただ、それは私だけじゃなく、みんな同じでした。というのも、仁藤は誰とでも仲良くする代わりに、特定の親しい友人がいたわけじゃなかったんですよ。少なくとも私は、仁藤が誰と親しいのか知りませんでした」

「壁を作っている、という感じですか？」

ちょっとこの問いは誘導気味だったかもしれない。だが三笠さんは少し考えて、「いえ」と否定した。

「壁という感じでもなかったですね。なんだろう、少し距離をおいて、私たちのことを温かく見守っているという印象かなぁ。今から思えば、仁藤だけ大人びていたんですよ。中学生男子なんて、世の中で最も馬鹿な連中じゃないですか。でも仁藤は馬鹿じゃなく、だから馬鹿たちの輪には加わらずにいた、と言えば近いかな」

その表現はわかりやすかった。確かに、他の男子生徒たちと一緒に馬鹿騒ぎをしている仁藤は想像しづらい。一歩引いているポジションこそ、仁藤にふさわしかった。

「何か、仁藤さんの大人びた面がわかるエピソードはありますか」

水を向けると、「そうですねぇ」と言って三笠さんはしばらく考えた。

「ぱっと思いつくのは、修学旅行に行ったときのことかな。クラスで列になってだらだら歩いていたとき、男子ふたりがふざけてじゃれ合いだして、少し調子に乗りすぎてみやげ物屋さんの陳列台にぶつかっちゃったんですよ。そこに載ってた商品が地面に落ちて、ぶつかったふたりは顔面蒼白になって固まったんです。そうしたらちょうどその後ろにいた仁藤が、とても中学生とは思えないしっかりした詫びをして、店の人に許してもらったんですよ。具体的にどんな言い方をしたかはちょっと憶えてませんが、同じ中学生として、あんなことは言えないなぁと思った印象は残ってます」

なるほど。仁藤ならさもありなんと思える話である。しかし、後の異常な犯罪傾向を窺わせる要素はなかった。

「ああ、そうそう。逆に驚いたこともあったな」三笠さんは自分の言葉で思い出したように続けた。「やっぱり修学旅行のときです。泊まった宿のそばに、犬を飼っている家があったんです」

「犬？」

またしても出てきた犬という単語に、私は反応した。仁藤の犬嫌いは、中学当時は有名だったのだろうか。

「あいつ、なんだか異様に犬を怖がるんですよ。ホント、見てて笑えるくらい。大して大きい犬でもないのに、人の陰に隠れて前を通ろうとするから、からかってやりたくもなりますよね。他の男子が無理矢理押し出して、犬に近づけたんです。そうすると向こうも敵対行動だとでも思うのか、ワンワン吠えるんですよ。仁藤はビビってパニックになってました。あれは、あいつらしくなかったな」

中学生男子は後先を考えないから、面白がって人がいやがることをしたのだろう。それ自体はよくある話と言えるが、からかわれた仁藤がただ黙っていただけなのかが気にかかった。

「仁藤さんは怒らなかったんですか」

「怒りませんでしたね。あいつが誰かに対して怒っているところは、そういえば見たことなかったな。ただ、犬に対して子供っぽいことをしてましたよ」

「犬に対して？」

「ええ。翌日なんですけど、その犬がいる家の前を通るときに、近くの神社の境内から石を拾ってきて、投げつけたんです」

「えっ、石をですか？」

予想もしないことだったので、驚いた。他人の家で飼われている犬に石をぶつけるとは、とんだ悪ガキではないか。

「石を投げたといっても、本気じゃないですよ。当たっても大して痛くない程度の勢いでしたね。

ただ、犬に石を投げつけるなんてことが子供っぽいじゃないですか。あの仁藤がそんなことをするとはと、意外に感じたのを思い出しました」

「仁藤さんは犬に転ばされて、テニスの大会を辞退したこともあると山崎さんに聞きました」

「ああ、そうでしたね。それで犬が嫌いだったのかな。ともかく、あまりにも仁藤らしくない行動でした。人間、嫌いなものを目の前にすると人が変わるんですかね」

思い出しただけで愉快な気持ちになったのか、三笠さんは目尻に皺《しわ》を寄せて笑っていた。しかしこちらは、犬というキーワードに心を奪われて、笑うどころではなかった。

4

三笠さんには先に帰ってもらい、私はファミレスに残ってコーヒーをもう一杯飲んだ。新たに手に入れた情報を基に、少し考えをまとめてみたかったのだ。

犬に怯える仁藤は、後年の彼の面影がまったくなく、いかにも子供らしい。聞きようによっては、微笑ましいエピソードですらある。しかし私は、そんなふうには受け取れなかった。仁藤は昔から仁藤だったとしたらどうだろう。大人になった仁藤ならば間違いなく、目障りな存在は排除しようと考えるはずだ。飼い犬であれば多少の厄介事に発展する可能性はあるものの、殺人よりはよほどリスクが少ない。中学当時から仁藤がそうした判断をする人間であったとしても、まったく不思議なことではなかった。

犯罪史に名を残す連続殺人犯は、人間を殺し始める前にまず、小動物を殺していることが多いという。生き物の命を奪う快楽を知り、それが高じて殺人に至るケースは世界中で報告されている。仁藤が本当に連続殺人犯であるなら、子供時代にそうした経験をしている可能性が高い。犬を怖がる気持ちこそが、後年の殺人者を育てたのではないかと私は推測した。

仁藤にとって一番目障りだった存在は、やはり隣家の犬だろう。その犬がいるせいで、帰宅するのにわざわざ遠回りをしなければならなかったのだ。もし仁藤がその犬を排除していたなら、彼の精神性が歪む契機となったのかもしれない。隣家の犬がその後どうなったか、もう一度実家のそばに戻って確認する必要があると思った。

コーヒーを飲み干し、ファミレスを出た。電車を逆に乗り継いで、仁藤の実家周辺に戻る。仁藤が犬を怖がっていたと最初に教えてくれた女性の家を、再度訪ねた。

「あら、まだ取材を続けてたんですか」

玄関先に出てきた女性は、意外そうに言う。何度も煩わせて申し訳ないので、私は単刀直入に切り出した。

「すみません、もう一点聞かせて欲しいことが出てきたんです。先ほど、仁藤さんちの向こう隣の家で飼っていた犬の話をなさいましたよね。その犬がどうなったか、ご存じでしょうか」

「どうなったか、って？」

こちらの質問が漠然としすぎていたせいか、女性は小首を傾げた。気持ちが急《せ》いていたと反省し、訊き直す。

「犬が変な死に方をした、なんてことはなかったでしょうか」

「さあ、そんな憶えはないですけどねぇ。というか、犬が死ぬ前にあそこのお宅は引っ越しちゃったんじゃなかったかな。だから、その後どうなったかは知らないわ」

女性は自分の記憶を確かめるように、眉を寄せてゆっくりと話す。私はといえば、新たな着眼点に昂揚《こうよう》していただけに、肩透かしを食った心地だった。

隣家が引っ越したなら、仁藤にとっての懸案事項が片づいたことになる。何もあえて殺生をする必要はなかったわけだ。仁藤のルーツを探り出せるかもしれないという推測は、あえなく潰《つい》えたかと思われた。

だが女性は、私の相槌《あいづち》も必要とせずに思いがけないことを口にした。

「そもそも、犬どころの話じゃなかったのよ。犬より先に、ご主人の方が不幸な亡くなり方をしたから」

「えっ？」

不幸な亡くなり方？　聞き捨てならない話に、私は慌てて確認した。

「そ、それはどういうことですか？　隣家のご主人は、事故か何かで亡くなったんですか？」

「そうなのよ、交通事故。当時まだ四十をちょっと過ぎたくらいだったんじゃないかしら。働き盛りなのに突然亡くなって、残された奥さんがかわいそうだったわよ」

「交通事故」

いやな予感が頭をよぎったのは、言うまでもない。私はその事故状況を確認しないではいられなかった。

「交通事故って、どんなふうだったんですか。事故状況に不審な点はなかったんですか」

「確か、大型のダンプカーに轢かれたんだったと思うけど、詳しくは知らないわ。あたしなんかじゃなく、警察に訊いてみたらどうかしらね」

もっともな意見だった。正確な情報を知るためなら、そうすべきだろう。だがその前に、隣家の遺族に会ってみたかった。遺族にしか知り得ない何かが、事故にはあったのではないかと想像した。

「ご遺族がどちらに越していかれたか、ご存じではないですか」

「うーん、どうかしら。ずいぶん昔の話だし、特別親しくしていたわけじゃないから年賀状のやり取りとかもないしね。ちょっとわからないわ、ごめんなさい」

「いえ、それならやむを得ませんが」

ならば、またこの辺りを聞き込んで回る必要があるだろうか。そんなことを考えていると、女性が何かに気づいたかのように息を呑む音を立てた。改めて顔を見ると、目を見開いている。女性は瞬《まばた》きも忘れた体《てい》で、訊き返してきた。

「まさかあなた、その事故も仁藤さんちの息子さんが仕組んだことだなんて考えてるんじゃないでしょうね」

「念のために調べてみたいだけです」

女性の推測はまさに正鵠《せいこく》を射ていたのだが、ここは慎重な物言いをしておいた。不用意なことを言って、どんなトラブルに発展するかわからない。

「あたしはそんな恐ろしいこと、考えたくないわ。だって、仁藤さんちの息子さんはまだ中学生だったのよ。十三、四の子に、いったい何ができるって言うのよ。いくらなんでも、そんなわけないでしょ」

今になってようやく、女性は誰のことを話題にしているか思い至ったのかもしれない。そう、仁藤は今や疑惑の人なのだ。そんな人が中学生当時に何を考えていたのか、想像したら怖くなったのだろう。実は私も、思いは同じだった。

「私も、自分の考えすぎであればいいと思います」

だから最後にそう言ったのだが、考えすぎでなどないという確信が、私の裡《うち》には確固として存在していた。

5

仁藤の隣人の引っ越し先を知っている人がいないかと、また周辺を歩き回った。しかし当時から住んでいる人であっても、その行方までは誰も知らなかった。考えてみれば、隣人は近所に住んでいるからこそ付き合うのである。引っ越してしまえば縁が切れるのは、当然のことだった。

それでも諦めきれず、最後に駄目でもともとのつもりで、その家の現在の住人を訪ねてみた。常識的に考えて知っているはずがないが、無駄なことでもやらずにはいられないほど私は執着していたのだった。

なぜかと言えば、これは私だけが気づいた事実だからである。またしても仁藤の周辺で発生していた事故死。おそらく不審な点はなかったのだろうが、ここまで続くともはや偶然とはとても思えない。仁藤に対する疑惑は、今や限りなく黒に近づいたと言っても過言ではないのだ。

だが、そんな事故死があったことに気づいているのは、私しかいない。報道記者ではないからスクープを狙いたい気持ちはないものの、自分だけが知っている事実を前にして手を引くなど考えられなかった。今にもしゃがみ込みたいほど疲労困憊《こんぱい》しているのに、なおもこだわり続けるのには、自分がこの発見を世に報じたいという強い願いがあるからだった。

玄関先に出てきたのは、五十絡みの女性だった。私は身分を名乗り、訪問の目的を告げた。最初は怪訝《けげん》そうな顔をしていた女性も、以前の住人が事故死していたと知って顔色を変えた。隣に住んでいた人が殺人事件の犯人として捕まれば、無関心ではいられないだろう。まして自分の家にかつて住んでいた人までもが被害者かもしれないなどと聞かされたら、恐ろしく感じるのは当然だった。

「……そういうことですので、ぜひご遺族に会って話を聞いてみたいと考えているのですが、近所の人はどなたも引っ越し先をご存じないのです。もしやと思ってこちらもお訪ねしたのですけど、ご存じではないですよね」

半ば諦め気味に尋ねたのだが、案に相違して女性は考え込むような素振りを見せた。

「はっきりしたことは言えませんが、もしかしたらわかるかもしれません」

「えっ、そうなんですか」

こちらから訊いたことなのに、女性の返答には驚いてしまった。なぜ今の住人が、かつての住人の行方を知っているのか。その理由に見当がつかず、私はぽかんとして女性の顔を見つめた。

「実はここ、会社の借り上げ社宅なんですよ。地方に転勤している方が、空き家にすると傷むからと他の社員に貸してるんです。以前にここに住んでいたということは、亡くなった方も同じ会社に勤めていたはずなんです」

「なるほど」

それは思いもよらなかった。八方手詰まりと感じていただけに、わずかな光明に私は縋りたくなった。

「ちょっと主人と相談してみないとわからないのですけど、もしかしたらご遺族に、小説家の方が会いたがっていると伝えることはできるかもしれません。すぐには無理ですので、少し時間をいただけますか」

女性は望外の親切を示してくれた。それだけ、仁藤を巡る報道に興味を持っていたのかもしれない。そうしてもらえるとありがたいと答え、私は連絡先を残して辞去した。溜まった疲労も、最後に吹き飛んだかのようだった。

翌週、私の携帯電話が鳴った。女性は遺族と連絡をとってくれたとのことだった。先方は驚いていたが、ぜひこちらの話を聞いてみたいと言っている。電話番号を教えたから、直接連絡があると思う。女性はそのように説明した。

願ってもないことだった。素人の調査でも、突破口を開くことができた。私は遺族からの連絡を心待ちにした。

その日の夜に、電話が来た。遺族は堀内《ほりうち》（仮名）と名乗った。亡くなった方の妻だという。一度会って話をしてみたいとのことなので、私の方から伺うことにした。堀内さんは現在、埼玉に住んでいた。

「お邪魔いたします」

堀内さんのお宅は、公営団地だった。旦那さんが死亡したことで会社の社宅に居続けられなくなり、公営住宅に移ったのだろう。室内の雰囲気から察するに、同居人がいるようではない。今はここでひとり暮らしのようだ。

「仁藤さんのことをお調べになっているとか」

和室で座卓を挟んで向かい合った。堀内さんは六十前後か。髪に白髪はあるが目立つほどではなく、むしろずっと働いてきた女性特有の若々しさがある。口調も歯切れがよく、こちらの問いに的確な返答をしてくれる人だろうと予想した。

「はい。私は小説家ではありますが、仁藤さんの半生はぜひ文章にしてみたいと考えています。そのために、子供の頃の仁藤さんを知っている堀内さんにも、ぜひお話を伺わせていただきたいと思いました」

そう訪問の理由を語ると、堀内さんは昔を懐かしむように遠い目をした。

「ニュースでさんざん取り上げられている人が、あの俊実君だと気づいたのは、しばらくしてからでした。言われてみれば面影が残っているのですけど、何しろあたしが知っていた俊実君は小学生からせいぜい中学生くらいまでの頃ですから、成人してお子さんもいる今とはぜんぜん違いますよね」

「当時はおとなしいタイプだったと、同級生は言ってます。お隣に住んでいた堀内さんから見ても、それは同意見ですか」

「そうですね。別に内弁慶ってこともなく、おとなしくて賢い子だったと思いますよ。今の俊実君を知っている人がみんな言うように、まさか奥さんと子供を残酷に殺すなんて、想像もできないですよ」

「後に殺人者になる人は、幼少時に動物を殺す経験をしていることが多々あります。堀内さんは、仁藤さんが動物を殺しているところなどを見たことはありませんか」

「そんな、動物を殺すなんて」私の質問がおかしかったのか、堀内さんは口許に手を当てて笑う。「それどころか、うちの犬を怖がっていつも避けていたくらいなんですよ。うちの犬は見境なく吠えるようなことはなかったんですけど、なぜか俊実君のことは嫌いだったらしくて、いつも吠えかかってたんです。もちろん、ちゃんと首輪で繋いでましたし、門も閉めてたから外に飛び出すようなことはなかったですよ。それでも俊実君は、小学校低学年の頃は吠えかかられて泣いてました。そんな子が、動物を殺したりできるわけないですよ」

犬を怖がって泣いている仁藤は、とても想像できない。しかし犬にまつわる仁藤のエピソードを聞く限り、堀内さんが誇張して言っているとも思えなかった。それほど仁藤が犬を恐れていたなら、確かに動物を殺すような真似はできそうにない。

「犬みたいな大きな動物は無理でも、例えば虫とか、あるいはカエルやトカゲなど、子供でも手に負えるような小動物を殺したりはしてませんでしたか」

それでも私は諦めず、食い下がった。連続殺人犯には、相応の前駆行動があるはずなのだ。

「ないと思いますよ。少なくとも、あたしは見た憶えがありません」

「そうですか」

幼い頃から知っている隣人が言うなら、間違いないのだろう。残念ながら、その仮説は撤回するしかなかった。

「仁藤さんが犬に向かって小石を投げていたところを目撃した同級生もいます。堀内さんの犬には、そういうことをしましたか」

質問を変えた。だがそれに対しても、堀内さんは首を振るだけだった。

「いいえ。石を投げるなんて、そんなことをする子じゃありませんでした。ともかく、真面目でいい子だったんです。もし別の場所で犬に向かって石を投げていたなら、本当はうちの犬にそうしたかったのかもしれませんね。お隣だから、できなかったんでしょう。そういう礼儀はわきまえている子でした」

「なるほど」

その推測は当たっているかもしれない。修学旅行で行った先の、後で飼い主に咎められる心配がない犬だからこそ、仁藤は石を投げたのだろう。隣人の犬に対してはそんなことをしないのは、いかにも仁藤らしかった。

「では、仁藤さんが堀内さんの犬に危害を加えようとしたことは、一度もないのですね」

しつこいと思われるだろうが、最後の確認をした。その点を確かめなければ、話を次に進められない。

「はい。ありませんでした」

「わかりました。でしたら、仁藤さんのことではなくご主人についてお伺いします。思い出すのはお辛いかもしれませんが、ご主人が亡くなられたときの状況をお話しいただけますでしょうか」

私が促すと、堀内さんは少し言い淀み、小さく吐息をついた。

「こちらも、どういうご用件でいらしたのかちょっと聞いています。主人の死に、俊実君が関係しているとお考えだとか」

「その可能性がないかどうか、確認したいのです」

「そうですか。では、いきなり結論を言うのはやめておきます。ともかく、まずは事故状況ですね」

堀内さんは自分の意見を控え、事実だけを教えてくれるようだった。やはり最初の印象のとおり、理知的な話し方をする人だ。

「主人は以前に住んでいた家――つまり隣に仁藤さん一家が住んでいた家のことです――のそばの交差点で、ダンプカーに轢かれて死にました。内臓破裂で、ほぼ即死だったそうです」

「運転手の不注意ですか」

「おそらくそうでしょう。主人は横断歩道を渡ろうとしていたのですが、左折してきたダンプカーの死角に入ってしまい、そのまま巻き込まれてしまったんです」

「左折の巻き込み」

私は頓狂な声を上げてしまった。その事故状況は、まさに松山さんのときと同じではないか。瞬時に、これはただの事故ではないと確信した。やはり堀内さんの夫の死には、仁藤の意思が介在している。

「事故の目撃者はいなかったのですか」

尋ねたが、堀内さんは諦めを顔に浮かべた。

「いいえ、見つかりませんでした。とはいえ、運転手は自分の過失を認めたので、争う余地はありませんでした。主人は注意深い方だったので、どうしてそんな事故に遭ってしまったのかわかりませんが、そのときだけたまたま考え事でもしていたのでしょう。不運が重なったのだと思います」

「運転手は過失を認めたのですか。その場に第三者がいたようなことは言ってなかったですか」

「いいえ。そんなことは聞いてません」

堀内さんははっきりと否定する。しかしそれは、私が予想したとおりだった。事故に不審な点はない。だからこそ、その後の仁藤の犯行を誰も止めることができなかったのだ。

「堀内さん、私がなぜ、ご主人の死に仁藤さんが関与していたかもしれないと考えたか、お話ししましょう。週刊誌でも騒がれたのでご存じかもしれませんが、仁藤さんが大学生のとき、友人がダンプカーに轢かれて亡くなっているのです。今聞いたお話は、友人の事故状況にそっくりでした」

「そちらの事故に、俊実君が関わっていることは証明されたんですか」

「……いえ、証明はされていません」

「だったら、事故状況が似ているのは、単なる偶然ではないでしょうか」

堀内さんは反論するが、私は頷けなかった。もしこれが他の状況であるなら、偶然もあり得る。だが仁藤が過去に関わった人の中には他にも、宮ヶ瀬湖で白骨になって見つかった梶原さんがいた。今現在の仁藤は、妻子殺しの容疑で勾留中である。そんな疑惑まみれの人物の周辺で、ふたつの事故死が偶然そっくりな状況になることなどあり得ないだろう。

しかし私は、自分の主張を押しつけるつもりはなかった。なんと言っても眼前の女性は、事故で夫を亡くした遺族なのである。言葉は選ばなければならなかった。

「お辛い状況を乗り越えてきたお気持ちを騒がせるのは、本意ではありません。もしご主人の死が単なる事故ではなく、誰か第三者による殺人だったなどと今になって知るのは、不愉快なことでしょうか」

「そうですね。嬉しくはありません」

堀内さんの口調は、依然として小気味よい。確かに、殺人だとしてもとっくに時効を迎えていることである。いまさら波立たせるようなことを言われるのは、迷惑な話だろう。

「わかりました。では仮定の話として質問させてください。仁藤さんは当時、ご主人に対して何か含むところがあるような様子はありましたか？」

「いいえ、まったく。会えばきちんと挨拶をする、いい子でした」

堀内さんの主張は、少しも揺るがない。その様子は、過去を蒸し返されたくないというよりも、自分が知っていた仁藤は他人を事故死に見せかけて殺したりするわけがないという強い確信に裏打ちされているかのようだった。

「では、あたしの意見を言わせてもらいます」堀内さんは改めて、言った。「これぱっかりはあの頃の俊実君を知らない人に言っても信じてもらえないことかもしれませんが、中学生に人殺しなんて、常識で考えて無理です。ましてあのいい子の俊実君が、なんの恨みもない主人を殺すなんて、あり得ないことですよ」

中学生は大人が考えるほど子供ではない。ましてあの仁藤なら、ただの中学生だったと考えるのは間違いだ。私は内心でそう反論の言葉を並べたが、口にはしなかった。堀内さんはさらに続ける。

「それに、マスコミで言われているように俊実君が次々と人殺しを重ねるような人だったなら、これまで捕まらなかったのは変じゃないですか？　そんなに日本の警察は鈍いんですか。あたしはそうは思わないです。だから主人の死は単なる事故だったと、今でも信じています」

堀内さんの言葉に迷いはなかった。私は納得した振りを装い、辞去することにした。

6

この章を締め括るに当たり、私の推測を書いておきたい。読者はここまで読んで、さぞや焦《じ》れていることだろう。なぜ仁藤は隣人の堀内さんを殺したのか？　その動機は、いくら聞き込みを重ねても浮かび上がってこなかった。

だから、ここから先は単なる推測である。なんの証拠もない。場合によっては、名誉毀損で訴えられてもやむを得ない憶測である。それを承知の上で、あえて私は記しておくことにした。

堀内さんご夫婦は、仁藤の隣家の所有者ではなく、単なる賃借人だった。家は会社の借り上げ社宅であり、不動産屋を介して借りたわけではない。仁藤はおそらく、それらのことを知っていたものと思われる。これが、ひとつの鍵である。

仁藤は隣家の犬を嫌っていた。恐れていたと言ってもいい。できることなら、排除したかったはずだ。だが犬は怖い。ならば、中学生だった仁藤に何が可能か。

犬は怖いから近寄れない。しかし、人間は怖くない。仁藤ならそう考えたのではないか。堀内さんのご主人が死ねば、会社を通じて借りている家は出ていかなければならない。そうなると、嫌いな犬も消える。隣家から犬を追い払うために、その飼い主を殺した。これが、私の推測だった。

穿《うが》ちすぎというものだろうか。私はそうは思わない。仁藤がかつて関与したと疑われる数々の不自然な死を考えれば、決してあり得ない動機ではないはずだった。
読者の皆さんは、どう思われるだろうか？

第五章

真実

1

仁藤が現在のような精神世界を形作ることになるきっかけを求めて、私は彼の過去を探った。その結果、まだ仁藤との関係が取り沙汰されていない死を掘り起こした。果たして堀内さんの死が、仁藤の殺人遍歴の原点なのだろうか。

私はそうは思わない。なぜなら仁藤は、簡単に殺人という手段を選択しているからだ。常識的な世界で生きている人間にとって、殺人の禁忌を越えるのはたやすいことではない。心理的抵抗が何より大きいし、それを除いても、眼前の困難の解決手段として最適とは思えない。普通の感覚であれば、殺人は最悪の手段と考え、別の方法を模索するのではないか。にもかかわらず仁藤が安易に殺人によって事態を解決したのは、人を殺すことをさほど難しいと感じていなかったからではないのか。つまり、仁藤は中学生の時点で、すでに殺人の経験があったのだ。私はそう推測した。

仁藤の過去を探索する旅は、終えるわけにはいかなかった。私は仁藤の本当の原点を求めて、なおも調査を続けた。中学生以前となると、仁藤が小学生の頃のことになってしまう。常識的に考えればほとんどあり得ない話だが、仁藤を常識で測ることの無意味さはもう明らかになっている。他の人ならいざ知らず、仁藤ならば小学生当時に人を殺《あや》めていることもあり得ると私は確信していた。

キーワードは、〝突然の死〟だ。不審な点の有無には、拘泥してはならない。おそらく不審な点がなかったからこそ、それが殺人とは気づかれずに見逃されてきたのだろう。さすがにいくら仁藤でも、小学生当時に死体の始末は不可能だったはずだ。ならば、失踪したきり行方が知れないというケースまで考慮する必要はない。検出されない毒物を使うことも現実的ではないから、病死も無視できる。探すべきは、事故死だ。仁藤の周辺で、堀内さんの他に事故死した人はいないだろうか。私はその質問を向けるために、仁藤の実家周辺をふたたび歩き回った。

以前に聞き込みをした際は、子供時代の仁藤について何か記憶していることはないか、と訊いて回った。だから、どこかで突然の死があったとしても、それが仁藤とまるで関わりがなければ誰も口にはしない。今度はもっと具体的に、この近辺で事故死した人はいないかと尋ねた。もしその質問で収穫がなければ、仁藤一家がこの場所に越してくる前にまで遡るつもりだった。

聞き込みには根気がいる。一度や二度で成果が得られるとは思っていない。私は何度も通い、仁藤の実家を中心として徐々に聞き込みの範囲を広げていった。ここで、二十年以上に亘る時の経過が壁となった。その頃からこの地域に住んでいる人が、そもそも少ない。ようやく住民歴が長い人を見つけたとしても、二十年以上前の記憶はすでにあやふやというケースが大半だった。それでも私は諦めずに足を棒にして歩き回り、その結果、ひとつの証言に行き当たった。

「事故で突然亡くなった人ですか？　うーん、そういえば誰かが階段から落ちて亡くなったなんてことがあった気がするけど」

古い団地で聞き込みをしていたときだ。七十前後と見受けられる女性が、そう言って首を捻った。階段からの転落事故。それは、非力な子供が他人を殺す際にはもってこいの手段ではないだろうか。私は軽く興奮した。

「亡くなった方の名前を憶えていますか？」

勢い込んで尋ねたが、女性はますます首を捻るだけだった。

「いやぁ、ぜんぜん憶えてないですねぇ。この団地の中の話だったのは確かだけど、別の棟だからお付き合いがあったわけでもないし、名前まではちょっと……」

付き合いがなかったのなら、無理からぬことだろう。名前を思い出してもらうのは諦め、せめて仁藤との繋がりを臭わせる何かが出てこないだろうかと期待した。

「亡くなった方は男性ですか、女性ですか」

「男性よ。家族がいる人。確か、奥さんと小さい女の子がいたような」

「小さい女の子」

その子が、仁藤と同級生だった可能性はないだろうか。そうであれば、階段での転落死が間接的に仁藤と繋がる。

「小さいというのは、どれくらいでしょうか。小学生ですかね」

「たぶん、それくらいだったと思う。自信はないけど」

「女の子の年齢までは憶えてないですよね」

「憶えてないわぁ。ごめんなさいね」

最後に謝られてしまったが、充分な情報だった。私は礼を言って引き下がり、新しい情報を元に聞き込みを続けた。

同じ団地内に、転落事故のことを憶えている人はいた。だがそれらの人たちから得られる情報は、最初の女性が憶えていたことと大差なかった。男性が階段から落ちて亡くなったこと。亡くなった人には小さい女の子がいたこと。それだけだ。女の子の年齢は不明なままで、仁藤の名前もどこからも出てこない。そこで私は、方針を変えることにした。

以前に会った、仁藤の中学時代の同級生に再度当たることにしたのだ。中学校が一緒ならば、小学校も同じだった可能性がある。同級生の父親が急死するという事件があったことを、彼らの誰かが記憶していないかと期待したのだった。

果たして、山崎さん（仮名）も三笠さん（仮名）も仁藤と同じ小学校に通っていた。だがふたりとも、同級生の父親が事故死した話など記憶にないと言った。階段から転落死した人の娘が仁藤の同級生ではないかという私の推測は、的外れだったのだろうか。一度はそう思いかけた。

「でも、単に私が憶えていないだけかもしれませんよ」

落胆を顔に出したつもりはなかったが、三笠さんはそう慰めてくれた。続けて、「いいアイディアがあります」とも言う。

「ソーシャル・ネットワークに、当時の同級生たちで作ってるコミュニティがあるんですよ。そこで訊いてみます。誰かが憶えているかもしれません」

「ああ、なるほど」

そんな横の繋がりがあったのか。以前ならば小学校や中学校の同級生とは、一度付き合いが途切れればそれきりになっていたものだが、今はそうした形で交際が復活することもある。期待し過ぎは禁物だが、三笠さんの厚意はありがたく感じた。

後日、《わかりました》というタイトルのメールが三笠さんから届いた。私はそのタイトルを見ただけで、気持ちが逸《はや》った。急いでクリックし、メールを開く。三笠さんは性格が偲《しの》ばれる気さくな調子で、文章を綴っていた。

それによると、父親が事故死した人の名前はあっさり判明したらしい。事故直後に女の子は転校していたので、三笠さんは憶えていなかったようだ。だがこうした場合は、同性同士の方がよく記憶に留めている。ひとりの女性が、女の子の名前を憶えていた。

大事なことが判明した。やはり仁藤は、女の子と同じクラスに在籍していたのだ。しかも女性が言うには、転校した女の子と仁藤はけっこう親しくしていたらしい。これは重大な証言だった。

しかし、それ以上に私を興奮させる発見があった。私はメールのその部分を読んだとき、自分の発見の大きさに驚いてしばし思考が停止した。明らかになった事実を、どう解釈すべきかわからなかったのだ。

父親を事故で喪った女の子の名前は、〝ショウコ〟だったのである。

2

ショウコという名前はむろん、亡くなった仁藤の妻と音が同じだし、それだけでなく、大学時代に仁藤が親切にしていた相手の名前でもある。ふたりが同じ名前というだけなら単なる偶然だが、三人目が現れると話が違ってくる。仁藤はショウコという名前に特別なこだわりを持っていたのではないだろうか。

もしそうであるなら、小学生時代のショウコとの付き合いが、後のこだわりを生み出したと推測できる。つまり、それほど仁藤とショウコの繋がりは強かったということだ。ショウコとはいったい、仁藤にとってどんな存在だったのか。小学生当時の仁藤とショウコがどのような付き合いをしていたのか、是が非でも知りたいと思った。

しかし、名前しか手がかりがないのでは、現在の所在を探しようがない。甘えてばかりだが、三笠さんのソーシャル・ネットワーク上の付き合いに期待するしかなかった。手間を取らせる詫びを念入りにしてから、今もショウコと付き合いがある人がいないか尋ねてもらえないかと頼む。ありがたいことに、三笠さんはふたつ返事で引き受けてくれた。

二日後に、メールがあった。ショウコと今でも付き合っている人はいなかったが、似た人を赤《あか》羽《ばね》で見かけたという証言が得られたそうだ。ある飲み屋で、ホステスとして働いていたらしい。見かけた人のテーブルについたわけではなく、遠目から見ただけなので自信はないと言うが、年格好はどうやら一致する。店の名前まで教えてもらえたから、捜索の素人である私には大変ありがたい情報だった。さっそくその日の夜、赤羽の飲み屋街へと向かった。

仁藤と同年齢なら、ショウコは現在三十一、二歳になる。ホステスとして働くにしても、若い女性が多い店は厳しいだろう。そのように予想していたところ、教えてもらった店は案の定、ホステスの年齢層が高めだった。そのせいか、照明を絞り気味にしてあるので全体に薄暗い。店の大きさは、客を二十人ほど受け入れられる規模だろうか。ソファセットが六組と、カウンター。客の入りはそこそこだが、空いているソファもある。私についてくれた女性は、甘く見積もっても三十代半ばほどに見えた。

長居は無用だが、いきなりショウコの名前を持ち出しても答えてもらえるとは思えない。ビールを頼んで少し多めにつまみを注文してから、三十分ほど雑談した。つまみを多くしたお蔭か、女性は愛想がよく、話が弾んだ。頃合いを見て、「ところで」と切り出した。

「この店にショウコさんっているよね。呼んでもらえないかな」

「ショウコ？　そんな子いないですけど」

女性は首を傾げる。ここはうまく取り入らなければならないと思ったが、私にそんな芸当は難しかった。

「本名がショウコの人がいるはずなんだよ。知らない？」

「本名？　その子がどうかしたんですか？」

やはり、不審そうに尋ね返されてしまった。もっともな反応だ。しかし他に話の持っていき方を知らないのだから、仕方がない。適当な作り話で乗り切るしかなかった。

「ぼくの友人の同級生らしいんだ。友人が会ってみたいと言ってたのを思い出して、たまたま近くに来たから寄ってみたんだよ。もしショウコさんが会う気はないと言うなら、友人にはそう伝えるけど」

こんな言い訳で通用するものかどうか、心許なかった。女性はあまり納得したようではなかったものの、「ちょっと訊いてみますね」と言って席を立つ。しばらく姿が見えなかったが、やがて別の女性が私のテーブルにやってきた。

「失礼します。カスミです」

先ほどの女性よりは若そうな人だった。三十前後だろうか。アイメイクが念入りで、やたらに目が大きく見える。もしかしたらメイクでごまかされているだけで、年齢はもっと上なのかもしれなかった。襟ぐりの深い真紅のドレスを着ているが、体格は貧相だった。

「お友達の同級生を探しているとか」

「うん、そうなんだよ。ショウコって人なんだけど、いないかな」

「たぶん、もう辞めちゃった子だと思いますよ」

「えっ、そうなの」

落胆を禁じ得なかった。あっさり会えるほど甘いものではないと頭ではわかっていても、素人の悲しさで、ゴールはすぐ目の前のような気がしていた。辞めたのならば、現在の連絡先を知っている人はこの店にいないだろうか。なんとしても聞き出さなければならないが、それが相当困難であることは簡単に予想がついた。

「間違いなく辞めちゃったのかな。誰がショウコさんなのか、君は知ってるの？」

「今この店にはいないから、たぶん辞めたんだろうなと思っただけです。残念でしたね」

カスミと名乗った女性は、あっさりと言う。残念どころではないので、私はなおも食い下がった。

「ショウコさんのことを知っている人はいないかな。ショウコさんの話が聞きたいんだけど」

「ずいぶんショウコさんにご執心ですね。でも、そんなふうにストレートに訊いても、この店に限らずどこでも教えてくれるわけないですよ」

半分笑いつつも、呆れたようなカスミの口振りだった。そのとおりだろうとは思うが、代わりの手立てを私は持ち合わせていない。捜索のプロなら、こんなときどうするのだろうか。

「ところでお客さん、小説家じゃないですか」

「えっ」

唐突に尋ねられ、狼狽《ろうばい》した。まさか、相手が私の顔を知っているとは思わなかったのだ。

「そ、そうだけど、よくわかったね」

「あたし、これでもけっこう本を読むんですよ。お客さんの本も読んだことありますよ」

「それはありがとう。いや、照れるな」

額に汗をかいてしまい、おしぼりで拭いた。こういう場所に来たことがないわけではないが、顔で素性がばれたのは初めてだ。

「小説家の先生が、どうして人捜しなんてしてるんですか」

カスミはさほど興味がなさそうに訊いてくる。沈黙しているわけにはいかないから、取りあえず話を繋いでいるという様子だった。

「だから、友人の同級生に似た人がここで働いていると聞いたので、確認しに来たんだよ」

「ふうん」

カスミは頷いたものの、まるで信じていないことが態度に出ていた。自分のビールに口をつけると、気怠《けだる》げに質問を重ねる。

「そのお友達の名前、なんていうんですか」

私はしばし考えた。ここで嘘の名前を言っておくのは簡単だが、捜索の糸が切れてしまうのは困る。もし万が一、今でもショウコに連絡をとれる人がいるなら、むしろ用件が伝わるようにした方がいいのではないか。十秒ほどの逡巡の末、そう結論した。

「仁藤、っていうんだ」

仁藤の名前を出せば、ショウコに伝わったときに興味を持ってもらえるかもしれない。八方塞がりになりかけているからこその、一か八《ばち》かの賭けだった。

「訊いておいてあげましょうか」

カスミはつまみに手を伸ばしながら言うので、私はすぐには意味を解《かい》しかねた。一瞬言葉に詰まってから、身を乗り出す。

「ショウコさんのことを訊いておいてくれるのか」

「ええ。そうして欲しいんでしょ」

カスミは特に恩に着せるふうでもなく、淡々と言う。私は大きく頷いた。

「じゃあ、連絡先を教えてくれません？　メールアドレスと、できれば携帯電話の番号も」

カスミの言葉は、こちらも望むところだった。名刺を取り出し、裏に携帯電話の番号を書いて渡す。交換で向こうも名刺をくれた。薄いピンクの名刺には、メールアドレスだけが書いてあった。

3

連絡が来るとは、あまり期待していなかった。正確に言えば、期待しても失望するだけと思いつつ、わずかな期待を捨てられずにいた。だから見知らぬ番号の相手から電話がかかってきても、それが吉報などとは予想しなかった。どこかの出版社の編集者だろうと考えつつ、電話に出た。

「――あたしをお捜しと聞きました。ショウコといいます」

相手はこちらの名前を確認してから、そう名乗った。カスミではなくいきなりショウコと名乗る人物から電話がかかってくるとは夢にも思わなかったので、私は慌てた。言葉に詰まりながら、かろうじて問い返す。

「あ、赤羽の店で働いていたショウコさんですか」

「そうです。仁藤さんの――、俊ちゃんのことで話があるとか」

ショウコと名乗った女性は、仁藤を〝俊ちゃん〟と呼んだ。小学生時代の知り合いなら、そう呼ぶのも不自然ではなかった。ショウコは仁藤を知っているのだ。確信し、胸が高鳴った。

「はい。ええと、念のため確認しますが、あなたがおっしゃる仁藤さんとは、仁藤俊実さんで間違いありませんね」

「そうです」

「では、仁藤さんが今、どういう状況に置かれているか、ご存じでしょうか？」

「ええ。ですからこうして電話したのです」

なんという強運か。私は携帯電話を握ったまま、思わず天井を見上げた。どんな困難なことでも、意外にとんとん拍子で解決してしまう場合がある。そんなときは自分の力を超えた運の不思議さを感じるが、まさに今がそうだった。仁藤についての本を書く私は、間違いなく運に恵まれている。

さっそく会う約束を取りつけ、先方の携帯電話の番号まで聞き出してから、通話を終えた。いよいよ仁藤という不可解な人物の原点に迫れるかと思うと、興奮を禁じ得なかった。

数日後、待ち合わせた喫茶店でショウコと会った。私がテーブルの上に置いていた本を目印に、女性が声をかけてくる。見上げると、そこには思いがけず綺麗な人が立っていた。慌てて立ち上がり、名を名乗った。

「ショウコです」

女性は頭を下げた。長い黒髪が揺れる。ショウコは三十過ぎとはとても見えず、知らなければせいぜい二十四、五と思ったことだろう。鼻筋が見事に通っていて、切れ長の目はまるで磁力を有しているかのようにこちらの視線を惹きつける。背が高く、顔の彫りが深いので、まるで宝塚の男役のようだ。テーブルを挟んで向かい合うと、ショウコは真っ直ぐにこちらに視線を向けた。

「どうして俊ちゃんについて調べているんですか」

まだ注文も済ませる前から、ショウコは単刀直入に尋ねてきた。私が知りたいのはショウコ自身のことではなく、仁藤についてだとわかっているようだ。

「本にしたいと考えているんです」

私は理由を説明した。仁藤という人物について正確なことを明らかにするのは、今後の控訴審でも有利になる可能性があると説明する。実際には埋もれていた罪まで暴いたかもしれないのだから、むしろ不利になるだろう。しかし幼少期のトラウマでも炙り出せれば、それを情状として弁護側が訴えることも可能なはずだった。

「世間の人は俊ちゃんを誤解しています。もし先生が本当の俊ちゃんのことを書いて本にしてくれるなら、あたしも協力します」

ショウコは力強く言い切った。願ってもない話だ。ショウコには存分に語って欲しかった。

「もちろん、私も本当の仁藤さんのことが知りたいと思っています。お話しいただいた内容は極力、本に盛り込むつもりです。ではさっそく伺いますが、仁藤さんとは小学校で同級生だったのですね」

「はい。小学校三年生から六年生まで、ずっと同じクラスでした」

「親しい仲だったと聞いていますが、本当ですか」

「そうですね。あたしはあまり友達がいなかったので、俊ちゃんが一番親しかったと言っても間違いではありません。普通、小学生も高学年になると男子と女子はあまり仲良くしませんけど、あたしたちは変に意識して離れるようなことはありませんでした」

話の途中で注文したコーヒーが届いたが、ショウコは口をつけようともせずに話す。私は質問を挟んだ。

「親しくなったきっかけがあったんですか」

「はい。あの……、あたしが休み時間に泣いているときに、気にして声をかけてくれたんです」

「泣いていた。お父さんを亡くされて、泣いていたのですか」

「それをご存じなんですか。いえ、違います。そんなことで泣きはしません。むしろ、父の存在が原因で泣いていたのです」

ショウコは語調を強めた。わずかに顔つきも険しくなっている。どうやらショウコにとって、父の死は悲しむようなことではなかったらしい。事前に予想していたとおりに展開する話に、私は強く魅《み》せられ始めていた。

「お父さんの存在が？　それはどういう意味でしょうか」

確認すると、ショウコは初めて言い淀んだ。話すことにためらいを覚えているように、口を引き結んで俯く。だがすぐに決心がついたのか、ふたたび顔を上げて私を正面から見た。

「本当にすべてを話すことが、俊ちゃんのためになるんですね」

「あなたがそう思うような内容なら」

騙すわけにはいかないので、こんな物言いをした。ショウコは自分を納得させるように頷くと、そのまま続けた。

「あたしは子供の頃、父に虐待を受けていました。父と呼んでいますが、血の繋がりはありません。母が再婚した相手なので、義理の関係です。義父は母にもあたしにも、暴力を振るっていました」

そんなことではないかと思っていた。そうでなければ、階段からの転落死の背景がわからない。ショウコにとって、義父はいなくなって欲しい存在だった。ショウコと親しかった仁藤は、彼女がどんな目に遭っているかを知った。だからこそ、行動を起こしたのではないのか。

「あなたとお母さんは、義理の父親から日常的に殴られていたのですね。それで、学校で泣いていたわけですか」

「殴られていた――。確かにそうですが、あたしの場合はもっとひどいことを……」

「もっとひどいこと？」

「ええ、あの……、性的な虐待を――」

これも、まったく予想していなかった話ではない。とはいえ、本当に当人の口から聞かされると、かなり面食らった。まさか、この世の中に本当にそのような話があるとは。単なる事件として報道で知るのと、当事者が自ら語るのでは、衝撃がまるで違う。立ち入り過ぎてしまったことを強く恥じ、何も言えなくなった。

「あたしにとって義父がどんな存在だったか、おわかりいただけたでしょうか」

忘れてしまいたいであろう過去を打ち明けたことで気持ちが楽になったのか、ショウコの方が滑らかな口調だった。私はがくがくと頷いた。

「あたしにとっては死ぬよりも辛い日々でしたが、自分が受けている仕打ちを誰にも打ち明けることができませんでした。母は知っていて、見て見ぬ振りをしていたのです。実の母すら味方になってくれないことを、他の誰かに言えるはずもありません。あたしはただ、辛さに耐えて泣くだけでした」

「でも、仁藤さんには話したんですね」

肝心な点だった。そうでなければ、この話に仁藤が絡んでくることにはならない。

「はい、俊ちゃんは理由を言わないあたしをずっと慰めてくれたので、最後には話しました」

ショウコは認める。私はなおも確認せずにはいられなかった。

「そのう、具体的な虐待の内容も、ですか?」

「小学生ですから、具体的に話したってわかってもらえることではないです。『いやらしいことをされる』というような表現で話したはずです」

行為の意味はわからなくても、いやらしいことをされて辛いという説明で仁藤少年には充分だったはずだ。彼の心にはそのとき、義憤が生まれたのだろう。後に同じ名前の女性に親切にし、結婚相手もまた同じ名前の人を選んだほどだから、仁藤少年はショウコに恋心を抱いていたのではないか。好きな相手を苦境から救い出してあげたいと考えても、決して不思議ではなかった。

「打ち明けたとき、仁藤さんはどんな反応を示しましたか」

「怒りました。あたしがびっくりするくらい怒って、『やっつけてやる』と言ってくれました。でも、子供にできることなんかありません。慰めてくれるだけでありがたかったです」

子供にできることはないとショウコは言うが、果たしてそうだろうか。あまりに酷《むご》い話を聞いて、仁藤はショウコの義父に殺意を覚えた。そして、どうすればショウコを苦境から救えるか、必死に考えたに違いない。その結論は、小学生にも可能なことだった。団地の階段で、不意に飛び出して後ろから突き飛ばす。大の大人でも、不意を衝かれたら抵抗は難しいはずだ。頭から落ちれば、命に関わる。実際、ショウコの義父は転落死しているのである。単なる事故ではなく、第三者の意思が介在していた可能性はゼロではない。これまでの調査で浮上した二度に亘《わた》る不審な事故死と、まったく同じ構図だった。

「あたしがあの辛い日々に耐えられたのは、俊ちゃんが励ましたり勇気づけたりしてくれたお蔭なんです。俊ちゃんの支えがなければ、あたしは自殺していたかもしれません。そんな優しい俊ちゃんが、人殺しなんてするはずがないんです。報道されていることは、まるで別人の話のようです。どうかこの話を本に書いて、俊ちゃんが本当は優しい人なんだってことを世間の人に伝えてください」

ショウコはそう言うが、私の頭の中に生じた仮説はもう消えない。ショウコの意図と反してしまうのは心苦しいものの、この仮説を本に盛り込まないわけにはいかないだろう。ショウコの訴えには直接答えず、仮説を補強するための質問をした。

「お父さんが亡くなったときの状況を詳しく教えてもらえませんか」

「えっ、どうしてですか？　それが俊ちゃんとなんの関係があるんですか」

ショウコは訝《いぶか》った。警戒したようでもある。警戒するということは、ショウコもまた、仁藤が義父を殺したのかもしれないと怪しんでいるのではないか。あるいは怪しむどころの話ではなく、仁藤が殺したという事実を知っている可能性もある。一度疑い出すと、際限なく疑惑が湧いてきた。

「壮年男性が、不注意から階段を踏み外して転落死などするでしょうか。義理のお父さんはそのとき、泥酔していたんですか？」

「いえ、昼間ですから酔ってはいませんでしたけど、何が言いたいんですか？」

ショウコは形のいい眉を寄せる。私は疑惑をそのままぶつけた。

「お父さんが何者かに突き飛ばされた可能性はないですか。突き飛ばされたからこそ、受け身も取れずに転落して死んでしまったのではないでしょうか」

「誰が突き飛ばしたと言うんですか」

「仁藤さんは優しい少年だった。あなたの境遇を心底不憫《ふびん》に思った。なんとかそこから助け出せないかと考えた仁藤少年は、あなたの義理のお父さんがいなくなることだけが事態を解決すると結論した。実際あなたは、義理のお父さんが死んだお蔭で地獄から解放されたわけですよね。仁藤さんがあなたを助けてくれたのではないんですか」

「ひどい妄想です。俊ちゃんは当時、小学生ですよ。そんなことができるわけないじゃないですか」

ショウコの口調は険しかった。整った顔からは表情が消え、私を睨みつけている。その気迫に怯みそうになったが、怖じ気づいているわけにはいかなかった。

「私が調べた限りでは、仁藤さんの周辺には不可解な死がいくつも見つかりました。仁藤さんが殺したのだとしても、その動機はとうてい理解できるようなものではありません。でもあなたの話だけは、納得ができる。殺人という行為は許せなくても、少なくとも動機には共感ができる。仁藤さんにもそういうときがあったのかと、正直私は安堵しています。お話を聞いて、嬉しくすら思っています。だからこそ、本当のことを話して欲しいのです。仁藤さんがあなたを助けてくれたのではないんですか？」

これが私の本心だった。ついに私は、仁藤の理解できる面に行き当たったと感じていた。仁藤の殺人遍歴の原点は、好きな女の子のための行動だった。後の彼にとって人殺しは単なる手段になってしまったのかもしれないが、この時点ではまだ、利己的な理由で殺人を犯していたわけではなかったのだ。目の前を覆っていた霧が、ようやく晴れた心地だった。

「誤解です。あなたの勝手なこじつけです。義父は事故で死んだのですし、俊ちゃんはなんの関係もありません。ただあたしを支えてくれていただけです。まさかそんなひどいことを言われるとは思いませんでした。恥を忍んで打ち明けたのに、本当にひどい」

ショウコは完全に腹を立ててしまったようだ。憤然として自分の財布から千円札を出すと、それを置いて立ち上がる。そして、ひと言も残さず喫茶店を出ていった。私はその姿勢のいい後ろ姿を見送るだけで、呼び止めはしなかった。

4

これで本を完成させることができると、私は手応えを感じていた。最後の最後に見つかった、仁藤の人間らしい一面。一冊の本の締め括りとしては、これ以上にふさわしいエピソードはなかった。後はただ、ショウコの義父の事故死についての詳細を調べればいいと考えていた。

これまで調べた分の原稿を書き進めているときだった。思いがけず、ふたたびショウコから連絡があった。もう二度と電話がかかってくることはないと考えていたので、意外に感じる。ショウコはなぜか、もう一度会えないかと言った。

「今度こそ、本当のことをお話しします」

ショウコは電話口でそう言った。本当のこととは何か？　やはりショウコは、義父の死に仁藤が関与していたことを知っているのか。何にせよ、こちらに断る理由はない。同じ喫茶店で会うことを約束し、電話を切った。

再度対面したショウコは、先日よりも悄然《しょうぜん》としていた。こちらを睨みつけた眼光の鋭さはない。私の顔を正面から見ようとはせず、尋常な挨拶をした。

「またご足労いただきまして、すみません」

「いえ、お話を聞かせていただけるなら何度でも時間を割きますが、電話でおっしゃっていた本当のこととは、いったいなんでしょうか。この前の話の何が、本当ではなかったんですか？」

私は話の内容よりも、なぜ急にショウコが嘘を認める気になったのかが疑問だった。自分がよけいな話をしたせいで、仁藤の古い罪を知られてしまったと考えたのか。だとしても、もうとっくに時効になっていることである。仁藤の罪が加算されることを恐れているのではなく、単に公表されることを避けようとしているのかもしれない。つまり、ショウコの目的は口止めか。

「この前はほんの一部しかお話ししなかったので、誤解されてしまったようです。今日はすべてを知ってもらいたいので、長くなってしまいますけど聞いていただけますか」

ショウコはそのように断った。むろん、話してもらえるならいくらでも耳を傾ける。私が頷くと、ショウコは訥々と語り始めた。


あたしは実の父親の顔を知りません。物心がついたときには、父親はいなかったからです。母ははぐらかすだけで答えてくれませんでしたが、そもそもちゃんと結婚していなかったのかもしれません。当時は未婚の母なんて聞こえが悪いから、離婚したと嘘をついていた可能性があります。だらしがない母のことですので、大いにあり得るとあたしは考えています。

母は水商売をしていました。日中はあたしを保育園に預けておいて自分は昼寝し、夕方に引き取るとご飯を食べさせ、布団を敷いて出ていくのです。あたしはそれが普通だと思っていたので、寂しいとも感じませんでした。夜はひとりで寝るのが当たり前だと、ずっと信じていたのです。他の子は親に添い寝をしてもらっていると後で知ったときには、だからすごいショックでした。どうして親が夜に家にいるのか、理解できませんでした。

母は綺麗な人でした。いえ、綺麗なだけが取り柄と言い直します。綺麗でさえなければ、もっと真面目な人生を歩んだかもしれないとあたしには思えます。女は綺麗だと、いくらでも楽な生き方ができてしまうんですよね。楽な方、楽な方と人生の選択をしてきて、子供が生まれてもその生き方を改めることができず、徐々に年を取っていきました。唯一の武器である美貌が、だんだん価値を失い始めていたのです。それなのに、なかなかそのことには気づけない人でした。

群がる男は多かったんだと思います。朝、母が男と帰ってくる場面を何度も目にしました。相手は、そのときどきで違いました。若いうちは引く手あまたなんです。でも母は、ちやほやされているときにいい男を見つけることができませんでした。もしかしたらあたしの父で懲りて、警戒心が湧いていたのかもしれません。選《え》り好みできる立場ではなかったのにひとりに絞りきれずにいるうちに、三十を過ぎてしまっていました。

あまり賢くない人なので、自分に群がってくる男の質が落ち始めていることに、すぐには気づかなかったんじゃないでしょうか。ふと冷静に見回してみれば、一流会社に勤めているような男はみんな既婚者だったのだと思います。それはそうですよね。頭がいい男は、母のような女を選ぶはずがありません。若い子が勤める店にはいられなくなって、別の店に移るたびにランクが落ちていって、ようやくヤバいと焦ったんだと思います。そろそろ男を摑まえないと、一生コブつきの独り身で終わってしまう、と。

母が再婚したのは——まあ初婚かもしれませんけど——あたしが小学校に入る直前のことでした。学校に通い始めてから名字が変わるのはかわいそうだと考えてくれたのかもしれません。そうだとしたら、あんな母でも一応子供のことを気遣ったのですね。そういうことより、もっと他のことを心配して欲しかったですが。

新しい父は、運送会社のドライバーでした。母が望んでいたような高給取りではありませんが、勤め先は世間に名の通っている会社です。まともな勤め人であるだけ、好条件な男だったのでしょう。ただ、見た目はあまりぱっとしませんでした。背が低くてあばた面《づら》で、気が弱そうにおどおど喋る人です。美しい母と並ぶと不釣り合いなのは、子供の目にもはっきりしていました。あたしはもっと格好いいお父さんが欲しかったので、正直がっかりしました。

義父は最初のうちは、あたしに好かれようと努力してくれました。給料はきっと多くなかったでしょうに、その中からなんとかやりくりして、あたしにいろいろ買ってくれました。それまであたしは、母からおもちゃを買ってもらったことがほとんどありませんでした。あたしが持っていたのは、母が連れてくる男が気まぐれに買ってくれた物だけでした。そういうもらい物は明らかに母の気を惹くためだとわかるので、そうではなくあたしのためにおもちゃを買ってくれる義父が新鮮でした。今となっては怪しい記憶ですが、その頃は義父のことが好きだったかもしれません。

義父は、美人の母と結婚できたことが自慢のようでした。同僚に羨ましがられると、いつも言ってました。そしてあたしにも、ママに似れば美人になるよと言ってくれました。ショウコは絶対美人になるから、パパは楽しみだ、と。あれはいったい、どういう気持ちで言ってたのでしょうね。あの頃はまだ純粋な気持ちからだったと、信じたいですが。

母が結婚して二年あまりは、思えば幸せでした。母は水商売を辞めて、近所のスーパーでレジ打ちのパートをしていました。あたしは普通に学校に行き、家に戻ったら母と夕食を食べ、寝る前には父も帰ってきました。日曜日には家族三人で近場に遊びに行ったこともあります。決して裕福ではなかったですけど、平凡で幸せな日々でした。

それが一変したのは、義父が仕事中に事故を起こした日からでした。義父は運転手として業務に就いているときに、人を撥《は》ねてしまいました。自転車で走っていた相手が、石を踏んでバランスを崩したせいで、義父の車の前に倒れたのです。義父としては不運としか言いようがない事故ですが、スピードを出し過ぎていたのも事実でした。何より悪いことに、相手の人は脊髄を損傷して一生歩けなくなってしまいました。

業務中の事故ですから、もちろん会社が補償に当たりました。ですが、義父に対する社内の評価は下がりました。スピードの出し過ぎが重視されたのです。義父は時間指定の荷物を抱えていたから急いでいたのに、そういう事情は考えてくれないんですね。事故が重大だったこともあり、義父は運転業務から外されて倉庫管理に回されました。

あたしも当時は小学生でしたので、詳しいことは知りません。ですが、しばらくして義父は会社を辞めてしまったのですから、相当居心地が悪くなっていたのでしょう。義父の側も、避けられない事故だったのに不当に評価されたという思いがあったのかもしれません。だから他の運送会社に転職すれば、また運転業務に戻れると簡単に考えたのではないでしょうか。

しかし、世の中はそんなに甘くありませんでした。重大事故を起こしたドライバーという前歴がつきまとったのか、義父の再就職先は見つからなかったのです。一ヵ月間、無職の状態が続いて、母はふたたび水商売に戻りました。一家三人の家計を支えるには、そうするしかなかったのでしょう。三十代後半になっていた母ですが、スーパーのパート仕事よりはずっと稼げたようです。

ままならない再就職と、妻にふたたび水商売をさせてしまっているという引け目のせいでしょうか、義父は毎日苛々していました。就職先を求めて家を出ていくのですが、空しく帰ってくると顔を険しくさせています。あたしはそんな義父とふたりでいるのが気詰まりでした。だから母が仕事に出ていくと、さっさと布団に入って寝たふりをしました。目を瞑《つぶ》ってしまえば、いやなことは取りあえず忘れていられると考えたのです。

やがて義父は、方針転換しました。運送会社への就職を諦め、タクシードライバーになることにしたのでした。そのためには普通二種免許が必要なので、試験場通いが始まりました。当時は今と違って、二種免許のための教習所はなく、試験場で実技試験に受からなければならなかったのです。当然のことながらハードルが高く、義父は何度も落ちたため、試験場に通い続けました。試験を受ければそれだけお金がかかりますが、何度も受けられるほど貯金があったとは思えません。試験代は、母が水商売で稼いだのでしょう。義父の態度がどんどん卑屈になっていくのが、幼いあたしにもはっきりと見て取れました。

母の生活も、なんとなく荒んできました。スーパーで働いているときより、ずっと色っぽくなっていました。顔や声に華やぎが出て、卑屈な義父とはますます不釣り合いです。義父の態度のせいか、自分が生活費を稼いでいるという自信のためか、母は尊大になりました。あからさまに義父を馬鹿にするようになったのです。たばこ臭いし、化粧は濃いし、おまけに偉そうだし、母はいやな女になっていました。卑屈な義父もいやでしたが、この頃は母の方がもっと嫌いでした。

ですからあたしは、義父が二種免許の試験に受かることを心底望んでいました。ともかく、義父がタクシーの運転手になりさえすれば、すべてが解決すると思っていたのです。ついに試験に受かったときは、本気で万歳をしました。義父が涙を流して喜ぶので、あたしも釣られて泣きました。

義父はほどなく、就職しました。義父は毎日、張り切って出勤しました。あたしはまた、以前のような幸せな生活が戻ってくるものと信じて疑いませんでした。

ところが、母は水商売を辞めませんでした。スーパーの地味なレジ打ちより、水商売の方が性に合っていると痛感したのでしょう。お酒を飲みながら男と戯《たわむ》れているのが好きなのだと、改めて自覚したに違いありません。あたしは母に、男の影を見ていました。

義父も気づいていたかもしれませんが、自分がきちんと働いていればすべて解決すると考えていたのだと思います。母に仕事を辞めろとは言うものの、強くは出られないままにタクシーの運転を続けていました。義父が夜勤のとき、あたしはまたひとりぼっちで家にいました。でも、寂しいとも感じませんでした。なんとなく、落ち着くところに落ち着いたように子供心に感じていたのでしょうね。

義父は我慢していたのだと思います。義父なりに、家族を養わなければならないという責任を感じていたのでしょう。でもそんな義父の責任感を、母は軽く見ていました。義父の人相はまた、どんどん悪くなっていきました。断片的にこぼす愚痴から察するに、どうやら義父は客商売が苦痛だったようです。無理を言う客たちにストレスを感じて、日々辛そうでした。

義父が何をきっかけにタクシー会社を辞めたのか、あたしは知りません。ともかく、あるときストレスが限界に来たようです。きっと、どうにも我慢できない客に当たってしまったのでしょう。自分が勤めなくても母が水商売をしているのだからと、開き直る気持ちもあったと思います。義父はもう就職先を探そうともせず、ずっと家にいるようになりました。

義父の人格が変わり始めたのも、この頃です。無職でいることを恥と思わなくなると、人は図太くなります。昼間から酒を飲むようになり、それで気が大きくなったのか、卑屈な態度はすっかり消えていました。そのくせ嫉妬心だけは強くなって、母の浮気を毎日疑っていました。「今日はどの客と飲んでいたのか」とか、「なんで今日は帰りが遅いのか」とか、しつこく詮索するのです。母は義父を軽くあしらっていますから、鼻先で嘲《あざけ》るような反応をします。義父はそんなとき、暗い目をしていました。子供のあたしでも気づいたことなのに、母はまるで気にしていませんでした。

今から思えば義父は、心に溜め込むタイプだったのです。すぐには怒らず、じっとこらえて溜め込む。それが少しずつだとしても、いずれ必ず爆発します。その都度ガス抜きをしていればいいのに、そうしないから爆発はいつも唐突なのです。会社を辞めたときもそうですし、母に手を上げたときも同じでした。

母の態度がその日、特別ひどかったわけではありません。ここ最近と同じで、義父を小馬鹿にしただけです。帰りが遅いことを咎められた母は、「あたしが稼いでるから、あんたも遊んでられるんでしょ」と言いました。いつもなら言葉に詰まって引き下がる義父が、そのときは爆発しました。

母の頬を張って「ふざけるな！」と怒鳴る義父には、結婚当初の気弱そうな印象はまるで残っていませんでした。ずっと追いつめられ続けた人が、ついに反撃に出たのだと思いました。だからあたしはびっくりしたものの、母の味方につく気もありませんでした。なんとなく、いずれこうなるようにも思っていました。

母は母で負けておらず、さんざん口喧嘩になりましたが、暴力には敵《かな》いません。以後、喧嘩をするたびに義父は母を殴るようになりました。暴力の度合いも、だんだんエスカレートしていきます。平手で頬を張っているくらいのうちは、まだましだったのです。そのうち拳になり、一度ではなく何度も殴るようになると、母が殺されてしまうのではないかと不安になりました。あたしはついにふたりの間に割って入りました。

頭がおかしくなりかけていた義父も、小さいあたしに制されれば理性を取り戻しました。我に返って、「ごめんな」とあたしに謝るのです。母にではなくあたしにだったのは、義父なりのプライドでしょう。プライドを傷つける母には、死んでも頭を下げたくなかったのだと思います。

でも、暴力を中途半端に止《と》めてしまうこともまた、義父が内部に衝動を溜めるのを助けるだけでした。ともかく義父は溜め込んで溜め込んで、ある日唐突に爆発する人なのです。溜め込んだ分だけ、爆発はひどいものでした。暴力が母だけでなくあたしに向かい始めたのも、やはり溜め込んだ結果だったのでしょう。

きっかけは、義父が母に向けて足を蹴り上げたときにあたしが割り込んでしまったことでした。義父の爪先はあたしの脇腹に食い込み、息が止まりました。あたしは泣くこともできず、ただ蹲《うずくま》りました。母はその様を見て、義父を「人でなし！」となじりました。義父は謝るタイミングを見つけられなかったのか、無言のまま家を出ていきました。

これで、箍《たが》が外れてしまったのです。あたしもまた義父にとって、殴ったり蹴ったりしていい相手になりました。あたしが止めに入ると、一緒に殴られました。一応手加減をしていたのでしょうけど、死ぬほど痛かったのを憶えています。そのうちあたしは、殴られるのがいやで母を助けなくなりました。

どうして母が離婚しなかったのか、よくわかりません。たぶん、義父が同意しなかったのでしょう。いっそ義父を置いて家を出ていってくれればよかったのに、もしかしたらあたしの存在が足枷《あしかせ》になっていたのかもしれません。あたしを連れて出ていくのは億劫《おっくう》だけど、置いていくには忍びない。仕方なくずるずると現状維持をしていたというのが、正しいんじゃないかと思います。

とはいえ母も、自分を庇ってくれなくなった娘に冷ややかな気持ちを持ち始めていたはずです。そうでなければ、後にあたしを見捨てるような真似はしなかったでしょう。どうせ見捨てるなら、もっと早く見捨ててくれればよかったのにと、今なら思います。母はともかく頭が悪いので、いい決断ができないのです。決断しないで状況に流されているうちに、物事がどんどん悪くなってしまうのでした。

そんなぎすぎすした状態ですから、母と義父の関係はとっくに破綻《はたん》していました。母は外で男を作っている。でも義父は、他に女を作るような経済力がありません。ただ嫉妬心だけを燃え上がらせて、母に暴力を振るうのです。母もこの頃には、黙って殴られるくらいならとさっさと家を逃げ出します。残されるのは、あたしだけだったわけです。

繰り返しになりますが、義父が爆発するには特別なきっかけなどないのです。ただ溜めに溜めて、表面張力で盛り上がっていたコップの水がほんの一滴加わっただけで溢れ出すように、あるとき不意に極端な行動に出るのです。あたしが襲いかかられたのも、だから何か事件があったわけではありません。溜まっていた怒りや嫉妬やコンプレックスの内圧に負けて、理性を失っただけだと思います。

5

そろそろ俊ちゃんの話をしなければなりませんね。

前にもお話ししたとおり、俊ちゃんとは小学校三年生のときに同じクラスになりました。でも、すぐに仲良くなったわけではありません。あたしは家での生活が荒んでいたせいで、暗い性格に育ちました。無邪気に他人と話をすることが、どうしてもできなかったのです。小学生ですから、同じクラスにいれば話しかけてくれる人はいます。でも、あたしがおどおどした態度で接するせいか、相手を退屈させてしまって、親しくはなれません。仲間外れにされるとか、いじめられていたというわけではありませんけど、いつの間にかクラスの浮いた存在になっていたわけです。

　俊ちゃんはそんなあたしとは対照的に、明るく朗らかな人でした。いつも笑っている印象で、授業中に積極的に発言したり体育の時間に活躍したりするわけじゃないんだけど、穏やかな性格のお蔭でクラスのみんなから一目置かれているような存在でした。他の男子みたいに乱暴なところがなく、話し方が優しいので、女子にも好かれていたと思います。とはいえ、最初のうちはあたしはまったく俊ちゃんに興味がなかったんですけど。クラスの人気者とあたしが関わることなんて、絶対にないと思い込んでいたのです。

　クラスで浮いていたからといって、学校が嫌いだったわけではありません。むしろ、好きでした。だって、家に帰ってもただただ居心地が悪いだけなんですから。クラスメートと一緒に遊んだりはできなくても、昼休みに校庭の隅でみんなが遊んでいるのをじっと見ている時間が、あたしは大好きでした。できるならこのままずっと休み時間が続けばいいのにと、毎日思っていました。

　俊ちゃんがクラスの誰からも好かれていたのは、たぶん大人だったからなんです。小学校三年生の男子なんて、まだまだ子供じゃないですか。もちろん女子だって子供なんですけど、精神年齢はけっこう差があるはずです。男子たちの幼さがなんとなく鼻についちゃって、馬鹿にする気はなくても対等には付き合いづらいという気持ちが、どこかにあったと思います。

　そんな中、俊ちゃんだけは考え方が大人なんですよ。学級会での話し合いとかで、それがはっきりわかります。幼稚なことは絶対言わないし、むしろ「なるほどな」と深く頷ける意見を俊ちゃんは言います。意見がふたつに割れてても、俊ちゃんが賛成した方にみんなの気持ちが動いて、最終的にはうまくまとまるということがよくありました。女子も男子も、俊ちゃんの意見には素直に耳を傾けていました。

俊ちゃんはそういう人ですから、視野が広かったんです。リーダータイプじゃないのに、クラス全体に目配りができていて、だからあたしに気づいてくれたんです。特に親しい人がいなくて、いつもひとりで校庭の隅にいるあたしに気づいたのは、俊ちゃんだけでした。縄跳びをしている女子たちをぼーっと見ているときに、俊ちゃんは話しかけてきました。

何やってるの？　と訊かれたような記憶があります。何をやっていると尋ねられても、何もしていないのだから答えようがありません。むしろ、ひとりでいるところを見つけられて恥ずかしい思いでした。どうして話しかけてくるのと、理不尽にも腹を立ててつっけんどんな応対をしました。あたしと何もかも違う俊ちゃんに、漠然と反感を覚えていたような気もします。

別に、とか、そんな答え方をしました。俊ちゃんは鼻白んだはずですが、それでもあれこれ話しかけてくれました。ただ、あたしが態度を変えないものだから、そのうち諦めて離れていきました。鬱陶しい奴が消えてくれたくらいに思って、あたしはホッとしました。

驚いたことに、あたしがそんな態度をとったにもかかわらず、俊ちゃんはその後も話しかけてくれました。ひとりぼっちのあたしに同情したわけではないと思います。今にして思えば、ひとりだけ大人だった俊ちゃんも、周りと馴染めないものを感じていたのかもしれません。だから、クラスの輪に入らないでいるあたしと話すのは気楽だったんじゃないでしょうか。毎日話しかけてくるわけではありません。一週間に一回とか二回とか、そんなもんです。あたしが例によってつっけんどんな反応をしても、怒らずに少し離れたところに坐って、校庭を眺めています。しつこくかまわなくても近くにいてくれることが、やがてあたしを安心させてくれました。

お話ししているうちに気づきました。あたしがひとりでいようとしたのは、強く気を張ってないと辛い毎日に耐えられなくなると本能的にわかっていたからだったのです。俊ちゃんがそばにいてくれる安心感を知って、あたしの気持ちは弱くなりました。あるときどうしようもなく悲しくなって、抑えが利きませんでした。涙が出てしまい、それを隠そうと体育坐りをして膝の間に顔を埋《うず》めました。そんなときに、また俊ちゃんが話しかけてくれたのです。

以前のあたしだったら、泣いているところを見られたら怒ったと思います。でもそれまでの付き合いで、自分の辛さを俊ちゃんに知って欲しいという気持ちが生まれていました。その頃はまだ義父から虐待を受けていませんでしたが、交通事故後のことで、家の中の雰囲気の変化が一番悲しかったときです。義父が職を失ったこと、代わりに母が夜の仕事を始めたことを、俊ちゃんに打ち明けました。

仮定の話ですが、もし俊ちゃんがあのとき下手な同情を見せていたら、あたしはもう二度と本心を打ち明けたりはしなかったかもしれません。思えばあのときの俊ちゃんの対応は、考え得る限り最もありがたいものでした。俊ちゃんはあたしの頭に手を置いて、撫でてくれたのです。ただ、それだけでした。

心の堤防が決壊したようでした。あたしはみっともなく泣きじゃくって、どうにもなりませんでした。俊ちゃんはあたしが泣き止むまで、ずっと頭を撫で続けてくれました。俊ちゃんはまだ小学校三年生だったのに、どうしてあんなことができたんでしょう。不思議でなりません。きっと俊ちゃんが特別な人だからだと思います。あたしにとって俊ちゃんは、あのときから特別な存在になったのです。

以後、家の中のことは逐一俊ちゃんに話しました。もう恥ずかしがって隠す必要はなくなったので、本当に細かいことまで打ち明けました。俊ちゃんが力になってくれるとか、事態を解決する案を考え出してくれるといったことはないのですけど、聞いてくれる人がいるという事実だけで充分でした。俊ちゃんにしてみればきっと、自分の家庭とぜんぜん違うひどい話なんて聞きたくなかったでしょうに、それでもあたしにいやな顔は見せませんでした。

俊ちゃんはきっと、自分に何ができるのかを一所懸命考えてくれていたのだと思います。小学校三年生にできることなんて、限られてます。そんな中、俊ちゃんはあたしと一緒にいる時間を増やすことが一番いいのだと気づいてくれました。学校でだけじゃなく、放課後にも図書館に行こうと誘ってくれたのです。あれは本当に嬉しかった。こうやって思い出してみると、あのときの嬉しさが今までの人生で一番大きかったようにも思えます。あたしは下校すると家にランドセルを置いて、すぐに飛び出しました。家にいる時間は、一秒でも短くしたかったのです。そして図書館で、俊ちゃんと一緒にいる時間を一秒でも長くしたかったのです。それまでのあたしは本なんて読む習慣はなかったのに、俊ちゃんに勧められるままにいろいろな本を読むようになりました。お蔭で国語の成績もよくなりました。全部、俊ちゃんのお蔭です。

どうして俊ちゃんがあたしのことをかまってくれたのか、その理由は知りません。訊くのが怖かったから、一度も訊いていないのです。もし今、俊ちゃんに会えるならそれを訊いてみたい。年月が経ってあたしはずいぶん変わってしまったけど、俊ちゃんはきっとあの頃のままでしょうから。報道で言われているような狂った殺人鬼の俊ちゃんじゃなく、穏やかに優しく微笑む俊ちゃんのままでいることを、あたしは確信しています。

五年生に進級するときの組替えで、また俊ちゃんと一緒になれたときは、この世界には神様がいるのだと思いました。神様がかわいそうなあたしを憐れんで、俊ちゃんと離れ離れにならないようにしてくれたのだと。もちろん、神様なんていません。本当に神様がいるなら、あたしはあんな目には遭わなかったでしょうから。でも五年生になったばかりのあたしには、自分の近い将来に何が起こるかなんてわかるはずもありません。俊ちゃんと同じクラスになれたことが嬉しくて嬉しくて、義父がせっかく就職したタクシー会社を辞めてしまったことすら大したことには思えないほどでした。

やがて、義父の暴力が始まりました。あたしは痣《あざ》や擦り傷ができた状態で学校に行くようになりました。今と違って、児童虐待なんて言葉すら誰も知らない時代です。学校の先生が痣の理由を訊いてくれたりもしません。訊いてくれるのはただ、俊ちゃんだけでした。

俊ちゃんは本気で怒ってくれました。ぼくがショウコちゃんを助けてやる、と何度も言ってくれました。あたしはそんなことできるわけがないと思っていましたけど、それでも嬉しかったです。俊ちゃんが怒ってくれるだけで充分でした。

義父の暴力はエスカレートし、そしてついに人としての道に外れることまで始めました。あたしは死んでしまいたいと思いました。学校には行きたくないし、俊ちゃんにも会いたくない。俊ちゃんに合わせる顔がないと考えました。でも、学校に行かないで家にいるのはもっといやなのです。学校でクラスメートたちが子供らしい無邪気な話題で盛り上がっている中、あたしはひとりだけ地獄を見てしまい、孤立していました。和紙に落とした墨汁を消すことができないように、あたしはもう二度とあの子たちの輪に入れないのだと、心の深いところで諦めていました。

あたしは俊ちゃんを避けていました。とはいえ、あたしに行く場所などないのです。休み時間は校庭の隅が定位置だし、放課後は図書館にいるしかありません。俊ちゃんがあたしを摑まえようと思えば、簡単でした。あたしの態度が変わったことにすぐに気づいた俊ちゃんは、何があったのかとさんざん訊いてきました。訊かないで、とあたしは何度も拒否したのに、あのときだけは俊ちゃんはしつこかったんです。ついに根負けして、あたしは泣いてしまいました。恥ずかしくて恥ずかしくて、俊ちゃんにだけは知られたくなかったんですけど、そんな気持ちとはまったく逆に、自分が義父から受けた仕打ちを話したい衝動を覚えました。この世の中で最も知られたくない相手しか、聞いてくれる人はいなかったのです。

それでもどうしても口にはできないので、あたしは俊ちゃんの覚悟を確かめました。いくら精神年齢が高いといっても、俊ちゃんはまだ小学校五年生です。あたしが受けた仕打ちを知るのは、いくらなんでもかわいそうだと思いました。全部聞いてもあたしのことを嫌いにならないか、逃げたりしないかと、くどいほどに尋ねました。そのうち俊ちゃんは、そんなにぼくのことが信用できないのか、と怒りました。あたしも腹を括りました。

ちょっと話が逸れるようですけど、当時あたしが住んでいた団地の間取りについて説明します。2Kに風呂トイレがついている構造で、玄関を開けるとすぐに大きい方の部屋が見えます。そこが居間、隣の狭い部屋があたしの寝室でした。テレビは窓際の部屋の隅に置いてあって、義父はいつも対角線の反対側、玄関から死角になる場所に寝そべってテレビを見ていました。つまり、玄関が開いたときにはわざわざ起き上がらないと誰が帰ってきたのかわからない位置関係だったわけです。

母は午後五時過ぎにはもう家を出て、仕事に行っていました。だからあたしが図書館から帰る頃には、義父しかいません。その義父はだらだらとテレビを見ているだけで、積極的に何かをする気はなさそうです。あたしが帰っても、顔すら向けようとしません。それがわかっているからこそ、思いついたことでした。

あたしは俊ちゃんを伴って、家に帰りました。自分で鍵を開けて玄関に入り、寝そべっている義父の足が見えるのを確認します。そして素早く俊ちゃんを呼び込んで、三和土《たたき》のすぐ左手にある風呂場に押し込みました。俊ちゃんの靴も、あたしが拾って渡しました。

風呂場はトイレと一体になっているので、義父がトイレに立つことだけが心配でした。でも万が一トイレに行きそうだったら、あたしがなんとか引き留めて、その間に俊ちゃんは逃げるよう決めてありました。俊ちゃんはなんで自分が風呂場に隠れていなければならないのかと訊いてきましたけど、ともかくいてくれればそれでいいとあたしは説明しました。言葉で理解してもらうのは、とても無理だったのです。

義父はいつも、あたしが帰ってくると酒を飲み始めます。母が作って置いていった簡単な夕食があるので、それを食べながらの晩酌のつもりなのでしょうけど、今から思えば理性を捨てるために酒を飲んでいたんじゃないかという気がします。いくらなんでも、素面《しらふ》では鬼畜のような真似はできなかったのでしょう。あたしはいつも、義父が手酌で飲んでいるビール瓶を恨めしく睨んでいました。このビールが義父を狂わせるのだと考えていたわけです。ビールが単なる義父の言い訳とも知らずに。

酔って目が据《す》わってくると、義父はあたしをねっとりと見つめてきます。もちろん最初のうちは、精一杯抵抗しました。でも、小学生の力が大人の男に敵うわけがありません。この頃には、もう何もかも諦めていました。どうせならさっさと終わらせて欲しいと、毎日の作業のように感じていました。

でもあの日だけは、ずっと風呂場を意識していました。俊ちゃんの注意を惹くために、「やめて！」と抵抗してみました。音だけを聞いた俊ちゃんが、何が行われているかを理解したかどうかははっきりしません。もしかしたら、正確なところはわかっていなかったかもしれません。それでもあたしがひどい目に遭っていることは、充分に伝わったはずです。あたしは義父が満足して体を離すと、トイレに行く振りをして俊ちゃんを外に逃がしました。俊ちゃんは呆然としていました。

さっきあたしは、腹を括ったと言いましたでしょ。それは、俊ちゃんに一部始終を知ってもらうことを決めたという意味ではありません。義父と完全に縁を切ることにしたのです。むろん、逃げ出してひとりで暮らすことなどできません。消えるなら、義父に消えてもらうしかないのです。あたしはそう腹を括ったのでした。

翌日、あたしは自分の方から俊ちゃんを校庭に誘いました。周りに誰もいないことを確認してから、昨日のことをどう思ったか尋ねます。俊ちゃんは少し口をぱくぱくさせてから、「許せない」と言いました。ショウコちゃんがかわいそうだ、と。

あの男には死んで欲しい、とあたしは言いました。あの男が死なないなら、あたしが自殺する。俊ちゃんの目を見て、そう訴えました。

俊ちゃんは心底驚いているようでした。目を大きく見開いて、瞬きすら忘れています。あたしはもう、ここまで来たら引き返せないと思っていました。俊ちゃんを逃がすまいと、両肘をがっしり摑みました。

俊ちゃん、手伝って。あの男が消えるのを、手伝って。

あたしがどういう意味でそう言っているのか、俊ちゃんは理解したはずです。その証拠に、顔を青ざめさせました。いやだと言わないのは、優しいからでしょう。あたしはその優しさにつけ込んでいたのかもしれません。でも、生き地獄から抜け出すにはそうするしかなかったのです。

あたしたちは計画を練りました。あたしたち、と言っても、実際はあたしがほとんど考えたのですけど。俊ちゃんはあたしの計画に反対できず、与えられた役割をただ確認していました。逃げ出したいのに逃げ出せず、とんでもないことに巻き込まれてしまったと、あたしとの付き合いを後悔していたでしょう。でももう、後込《しりご》みされたら困るのです。俊ちゃんの助けなしには、あたしの計画は成功しないのですから。

手順としては、途中までは昨日とほぼ同じです。あたしが俊ちゃんを風呂場に呼び込む。違うのは、ただ隠れているだけではない点です。あたしは台所と居間の間のドアを閉めておきます。そうすると、俊ちゃんは風呂場から出て台所に行けます。あたしが義父を引きつけている間に、俊ちゃんには冷蔵庫の中のビールを全部持ち出してもらうことにしました。いつも最低二本くらいは買い置きがあるのですけど、毎日まめに買い足しているわけではないので、うっかり切らしてしまうこともあります。冷蔵庫からビールが消えていても、義父は買い置きがなくなってしまったと考えるだけだと予想しました。

俊ちゃんにはビールを持って、廊下に出ていてもらうことにしました。あたしの家は廊下の一番端で、しかも洗濯機を外に置いてあります。だから洗濯機の裏に隠れていれば、見咎められる心配はないのです。義父が外に出るまで、そこで待機していてもらいました。

事を終えた義父は、またビールを飲もうとします。でも冷蔵庫を見ても、一本もありません。おかしいと思うかもしれませんが、現にないのだから自分の勘違いだと納得するでしょう。小学生のあたしに酒を買いに行かせるわけにはいかないので、近所の酒屋に行くために部屋を出ていくことになるわけです。

これが、あたしの計画です。時間が経てば経つほど俊ちゃんが怖がるとあたしは考えたものですから、もうその日に実行に移すことにしました。義父の行動パターンは決まり切っています。

あたしが帰宅して俊ちゃんを風呂場で待機させると、予想どおりのことを始めました。いやでいやでならないことが、あのときばかりは嬉しかったです。

恐ろしいほど、義父はあたしの読みどおりに動きました。冷蔵庫を覗き、あれっと首を傾げてから舌打ちをします。そして財布を持って、「ちょっと酒屋に行ってくる」と断りました。あたしは背中を向けたままその言葉を無視しましたけど、義父の気配には全神経を注いでいました。玄関ドアが開閉します。義父が廊下を歩いていく音がします。今だ。あたしは廊下に出て、俊ちゃんを促しました。階段を下りようとしている義父を転ばしてくれ。後ろから突き飛ばして、頭から落ちるようにしてくれ。あたしはそう、俊ちゃんに頼んであったのでした。

でも俊ちゃんは、洗濯機の裏で震えていました。しゃがみ込んで膝を抱いたまま、ぶるぶると震えているのです。ほら早く、とあたしは俊ちゃんの肘を摑んで立たせようとしました。もう義父は階段に至ろうとしています。この機会を逃せば、計画は水の泡です。

できないよ。俊ちゃんは情けなく首を振りました。その青ざめた顔を見て、あたしは瞬時に決断しました。俊ちゃんにやらせるのは無理だった。だったら、あたしがやるしかない。大して深く考えもせずにその場で靴を脱ぎ、靴下裸足《はだし》のまま義父の背中を追いました。靴を履いていないから、音はしません。義父が背後を振り返ることはありませんでした。

義父が階段の最上段に差しかかったとき、あたしは追いつきました。そしてそのままの勢いで、膝の裏辺りに体当たりしました。うおっ、という義父の声がしました。でもそれだけで、悲鳴は上げませんでした。階段を転げているときも音はせず、最後に一番下に頭を打ちつけたときだけ、鈍い衝撃音がしました。あたしはそれを、上から見ていました。義父の頭の周りにじんわりと血が広がりますが、動いているのはそれだけです。義父の体はぴくりともしませんでした。あたしの心の底から、喜びが込み上げてきました。あたしは微笑んでいました。

廊下を取って返して、まだしゃがんで震えていた俊ちゃんを引きずり出しました。もうこうなれば、俊ちゃんにいてもらっては困るのです。俊ちゃんは動かなくなった義父を見て立ち竦みましたが、背中を叩いて我に返らせました。広がった血を踏まないよう注意させて、俊ちゃんを団地の外に送り出しました。

以後は、ご存じのとおりです。あたしは義父を放っておいて部屋で待っていましたが、団地の他の人が見つけて騒いでくれました。義父は運悪く階段を踏み外して転落したということになり、怪しむ人もいませんでした。近所の評判が悪かったことも、あたしを助けてくれました。こうしてあたしは、義父から解放されたのでした。

6

俊ちゃんはそれ以来、あたしと目を合わせてくれなくなりました。休み時間にも、近寄ってきません。それはそうですよね。だってあたしは人殺しで、俊ちゃんはその現場を目撃してしまったのですから。怖くなっちゃうのは仕方ありません。あたしはそれがすごくすごく残念でしたけど、義父から解放された喜びには代えられませんでした。俊ちゃんに嫌われるとわかっていたとしても、あたしは同じことをしたでしょう。自分の選択を、まったく後悔していなかったのです。母もホッとしているようでした。義父は単なる穀潰《ごくつぶ》しに成り果てていたのですから、当たり前です。母にとって、義父は相当な重荷だったはずです。解放されて、母は見た目まで若返ったようでした。もともと顔は整っているのですから、雰囲気に華やぎが戻れば五歳は若く見えます。あの露骨な変化には、唖然《あぜん》としました。

お蔭で母は、これまでよりもっといい勤め口を見つけることができました。年を大幅にサバ読みしても通用するのですから、銀座とは言わないまでも、新宿なら働けます。義父とのいやな思い出が残る団地にいたくないという気持ちもあったのでしょう。新しい勤め先に近い場所にアパートを借りたと言って、勝手に引っ越しを決めてしまいました。

あたしは転校しなければならなくなりました。俊ちゃんとは離れ離れです。本当は泣くほど寂しかったですけど、でもこれでいいのだという気持ちもありました。俊ちゃんはあたしがいる限り、階段の下で頭から血を流している義父を思い出すでしょう。その記憶に、ずっと苦しめられるに違いありません。あたしは俊ちゃんを苦しめたくはありませんでした。ならば、あたしがいなくなるのが一番なのです。

あたしが転校することを担任の先生が朝礼で発表しても、俊ちゃんは特に何も言いませんでした。あたしは泣くのをこらえていました。でもその学校での最後の日、俊ちゃんは声をかけてくれました。元気でね、と。ずっと我慢していたのに、あたしはついに泣いてしまいました。ありがとう、とようやくお礼が言えました。その後の人生も決して楽しいものではありませんでしたが、なんとか生きてこられたのはあのときの俊ちゃんの励ましがあったからかもしれません。転校した後は二度と会うこともなかったので、よけいに最後の言葉はいつまでも心に残り続けました。

これが真実です。もうおわかりいただけましたか？　あなたは俊ちゃんが義父を殺したと邪推していたようですが、実際は違うのです。俊ちゃんはただ、怖じ気づいていただけなんです。だからあの事故によって俊ちゃんの精神がおかしくなって、その後人殺しをなんとも思わない人間になったなんて説は成立しません。あいにくですけど。

あたしのことを本に書きますか？　もしそうすることで俊ちゃんの無実が証明されるなら、書いてもらってもかまいませんよ。どうせ時効ですから。その代わり、俊ちゃんがどんなにいい人か、ちゃんと文章にして大勢の読者に伝えてください。俊ちゃんは人殺しなんてできる人間ではないことを、世間に訴えてください。それが言いたくて、すべてを打ち明けたのです。お願いしましたよ。

7

以上が、ショウコが私に話したことの一部始終である。予想もしなかったことであり、衝撃的でもあったが、ついに真相に到達した喜びに私は打ち震えた。これこそが、仁藤の原点だったのだ。仁藤は確かに、ショウコの義父を殺しはしなかった。しかし、殺人によって困難な事態を解決するという方法を、そのとき知ってしまった。それが後に、どれだけの影響を彼に与えたか計り知れない。人を殺しても捕まらないことがあるとわかっていれば、殺人も選択肢の中に入ってくる。むしろ、これまで私が見てきたように、殺人は仁藤にとって安易な解決法になっていたのだ。ショウコはすべてを打ち明けることで仁藤の無実を証明したつもりになっていたようだが、むしろ彼の精神風景の形成過程がこれで明らかになったと私は思った。常人には理解できない動機で人を殺す男は、こうして生まれたのだった。

原稿の構想を練り直す必要はなかった。最後にただ、ショウコから聞いた話をつけ加えればそれでいい。読者も最後に納得できるノンフィクションができあがると、私は楽観していた。

そんなときに、思いがけない相手から連絡をもらった。携帯電話に通知された番号を見ても心当たりがなく、電話に出て相手が「カスミです」と名乗っても、すぐには思い出せなかったほどだ。赤羽の飲み屋で私の連絡先を聞き、ショウコまで繋いでくれた相手だとわかったのは、二十秒ほどしてからだった。

「ショウコさんと会えました？」

カスミはそう訊いてきた。ショウコに会えたのは、カスミのお蔭である。礼を言わなければならないと、いまさらながら考えた。

「ああ、会って話を聞くことができた。君が取り次いでくれたんだよね。ありがとう。感謝している」

「どういたしまして。で、話は面白かったですか」

カスミがなんの用件で電話をかけてきたのか、よくわからなかった。面白かったか、という質問の意図も不明だ。それでも、恩がある相手となれば邪険にはできない。私は真面目に答えた。

「面白いと言っては語弊があるけど、有益な話が聞けたよ。これで本が書ける。ショウコさんの話抜きには、成立しない本だった」

「それはよかったですけど、ショウコさんから聞いた話をそのまま書くんですか」

「そのつもりだけど、それが何か？」

なんとなく、カスミの物言いはいやな感じだった。まるで、ショウコの話を鵜呑みにするのが賢い選択ではないかのようだ。ここに至ってようやく、自分が警戒不足だったことに気づいた。カスミが示唆するように、ショウコが本当のことを言っているとは限らないのだ。

つまり、やはりショウコの義父を殺したのは仁藤かもしれないのである。ショウコは仁藤を庇うために、あんな嘘をついたのではないか。証拠はなく、殺人だとしてもすでに時効を迎えているのだから、いくらでも話をでっち上げることができる。ショウコはただ、私が食いつきやすい話を目の前にちらつかせただけかもしれなかった。

「ショウコさんって、前から虚言癖がある人なんですよね」

「虚言癖」

私の恐れを裏づけるようなことを、カスミは言った。とても聞き捨てにはできない。私は怒鳴るように、重ねて訊いた。

「ショウコさんの話は嘘だと言うのか。君はショウコさんが私にどんな話をしたのか、知っているのか」

「ふふふ」

カスミは私の問いに素直には答えなかった。こちらの焦りを楽しむように、思わせぶりに笑う。私は考えるよりも先に言っていた。

「詳しい話が聞きたい。会って話ができないか」

「いいですよ。ショウコさんほど面白い話はできないと思いますけど」

面白い話が聞きたいわけではない、と言い返しそうになるのをかろうじてこらえた。カスミに嚙《か》みついたところで、益はない。私は待ち合わせ場所と時刻を決め、電話を切った。とても明日までは待てないので一時間後を提案すると、カスミはあっさり承知したのだった。

8

待ち合わせた喫茶店にやってきたカスミは、ひと目見ただけでは気づかないほど別人のような雰囲気だった。けばけばしい化粧を落とし、地味な服を着ていると、夜の仕事の華やかさは微塵も残っていない。向こうから声をかけてこなければ、私はいつまでもカスミを待っていただろう。こちらが驚いた理由を察しているように、カスミは含み笑いをした。

「女は化粧で化けるんですよ。まあ、化けるのは女に限らないけど」

カスミは謎めいたことを言う。その言葉の意味がわからないまま、私は正面に坐った女の顔を見た。ひどく地味な顔立ちで、すれ違う男が振り返ることはまずないだろう。しかし化粧をすればそれなりに美人に見えたように、顔立ち自体は整っている。それだけによけい個性がないとも言え、なんとも印象に残りにくい女性ではあった。

「ショウコさんに私の連絡先を教えてくれたのは、君なんだよね。でも君は店で会ったとき、ショウコなんて人は知らないと言っていたじゃないか。あれは嘘だったのか？」

まず、その点から確認した。結果的にショウコに会えたのだから文句を言う筋合いではないかもしれないが、釈然としないのは事実だ。本人に確認するまで、とぼけておこうと考えたのだろうか。

「知らないとは言ってませんよ」

それに対してカスミは、屁理屈《へりくつ》めいたことを言う。そうだっただろうか。思い出してみても、はっきりしない。まあいい、とその点を追及するのはやめておいた。

「ショウコさんには虚言癖があると言ってたね。それは本当なのかい？」

本題に入った。ショウコの話は細かい点までリアルで、とても嘘とは思えなかった。ショウコが私にどんな話をしたのか、カスミは知っているのだろうか。

「世の中には、息をするように嘘をつく人がいるんですよ。実際は嘘なのに、自分では本当だと思い込んでいるから、その人の記憶の中では事実になってるんですよね。真顔で嘘をつくので、困らされたり呆れたりしたことが何度もありましたよ」

「そんな嘘つきなのか。でも、私が聞いた話はとても作り話には聞こえなかったんだけど」

「義理の父親に性的虐待を受けてた、って話ですか」

「知ってたのか」

カスミが知らずに言っているなら、たとえふだんのショウコが嘘つきだとしても、私が聞いた話だけは事実だった可能性があると考えていた。しかしカスミは、知った上であれは嘘だと示唆しているのだ。カスミの指摘自体をまだ信じたわけではないが、軽く落胆せざるを得なかった。

「知ってますよ。だってあの人、ふだんからよく言ってましたもん」

「あんな過去をか」

本人にしてみれば、できるだけ隠しておきたい過去の汚点ではないだろうか。それを日頃から人に話していたのであれば、確かに信憑性《しんぴょうせい》が薄くなる。私はさらに確認をせずにはいられなかった。

「君はどうして、その話が嘘だと思ったんだ」

「だってあの人、根っからの嘘つきだから」

それでは答えになっていないと思った。嘘つきだって、真実を話すことはある。私はそう反論しようとしたが、カスミはいやな笑みを浮かべた。こちらの軽率さを嘲るような、どこか見下した笑みだ。

「先生はショウコさんの話を聞いて、これで全部理解できたと納得したんじゃないですか」

「うん、まあ、そうだ」

「ショウコさんが義理の父親を殺した場面を目撃したことがトラウマになって、仁藤という人は殺人をなんとも思わなくなった。そういう解釈ですよね」

「君はそこまで聞いていたのか」

私は愕然とした。ショウコが殺人行為まで話していたとなると、やはり事実とは思えなくなってくる。本当に義理の父親を殺していたなら、口が裂けてもそんな話はしないはずだ。ショウコには虚言癖がある、というカスミの言葉は俄《にわか》に真実味を帯びてきた。

「すごくわかりやすいストーリーですよね。淡い恋心を抱いていたクラスメートが、性的虐待を受けていた。なんとか助けてあげようとしたけど、ぎりぎりのところで竦んでしまった。それでも女の子は地獄から抜け出すために、自ら手を下す。少年はその現場を目の当たりにしたショックが、いつまでも心に残る。そんな原体験が、少年を後に冷酷な殺人鬼に仕立てた——。小説に出てきそうな、筋道が通ったストーリーじゃないですか」

カスミは〝ストーリー〟という単語を、二度繰り返した。そこにはその話が架空であるというニュアンスが籠っているように響いた。カスミの言うとおり、非常にわかりやすく、受け入れやすい話ではある。しかしそれは、現実にあってもおかしくないからこその説得力なのではないだろうか。カスミはこちらの考えも知らず、滔々《とうとう》と続ける。

「わからないのって、落ち着かないですよね。本の置き場が欲しいから妻子を殺したとか、一年後の昇進が待てなくて人殺しをするとか、わけがわかりませんもんね。そんなおかしな人にも、わかりやすいトラウマがあれば納得できますよ。先生の本を読んだ人はみんな、『ああ、そういうことだったのか』と安心して本を閉じることができるんじゃないですか」

「――君は、いかにもありそうな作り話に飛びついた私が悪いと言っているのか」

揶揄《やゆ》する調子が癇《かん》に障り、私はかろうじて言い返した。カスミは目を大きく見開いて、「とんでもない」と首を振る。

「先生を責める気なんてありませんよ。先生じゃなく、世間の人の話をしてるんです。世間の人はみんな、わかりやすいストーリーを求めてるんですよ。わからないのはいやなんです」

「誰だってそうだろ。理解できない理由で殺されたりしたら、怖いじゃないか」

「そんなこと言ったって、現実に起きてるんだからしょうがないじゃないですか」

カスミはあくまで、涼しい顔だった。何が彼女にここまでの優越感を与えているのか、私にはわからない。カスミはまだ、私が知らない事実を握っているのではないだろうか。そんな疑いが頭をもたげた。

「最終的に理解できる結末が必ずあるのなんて、フィクションの中だけですよ」カスミはなおも言う。「現実には、他人の心の中なんてわからないものでしょ。殺人鬼に限らず、身近な人の考えていることだって、本当のところはわからないじゃないですか。奥さんの考えていることを理解している旦那さんが、世の中に何人いるんでしょうかね。親のことは？　子供のことは？　恋人とか友達とか、考えを百パーセント理解し合えていたとしたら、それは超能力者同士ですよ。そんなふうに理解できるわけがないとわかっていて、どうして殺人犯の心理だけは理解できないと落ち着かないんですかね」

私はすぐには反論の言葉が思いつかなかった。カスミの言うことはもっともで、仁藤の原点を探そうなどという私の試みが傲慢だったようにも思えてくる。私のしてきたことは、すべて無意味だったのだろうか。

「君は、仁藤の過去など探るなと言いたいのか」

ふと、このカスミこそが仁藤の縁者なのではないかという疑惑が浮かんだ。私の動きを目障りに思い、攪乱《かくらん》するために虚言癖がある人を紹介したのではないか。だがカスミは、こちらの疑いを真っ向から否定した。

「いいえ、違いますよ。わかりやすいストーリーも、世の中には必要じゃないですか。さっき先生が言ったとおり、理解できない理由で殺されたら怖いですもんね。それが本当でも嘘でも、わかりやすいストーリーに落とし込んでくれたら、みんな安心できるんです。先生が本にする意味は、充分にあると思いますよ」

依然として馬鹿にされているような気がしないでもないが、そう言われては嚙みつくこともできない。私は冷静になるよう自分に言い聞かせ、話を元に戻した。

「じゃあもう一度確認するけど、ショウコさんの話は全部嘘なんだね。仁藤のクラスメートの義父が事故死したなんて事実は、そもそもないんだね」

「たぶん、ないんじゃないですか。もしかしたらそういうことがあって、それを元にショウコさんが話を作ったのかもしれませんけど」

なるほど、そうかもしれない。そうでなければ、あそこまで詳細な話はできないだろう。果たしてショウコは、悪気があって嘘をついたのか。それとも本当にあのようなことがあったと、本人は思い込んでいるのか。

「先生は小説家だからご存じだと思いますけど、実際には起きなかった性的虐待の被害に遭ったと訴える女性は、けっこう多いんですよね」

カスミの言うことは事実だった。性的虐待で訴えられた父親が、後に無実だったと判明するケースがアメリカでは多いという。なぜそのような妄想を作り上げるに至るか、プロセスはよくわからない。人間の記憶は、我々が思うほど確かではないのだ。

「本人も憶えていなかったことを、催眠術で引っ張り出せるというじゃないですか。嘘の記憶を作り出しちゃう人って、たいていそのパターンなんですよね。ショウコさんもそうですよ。どこかのインチキ催眠術師に自分のトラウマを調べてもらったとかで、それ以来性的虐待の話がお気に入りだったんです」

なるほど、私は深く納得した。ショウコの話のあのディテールは、おそらく繰り返し頭の中で再生することで補強されていったのだろう。考えてみれば、小説家であればあの程度の物語はいつも作っているのである。ショウコが詳細な話をしたからといって、驚くことではなかった。

「ショウコさんが嘘つきだと、わかっていただけたようですね。どうします？　ショウコさんの話を本に書きますか？」

他人事の呑気《のんき》さで、カスミは尋ねてきた。私は迷ってしまった。ショウコを探し当てたことによって仁藤の原点に到達したというあの達成感は、なかなか捨てがたい。カスミに皮肉られたように、最後にあの話を持ってくることによってわかりやすいノンフィクションになるのも事実である。ここで迷うのも、私が生粋《きっすい》のノンフィクションライターではないからかもしれなかった。

「もう一度ショウコさんに会って、確認をしてみるよ。君とショウコさんの話、どちらを信用するかはそれから決める」

ショウコの話を鵜呑みにしたことを反省するなら、カスミの話を丸ごと信じてしまうこともまた、同じ轍《てつ》を踏む行為である。いささか未練がましいとは思うが、再確認は必要だと考えた。

するとカスミは、そんなこちらの態度に呆れるように、軽く肩を竦めた。

「それなら最後に、決定的なことを教えてあげましょうか。話の内容が本当か嘘か以前に、根本的な部分で先生は騙されていたんですよ。だ、っ、て、シ、ョ、ウ、コ、さ、ん、は、男、な、ん、で、す、か、ら」

まさしくそれは、カスミのとっておきの爆弾だった。私の頭の中で爆発し、混乱の渦を巻き起こす。思考が空白になって、目を見開いたままカスミの顔を見つめてしまった。

「気づきませんでした？　って、気づかないですよね。声帯にメスを入れて女声にしてるし、喉仏も取っちゃってるんですから。でも、顔立ちはやっぱりニューハーフっぽくなかったですか？まあ、たいていの人は騙されるんですけど」

カスミの得意げな指摘に、ショウコの美貌を思い出す。私はショウコを、宝塚の男役のようだと思った。あれは凜々《りり》しい顔立ちの女性だからではなく、そもそも男性だったからなのか。自分の足許が覚束《おぼつか》なくなるほどの衝撃だった。

「だからね、子供の頃の性的虐待とか、そもそもあり得ないでしょ。まあ、世の中にはそういう趣味の人もいるかもしれませんけど、そんな無理矢理な説明をしたらわかりやすいストーリーじゃなくなっちゃいますよね。幼い男の子と女の子だから納得できるんで、男同士じゃねぇ」

カスミはそう言って、うっすらと笑った。私は何も言えなかった。

9

私が会ったショウコは男だった——。その衝撃的な事実に、しばし思考回路が麻痺《まひ》していた。カスミと別れて帰宅してからも、何も考えられずに過ごした。しかしひと晩経って、ようやくあれこれ検証できるようになった。いったいどこでおかしなことになったのか。改めて考えてみる必要がある。

ショウコの情報をもたらしてくれた三笠さんが嘘をついていたとは思えない。三笠さんには、嘘をつく理由がないはずだ。ならば、小学校の同級生が赤羽でショウコらしき人を見かけたという話までは本当だろう。私はその情報を元に、あの飲み屋を訪ねた。誰かが私を騙したとしたら、その後のことだ。

騙したのは誰か。カスミか、それとも偽ショウコか。私が会ったショウコが男ならば、仁藤の同級生であったはずがない。ショウコという名は本名のはずだからだ。あの偽ショウコは、単に名前を騙《かた》っただけだ。だが、それはなんのためなのか。

私に嘘の話を聞かせて、誰が得をするだろう。少なくとも偽ショウコは、なんの利益もないはずだ。ならば、何者かの差し金か。私の取材を煙たく思った人が、偽ショウコを差し向けたのではないか。

いや、そんな陰謀を仮定するより、もっと単純な解釈がある。ひと晩経って頭が冷えて、ようやく私はそのことに気づいた。嘘つきは誰かという問題だ。ショウコは嘘つきだと、カスミは言う。しかしカスミの言葉の信憑性は、いったい何が担保しているのか。ショウコには虚言癖があるという言葉自体、嘘だとは考えられないだろうか。

そうであればむろん、ショウコが男だという情報も真っ赤な嘘ということになる。ショウコは実在し、過去に義父を殺していた。仁藤はそれを目の当たりにし、心のどこかが歪んだ。わかりやすいストーリーだとカスミに揶揄されても、最も筋が通る解釈であるのは間違いない。カスミが私に嘘をつく理由は不明だが、あの女は私が小説家であることを知っていた。あまり考えたくはないものの、世間に名前を出して仕事をしていればひょんなことで悪意を持たれることもあろう。カスミは単に私のことが嫌いで、あのようなからかい方をしたのかもしれなかった。

ともかく、まずは確認だ。カスミこそ嘘つきという説に傾きかけていた私は、ショウコに直接会って彼女が女性であることを確かめたかった。あのショウコが男だなんて、とても信じられない。たちの悪いでたらめであることは、本人に会えばはっきりすることだと考えた。

ショウコの携帯電話の番号を着信一覧から呼び出し、かける。午前中なのでまだ寝ているかもしれないとは考えたものの、そうであるならメッセージを残しておくつもりだった。

ところが聞こえてきたのは、この番号は使われていないというアナウンスだった。驚いて、私はもう一度かけ直した。着信履歴からかけているのだから、番号を間違えているはずはない。それなのに、二度目もやはり繋がらなかった。ショウコは電話番号を変えてしまったのだ。

すっと顔から血の気が引いた。なぜショウコが、電話番号を変えなければならないのか。私から逃げるためではないのか。そうであるならショウコには、後ろめたいところがあることになる。ショウコは嘘つきだというカスミの指摘が、改めて私に重くのしかかってきた。

ならば、カスミだ。カスミなら、事情を知っているだろう。彼女の力を借りれば、再度ショウコに辿り着くこともできるかもしれない。ショウコに連絡がつかなくなった今、頼みの綱はカスミだけだった。

同じく、着信履歴からカスミに電話をかけた。頭の片隅に、いやな予感がまったくなかったわけではない。しかし、まさかそんなことがと思いながら電話が繋がるのを待っていた。それなのに、携帯電話から聞こえてきた機械的な音声は、先ほどとまったく同じメッセージだった。

この電話番号は、現在使われておりません。

ここに至りようやく、ショウコにもカスミにも嵌《は》められていたのだと気づいた。どちらが嘘つきか、ではない。どちらとも嘘つきだったのだ。目的は取材の妨害で間違いない。問題は、彼女たちにどんな利害があるかだ。なぜ私が仁藤の過去を探ると、彼女たちにとって不都合なのか。いくら考えてもわからなかった。

私は夜になるのを待ちきれず、夕方には赤羽に到着していた。むろん、目指すはカスミと会ったあの店である。まだ開店前だろうが、店員は準備を始めているはずだ。可能なら、カスミ本人を摑まえたかった。

飲み屋のドアを押すと、カウンターの中に六十前後と見受けられる女性がいた。確か、この店のママだ。開店は六時からですよ、と無愛想に言われたが、かまわず中に入る。ちょっと訊きたいことがあるのだが、と話しかけた。

「カスミさんって、今日出勤しますか？」

すると洗い物をしていたママは、手を休めて顔を上げた。

「カスミちゃん？　辞めたよ」

「辞めた」

そうではないかと予想していた。電話番号を変えるほどなら、私に知られている勤めを継続しているわけがなかった。だから落胆せず、重ねて尋ねた。

「どうしても連絡をつけたいんです。連絡先を知りませんか」

「ああ、あなたは前にショウコちゃんを捜してた人ね。会えたんでしょ、ショウコちゃんに」

ママは私の話を聞いていたようだ。私はどう答えていいかわからず、取りあえず頷いた。

「会ったことは会ったんですが、あれが私の捜していたショウコさんなのかどうか、はっきりしないんですよ」

「だって、この店に勤めてたショウコちゃんだろ。他にはいないよ」

「やっぱりそうなんですか」

この店の情報をくれたのは、私の名前すら知らない仁藤の当時の同級生である。ここにショウコがいたなら、やはり私が会った人は男などではなかったのだ。

「変なことを訊きますけど、ショウコさんは実は男だなんてことはないですよね」

「は？　人聞きの悪いこと言わないでよ。うちの子はちょっと薹《とう》が立ってるかもしれないけど、間違いなく女よ。おかまなんて紛れてないわよ」

「そうですよね」

わずかに安心できた。姿を隠したことは釈然としないが、男かもしれないという疑いが晴れただけでも収穫だ。ショウコが女であるなら、少なくともあの話だけは本当だった可能性が残る。

「ショウコちゃんには会ったんでしょ。それなのになんで、また会いたいの？」

「カスミさんにもショウコさんにも、連絡がつかなくなったんですよ」

その理由を眼前の女性が知っているとは思えないが、謎を解く手がかりだけでも得られないかという期待を込めて、言ってみた。するとママは、こちらが考えてもいなかった反応をした。

「は？」と眉を吊り上げたのだ。

「カスミさんにもショウコさんにもって、何を言ってるの？」

「いえ、ですからカスミさんとショウコさん両方の電話が繋がらないんですよ」

「意味がわからないんだけど。お客さん、誰の話をしてるの？」

「誰のって……」

ママの問い返しは、どこか不穏だった。なぜ話がずれているのか。その疑問は、続くママの言葉が晴らしてくれた。

「カスミちゃんの本名がショウコよ。お客さん、カスミちゃんに会いたくてうちに来たんじゃないの？」

10

飲み屋を出た私の足取りは、少しよろけていたかもしれない。頭の中は錯綜《さくそう》する思考で占められていて、周囲にまで注意を向けられないでいる。歩いていると何度も人とぶつかり、怒鳴られた。それでも私は、自分の思考の泥沼から這《は》い出ることができなかった。

カスミがショウコだった。あのカスミこそ、仁藤の同級生のショウコだったのだ。ならば、私の前に現れたショウコは何者だったのか。偽ショウコが語ったことは、一から十まで嘘だったのか。あるいは偽ショウコ自身の体験か。本物のショウコの過去なのか。

冷静になって、もう一度考えよう。カスミ＝ショウコは仁藤の過去を探ろうとする私を目障りと感じた。なんとか取材を妨害しようと、偽のショウコを差し向けた。偽ショウコの話はショウコ自身が授けたのだとしたら、そこに幾分かの真実が紛れているかもしれない。やはり過去に何か事件があって、仁藤は影響を受けたのだ。しかしショウコは、そのこと自体を封印したかった。だからこそ、実際は男の偽ショウコを使ってまで、私の取材を台なしにしようとした。

これが最も納得できる解釈だった。そう考えれば、筋道が通る。だが私は思わず、そこで立ち止まってしまった。この納得感は、偽ショウコの話を聞き終えた後の感覚と同じではないか。

人はわかりやすいストーリーを聞いて安心する、とショウコは言った。複雑な背景を単純化して、わかったつもりになる。私のこの解釈もまた、自分が納得できるように事態を単純化しただけではないのか。本来はとても他人には理解できない部分を切り捨てることによって、すっきりした気分になっているだけではないか。

そもそも、仁藤にまつわる諸々《もろもろ》の証言自体がそうだ。あれらはすべて、周囲の人間の主観でしかなかった。相手の心の奥底まで見通すことができない限り、人は自分の見たいようにしか他人を見ない。ある人は仁藤を善人と見て、ある人は異常な殺人鬼と見る。私は仁藤を、理解できない価値観の持ち主と見た。そして偽ショウコを仁藤の同級生と思い、ふたりが負ったトラウマを知って納得した。すべて、私というフィルターを通した虚像だ。虚像は虚像であって、真実ではない。

理解できないのは仁藤だけではない、ともショウコは指摘した。私たちは他人を理解しないまま、わかった振りをして生きている。自分たちがわかった振りをしていることすら、ふだんは忘れている。安心していたいからだ。わからないことを認めてしまえば、たちまち不安になるから。そのごまかしを白日の下に曝け出す仁藤という存在に、私たちは異常な興味を示した。それはすべて、自分の不安を押し殺したいからだった。

私は路上で立ち止まったまま、背後を振り返った。ショウコを捜して訪れたあの店は、ごみごみした路地の奥にあった。迷わず辿り着けたのが嘘のようだ。もしかしたら、もう一度訪ねようとしても二度と見つからないかもしれない。そんな非現実的なことを考えてしまい、私は首を振って馬鹿な空想を捨てた。

地味な印象だったカスミ＝ショウコは、案の定回想しようとしてももうはっきり顔立ちを思い出すことができない。ただ、うっすらと浮かべていた笑みだけは、妙に強烈に記憶に残っている。その理由が、今になってようやくわかった。ショウコが浮かべる笑みは、何を考えているかわからない仁藤の薄い笑みにそっくりだった。その事実に気づいて、私は小さく震えた。

初出誌
月刊ジェイ・ノベル
二〇一一年六月号〜二〇一二年二月号

本作品はフィクションであり、実在の
個人・団体・事件等とは一切関係ありません。

（編集部）

貫井徳郎（ぬくいとくろう）

一九六八年東京生まれ。早稲田大学商学部卒業。一九九三年、鮎川哲也賞に応募した『慟哭』で衝撃的なデビューを果たす。二〇一〇年、『乱反射』で第63回日本推理作家協会賞、『後悔と真実の色』で第23回山本周五郎賞を受賞する。著書に『失踪症候群』『迷宮遡行』『空白の叫び』『ミハスの落日』『夜想』『明日の空』『灰色の虹』『新月譚』ほか多数。

微《ほほ》笑《え》む人《ひと》

初版第一刷／2012年8月25日

著者　貫井徳郎
発行者　村山秀夫
発行所　株式会社実業之日本社
〒104-8233　東京都中央区京橋3-7-5　京橋スクエア
電話［編集］03(3562)2051　［販売］03(3535)4441
http://www.j-n.co.jp/
小社のプライバシーポリシーは右記ホームページをご覧ください。

印刷所　大日本印刷
製本所　ブックアート

ISBN978-4-408-53607-1